순명의 시인들

푸른사상
평론선

17

The Poets of Obedience

순명의
시인들

맹문재 대담집

푸른사상
PRUNSASANG

열여섯 분의 시인들이 들려준 시세계를 정리하다가 보니 순명이란 단어가 떠오른다. 시인마다 세계관이 달라 추구하는 작품 세계 역시 다양했지만, 시를 대하는 자세에서 순명의 모습을 본 것이다. 순명은 명령에 따르거나 천명에 순종하는 것(順命), 명예를 위하여 목숨을 바치는 것(殉名), 순수하고 현명한 것(純明) 등으로 구분할 수 있지만, 이 대담집에는 모두 포함한다. 천명에 순종하는 시인, 명예를 목숨처럼 여기는 시인, 순수한 시인…… 행복한 시인이라고 생각하는 것이다.

『행복한 시인 읽기』를 간행한 뒤 두 번째 내는 대담집이다. 5년 만이다. 자신의 시세계를 성실하게 보여주신 시인들께 감사의 말씀을 드린다.

시인들 중 김규동 선생님과 이기형 선생님께서는 타계하셨다. 김규동 선생님께서는 당신의 마지막 작품인 「인사」의 부제로 필자의 이름을 넣어줄 정도로 아껴주셨다. 이기형 선생님께서도 건강하라고 새해 아침에 전화를 걸어주실 정도로 아껴주셨다. 아흔이 넘은 분께서 안부를 챙겨주신 일은 잊을 수 없는 감격이다. 두 분의 장례식에서 조시를 읽은 일이 엊그제 같은데, 벌써 옛날이다. 이 대담집이 두 분의 시 세계를 알리는 데 역할을 할 수 있기를 기대한다.

  시인들이 들려준 시세계를 떠올리며 걸어가야 할 나의 길을 생각한다. 무엇보다 자기반성과 세상에 대한 공부가 필요하리라. 시인의 길이란 얼마나 험난한가, 아니 얼마나 행복한가. 순명의 자세로 묵묵히 걸어가야겠다.

2014년 2월 8일 눈이 오는 토요일 저녁에
맹문재

머리말 • 5

통일의 노래를 부르다

이기형 시인

1917년 함경남도 함주에서 태어나 함흥고보를 졸업한 뒤 일본대학 예술부 창작과에서 수학하였다. 1943~1945년 지하협동사건 등 항일투쟁 혐의로 피검되어 1년여 동안 복역했고, 『동신일보』 『중외신보』의 기자로 일했다. 1947년 『민주조선』에 시를 발표하면서 작품 활동을 시작했지만, 같은 해 정신적 지도자로 모셔온 몽양 여운형 선생이 서거하자 이후 33년간 공적인 사회 활동을 중단했다. 1980년 김규동, 신경림, 이시영 시인 등을 만나 분단 조국에서는 시를 쓰지 않겠다던 생각을 바꿔 작품 활동을 다시 했다. 1980년부터 재야 민주화 통일운동에 참여하였으며, 1989년 시집 『지리산』으로 국가보안법 위반 혐의가 적용되어 유죄를 선고받았다. 시집으로 『망향』 『설제』 『지리산』 『꽃섬』 『삼천리통일공화국』 『별 꿈』 『산하단심』 『봄은 왜 오지 않는가』 『해연이 날아온다』 『절정의 노래』가 있다. 2013년 6월 12일 별세했다.

통일의 노래를 부르다

— 이기형 시인

맹문재　선생님, 안녕하세요. 이렇게 댁에서 건강하신 모습으로 뵈니 감사합니다. 선생님께서는 우리의 현대사를 온몸으로 안고 살아오셨기 때문에 후학들에게 해주실 말씀이 많으실 것입니다. 선생님의 삶과 시세계를 직접 들을 수 있으니 설렙니다. 선생님께서는 1917년 함경남도 함주에서 태어나셨는데, 우선 가족 소개를 들어볼까요?

이기형　아버님께서 제가 두 살 되던 해에 열병으로 돌아가셨습니다. 어머님이 외아들인 저를 키우느라고 고생을 많이 하셨어요. 제가 참 불효자이죠. 저의 현재 위치에 있을 수 있는 것은 순전히 어머님 덕입니다. 그런데 아버님께서 돌아가시기 전에 사력을 다해 통소를 불었답니다. 그것이 저에게는 큰 힘이 되었어요. 아버님이 돌아가실 때 사력을 다해 통소를 불었다는 사실은 위대한 예술이고 음악이라고 지금도 생각해요. 그 퉁소 얘기를 듣지 않았다면 저는 그저 평범하게 살았을지도 몰라요. 아버님의 퉁소 소리는 제 통일시의 원동력이에요. 아버님이 돌아가신 뒤 서당에 들어가 공부를 하고 4학년에 들어갔지요. 농사를 2년 정도 짓다가 다시 5학년에 편입해 졸업하고 함흥고보에 들어갔지요. 함흥고보에 들어갈 때 제가 1등을 했어요. 외삼촌이 어머니께 적극적으로 저의 진학을 권유했지요.

맹문재　12살 때부터 야학을 통해 독립운동에 눈을 뜨셨다고 하셨는데 그 상황을 듣고 싶네요.

이기형　야학이 저에게 반일독립 사상을 주었어요. 저를 오라고 해서 간 것이 아니라 제가 직접 찾아갔지요. 다른 사람들은 책이 있었지만 저는 책이 없어 어깨 너머로 들었어요. 환희사(歡喜寺)라는 절에 천렵을 가장해 많은 사람들이 가기도 했는데, 실제는 독립운동을 한 거지요. 그 절에 가서 자면서 연극하고 노래하고 웅변하고 그랬어요. 열세 살 때인데 야학 선생님이 원고를 써주더라구요. 농사를 지어서 알곡을 일본 놈들에게 빼앗기고 우리는 쭉정이만 먹고 산다는 내용이었어요. 제가 그 원고를 외워 웅변을 해서 2등을 했지요. 모두들 어른이었는데 아이는 저밖에 없었어요. 지금도 그 환희사의 밤을 잊을 수가 없어요.

맹문재　소설가 한설야도 만난 것으로 알고 있는데요?

이기형 제가 함흥고보 1학년 때 찾아갔지요. 한설야 선생님은 소설가로서 많이 알려진 분이었어요. 그래서 친구와 함께 함흥에서 문영각이라는 책방을 하고 있는 한설야 선생님을 찾아간 것이지요. 그곳에서 3·1운동 등 이러저러한 이야기를 많이 들었어요. 저의 사상이 싹트는 데 한 원동력이 되었지요.

맹문재 소설가 이기영과도 만나셨지요.

이기형 1940년대 서울에서 만났지요. 임화, 이기영, 오장환, 이원조, 김남천 등도 만났어요. 임화와 이기영 선생님은 8·15해방 전부터 알았어요. 저는 그 당시 청년 학생들에게 조선 독립운동에 지도적인 역할을 할 수 있는 사람을 찾고 있었어요. 함흥고보 1학년 때 일본어로 번역된 러시아의 평론가 벨린스키의 책이며 고리키의 소설을 읽으면서 그런 생각을 했지요. 저의 고민을 들은 친구가 보성고보의 교사로 있는 문석준 선생님을 소개해주었어요. 문석준 선생님은 동경 고등사범학교를 졸업한 사학자요 독립운동가였습니다. 그분은 그때 우리말로 된 역사를 썼는데 북에서는 교재로 사용했지요. 그래서 문석준 선생님께 찾아갔는데, 여운형 선생님을 말씀하셨어요. 그래서 대번에 여운형 선생님을 찾아갔지요.

맹문재 그러면 여운형 선생님에 대한 말씀을 들을까요. 선생님께서 만난 인물들 중 아무래도 몽양으로부터 가장 큰 영향을 받았다고 볼 수 있지요. 선생님은 몽양의 서거 이후 33년간 일체의 공적인 사회 활동을 하지 않았다고 알려져 있습니다. 몽양은 어떤 면에서 특별했나요?

이기형 여운형 선생님을 찾아가 대화를 나누었는데 대단했어요. 대번에 무서움도 없이 "조선은 독립을 해야지" 하는 것이었어요. 새로운 영웅론을, 다시 말해 신지도자론을 말씀하셨어요. 새 시대의 영웅은 민중의 선도에서 이끌고 나가는 사람이라는 것이었어요. 뒤에서 손가락질로 이리로 가라 저리로 가라 하는 것이 아니고, 대중의 앞에서 이끌고 나가는 사람이 진정한 지도자라고 한 것이지요. 곧 반일독립운동의 전선에 나서는 사람을 지도자라고 본 것이지요. 그 시기의 조선 청년이 나아갈 길은 반일 독립운동이었는데, 몽양 선생님이 제일선에 서 있었지요. 많은 사람들이 몽양을 찾아왔는데 일일이 조선 독립에 대한 이야기를 해주셨어요. 공산당, 인민당 계통에서 일하던 사람들은 거의 다 영향을 받았지요. 몽양은 인간 그 자체가 아주 웅대했어요. 아는 것도 굉장히 많았어요. 실천에서 우러나오는 지도자적 이야기를 하셨지요.

맹문재 몽양 선생님이 돌아가시고 나니 따르고 싶은 지도자가 없어서 선생님께서는 33년간 공적인 활동을 하지 않으셨지요?

이기형 그 시간에 대해서는 언제 자세하게 말할 것입니다. 죽기 전에 자서전으로 밝힐 생각이에요. 단지 인간으로서 시를 쓸 자격이 있구나 하고 자신할 수 있는 체험을 했다고 말할 수 있어요. 많은 사람들이 죽어가는 것을 보았고, 친미 민족 반역자들의 죄악상을 알고 있습니다. 오늘날 우리의 분단 고통이 어디에서부터 출발되었고 어떻게 나아가고 있으며 또 어떻게 극복할 수 있는가를 고민하고 있습니다. 나는 북쪽에서 신문기자 생활을 4년 했고, 남쪽에서도 기자 생활을 2년이나 했으니 남북의 정황을 누구보다도 잘 알고 있습니다. 이 정도의 경험을 가지고 있으니 시를 쓸 수 있다는 자신감이 있어요.

맹문재 임화 시인도 만나셨다고 했는데요.

이기형 함흥고보를 졸업할 무렵 임화의 책을 많이 읽고 있었어요. 제가 서울로 간다고 한설야 선생께 말했더니 임화와 이기영을 만나라고 대번에 얘기하더라구요. 그래서 서울에 와서 만났지요. 임화는 풍기는 인상이 대단했어요. 지금의 문학인 중에 임화 같은 지성미를 풍기는 사람은 없는 것 같아요. 키도 후리후리하게 크고 지성인의 냄새가 아주 진하게 풍겼지요. 한 주에 한 번은 꼭 찾아갔어요. 일요일마다 갔지요. 임화의 부인인 지하련 선생과도 친해졌구요. 임화 선생이 저를 데려가 중국 요리도 사주고 했는데, 그 후 제가 돈벌이를 할 때 사드리려고 몇 번이나 했는데 이루지는 못했어요.

맹문재 임화 시인이 들려주신 말씀 중 기억에 남는 것이 있는지요.

이기형 북에서 죽은 저의 아내가 여운형 선생님의 6촌 동생이에요. 결혼식 때 몽양 선생님이 주례를 보고 임화와 이태준 선생님이 축사를 했어요. 정치적 입장에서는 문석준, 여운형 선생님을 찾아갔고, 문학적인 입장에서는 이기영, 임화, 이태준, 한용운 선생님을 찾아간 것이에요. 임화 선생님은 축사에서 "나는 지금 이 결혼식에서 불란서의 어느 평론가가 말한 '허위는 복잡하고, 진실은 단순하다'는 말을 생각합니다."라고 말했어요. 이태준 선생님은 중국의 고사를 인용했는데, 그만 잊어버리고 말았어요. 여운형 선생님이 주례를 보고 임화와 이태준 선생님이 축사를 한 것은 제 일생에서 기록할 만한 일이지요. 임화에 대해서 한마디 더 하지요. 임화가 죽은 것은 참 아까운데, 박헌영과 너무 밀접해서였어요. 한번은 지하련 선생님이 저에게 임화 선생은 어떤 시를 쓰더라도 박헌영에게 보여준다고 말하더라구요. 그만큼 임화는 박헌영과 가깝게 지내었어요. 그래서 어쩔 수 없이 휩쓸리고 말았지요.

맹문재 이기영 작가에 대해서도 말씀을 들을 수 있을까요?

이기형 민촌 선생님은 차분했어요. 소설을 쓰든 시를 쓰든 우리의 환경이 일본제국주의 식민지라는 사실을 연계시켜야 한다고 말했어요. 구체적으로 사건을 만들고 예술적으로 구성을 만드는 것이 훌륭한 소설 쓰기라고 말했어요.

맹문재 소개할 만한 분이 또 있는지요?

이기형 김남천이 있지요. 8·15 직후 임화가 만든 문화건설중앙협

의회 사무실에 가니까 반바지를 입은 건장한 청년이 앉아 있더라구요. 임화 선생님이 김남천 선생이라고 인사를 시켰어요. 사시는 곳이 가회동이어서 제가 사는 집과 가까운 곳이었어요. 그래서 다음날 찾아갔지요. 가니까 책을 말리고 있었어요. 일제시대에 지하실에 넣어두었다가 곰팡이가 슨 책을 꺼내 말리고 있었는데, 다가가 보니 『자본론』이더라구요.

맹문재 이야기의 방향을 돌려보지요. 선생님께서는 일본대학 예술부 창작과에서 2년간 유학하셨는데, 어떤 계기가 있었는지요?

이기형 임화가 일본에 가서 많이 배웠지요. 그래서 저도 진보적 사상을 더 많이 알려면 일본으로 가야겠구나 하는 생각을 한 것이지요. 또한 한설야가 저에게 현재 세계에서 사회주의 관계 사상을 가장 많이 알 수 있는 곳은 파리나 워싱턴이 아니라 동경이라고 했어요. 사실 일본은 세계의 모든 사상을 받아들여서 일본화하지요. 그래서 일본으로 간 것이지요. 물론 문학도 하고 싶었구요. 일본대학 예술부 창작과에 들어가 신문 배달과 우유 배달을 하면서 공부했어요. 잘 시간도 없었고 피곤했어요. 그런데 연안을 간다고, 연안을 못 가면 중경이라도 간다고 생각하고 조선으로 나왔어요. 몽양 선생님이 "조 동지, 이기형 군을 부탁하오"라고 조소앙 선생한테 명함을 써줬어요. 가방 속에 깊이 넣어가지고 갔는데 일본 경찰이 달라붙었어요. 그래서 여관의 화장실에서 찢어버렸지요. 그리고 연안 가는 길이 막혀 다시 조선으로 나왔다가 해방을 맞았지요.

맹문재 선생님께서는 1943년부터 1945년 해방 전까지 지하협동사건과 합병거부사건과 관계가 있다는 것으로 알고 있습니다. 그 상황을 들려주시지요.

이기형 협동사건은 염윤구라는 고향 후배와 관계가 있는데, 그 후배가 포천의 산에 가서 합병과 징병을 피한 사람들을 모아서 무장투쟁 활동을 하면 어떻겠느냐고 해서 그렇게 하라고 했어요. 제가 배후조정자인 셈이지요. 준비하는 과정에 우리 집에서 자고 가고 했는데, 그 일로 저도 붙잡혔어요. 저는 그들이 자고 가기만 했지 그 이상은 모른다고 딱 잡아뗐어요. 증거가 없어 저는 구속되지는 않았는데, 나름대로 닥칠 상황에 대해 준비를 하고 있었던 것이지요.

맹문재 협동사건과 합병거부사건이 몽양과 관계가 있나요?

이기형 관계가 많지요. 제가 가서 얘기하니까 몽양 선생이 하라고 했어요. 몽양으로 인해 힘이 생겼지요. 협동사건에 관련된 사람들이 굉장히 많아요. 서울의대 학생만도 12명이에요. 책방에서 주로 연락을 주고받았어요. 그만큼 조선 청년들이 독립을 갈망했음을 알 수 있지요. 지금도 만나는 사람이 있어요.

맹문재 그렇게 활동하다가 해방을 맞이하셨군요. 해방 후에는 신문기자 활동을 하셨지요?

이기형　저는 정치가가 될 생각은 없었어요. 왜냐하면 저는 문학가의 체질이 맞지 정치가의 체질은 아니라고 생각했거든요. 문학의 고결성이 정치가에게는 없어요. 그래도 문학을 하려면 사회를 많이 알아야 한다고 생각하고 신문기자 활동을 했어요. 남한의 문인과 북한의 문인을 거의 다 만났어요. 김구, 박헌영 등 임시정부의 독립운동을 한 분들도 만났어요.

맹문재　언제 기회가 되면 해방 직후 독립운동을 한 분들과의 만남에 대해서도 말씀을 듣고 싶네요. 이야기의 방향을 다시 돌려보지요. 선생님께서는 언제 결혼을 하셨는지요?

이기형　1944년 6월에 했어요. 제가 동경에 있을 때 몽양 선생님의 집에 왔다 갔다 했는데, 그 여자가 오빠를 보러 왔던 것이지요. 한번은 제가 갔는데 밥을 차리더라구요. 그리고 집에 와 있는데 편지가 왔어요. 오빠를 만난 듯한 느낌을 받았다고 했어요. 그 여자는 신식공부를 하지 않았는데, 시로 편지를 써왔더라구요. 결국 저를 만나지 못하고 북에서 먼저 세상을 떴어요. 남쪽에서는 아들이 한 명 있는데 대학교수에요. 지금 미국에 가 있어요.

맹문재　선생님께서는 시작 활동을 언제부터 하셨나요.

이기형　1947년 평양에서 나온 『민주조선』이었어요. 그런데 작품의 제목을 잊어버렸어요. 선거에 관한 시였는데, 그때 안회남이 문화부 차장으로 있어서 발표했어요. 1946년 11월부터 1947년 2월 사이에 실려 있을 겁니다. 그렇게 보면 신경림이나 고은 시인보다 제가 훨씬 빨리 등단을 한 것이지요.

맹문재 그렇군요. 언제 도서관에 가서 찾아봐야겠네요. 선생님께서는 1980년대에 들어 김규동, 신경림, 백낙청, 이시영 선생님 등을 만나 시를 쓰겠다고 결심하셨지요. 왜 시를 써야겠다고 생각하셨는지요?

이기형 특히 김규동 선생의 지도를 많이 받았어요. 아주 구체적으로 작품의 장점과 단점을 말해줘요. 대단한 분이지요. 우리 문단의 정신적 지주에요. 벨린스키의 평론과 고리키의 소설, 일본에서 나온 『시와 진실』을 읽다보니 문학이란 무엇이냐, 평론이란 무엇이냐, 시는 무엇이냐 등을 생각하게 되었어요. 그래서 문학이라는 것이 인간 정신을 높게 끌어올린다는 생각을 했어요. 그런데 소설은 기력이 필요한데 저의 체력으로는 감당하기 어렵다고 생각되어 시 쪽으로 방향을 정했어요.

맹문재 본격적으로 시를 쓰기 시작해 1982년에 『망향』(시인사, 1982)이란 시집을 출간하셨습니다. 첫 시집과 관련된 말씀을 듣고 싶네요.

이기형 저는 분단된 조건에서는 또 친일적인 정권에서는 고결한 시를 쓰지 않겠다고, 통일된 조국에서만 시를 쓰겠다고 결심했었어요. 그런데 친구들이 자꾸 죽어가는 모습을 보니 나도 죽을 수 있겠다는 생각이 들어 세상을 뜨기 전에 고향과 어머니에 대한 기억을 남겨야겠다고 생각했어요. 그래서 시를 쓴 것이지요.

맹문재 두 번째 시집은 『설제』(풀빛, 1985)인데 또 말씀을 들을까요.

이기형 그 무렵 시를 많이 썼어요. 채광석 시인이 많은 용기를 주었어요. 채광석이 어려운 일이 있으면 문단의 어른이라고 저에게 와서 상의하곤 했어요. 채광석이 『설제』를 높이 평가했어요.

맹문재 세 번째 시집은 『지리산』(아침, 1988)인데, 필화사건으로 널리 알려져 있지요.

이기형 그런 시를 쓰려면 경험이 있어야만 가능하지요. 그런데 그 시집에는 제가 쏙 빠져 있는데, 실제로는 경험이 있지요. 발행인은 정동익인데, 이론적으로나 실천적으로나 대단한 일꾼이에요. 동아특위 위원장을 지내기도 했는데 아는 게 많고 아주 적극적으로 활동하지요.

맹문재 필화사건 다음으로 나온 시집이 『꽃섬』(눈, 1990)이지요.

이기형 저의 삼촌 부인의 고향이 꽃섬이에요. 어린 시절부터 많은 이야기를 들었는데, 아주 재미있더라구요. 시집 전부가 삼촌의 부인에게서 실제로 들은 이야기입니다. 그래서 제가 시인의 상상력을 가

미해서 쓴 시집이지요. 지금 청소년들이 읽으면 아주 좋을 거예요.

맹문재　다섯 번째 시집이 분단 극복 의지가 드러난『삼천리통일공화국』(황토, 1991)이에요.

이기형　그 시집은 이승철 시인이 하던 '황토출판사'에서 나왔지요. 이승철 시인이 "선생님 시는 직설적이면서도 힘이 있다"며 용기를 주었어요. 그래서 힘을 얻어 쓰게 된 것이지요.

맹문재　선생님께서는 뒤늦게 창작 활동을 아주 활발하게 하셔서 여섯 번째 시집인『별 꿈』(살림터, 1996)을 출간하셨습니다. 이 시집에 들어 있는 시를 한 편 읽어보겠습니다.

> 역마다 백두산표를 안 팔아
> 나만 미쳤다고 쑥덕인다
> 과연 누가 미쳤나
> 흑발이 백발이 되도록
> 귀향표를 살려는 놈이 미쳤나
> 기어이 못 팔게 하는 놈이 미쳤나
> 그럼, 나는 간다
> 미풍 같은 요통엔 뻔질나게 병원을 드나들어도
> 조국의 허리통엔 반백 년 동안 줄곧 칼질만 해대는
> 저놈을 메다꼰지고
> 걸어서라도 날아서라도
> 내 고향이 옛날처럼 날 알아보게시리

하얀 머리는 까맣게 물들이고

얼굴 주름은 펴고

아리고 찢어지는 가슴 쓰다듬으며 나는 간다

걸어서라도 날아서라도

— 「나는 간다」 전문

이기형 모든 것을 시로 쓰고 싶다는 욕망이 강할 때였어요. 출판사에서 자꾸 시 쓰기를 권유했어요. 그래서 힘을 얻어 쓴 것이지요.

맹문재 일곱 번째 시집이 『산하단심』(삶이 보이는 창, 2001)입니다.

이기형 반일운동과 분단을 끝장내고 통일을 이루어야겠다는 생각을 아름다운 산하에서 살아가는 젊은이들이 가져야 한다고 생각하고 쓴 것입니다. 송경동 시인이 용기를 많이 주었어요.

맹문재 여덟 번째 시집은 『봄은 왜 오지 않는가』(삶이 보이는 창, 2003)입니다.

이기형 분단을 끝장내고 통일을 하루바삐 쟁취해야 되는데, 그것이 안 되고 있으니 울분이 부글부글 끓어올라 터진 시집이에요.

맹문재 아홉 번째 시집이 『해연이 날아온다』(실천문학사, 2007)입니다. 이 시집에 들어 있는 시 한 편을 또 읽어보겠습니다.

한과 눈물로 살거냐

긴긴 세월을 허탕 치고도 못 말려

달구벌 멋은 잦아들고

만경벌 흥은 사위어가고

퍼지는 영어 열풍 어디로 가나

불야성 저 광란하는 나체춤의 의미는 뭐냐

나운규는 아리랑고개를 울고 넘었건만

분단고개를 울고 넘는 사람은 없다

국록 먹는 어른들은 말잔치로 밤을 지새우고

청바지들은 할아버지가 울고 넘은 박달재를

촐랑대며 넘는다

가쓰라 태프트와 을사오적의 후예들은

맥아더 동상을 사수하며 분단선에 쇠말뚝을 박는다

망국의 치욕 을사늑약 백 년에도 정신을 못 차려

고구려 넋은 어디로 갔나

백두산 신단수 큰할아버님이 내려다보신다

선열들의 피맺힌 목소리가 들린다

슬픈 사연 하도 많아 누선도 말랐느니

피 마르는 지겨움 가슴이 빠개진다

임 따라 어라연엘 가랴

임 맞으러 삼지연엘 가랴

지는 해야 빨리 져다오

솟는 해야 퍼뜩 솟아주렴

폭풍우 천 길 만파를 뚫고

바다제비 날아온다

—「해연(海燕)이 날아온다— 을사늑약 백 년, 고리키의 「해연」을 보고」 전문

이기형　고리키가 1901년에 「해연」을 썼지요. 소련 사회주의 혁명

이 일어나기 16년 전입니다. 그래서 우리나라도 혁명이 빨리 와야 한다는 생각을 가지고 썼어요.

맹문재　열 번째 시집이 『절정의 노래』(들꽃, 2008)입니다. 이번 시집에서 추구한 점이 있는지요.

이기형　이전의 시집들보다 완성도가 있다고 생각해요.

맹문재　선생님의 시세계는 한마디로 조국 통일을 지향하는 것이라고 정리할 수 있습니다. 이런 점에서 우리가 조국 통일을 이루기 위해서는 어떻게 해야 하는가를 여쭙지 않을 수 없습니다. 어려운 질문일 수 있는데, 과연 어떻게 해야 될까요?

이기형　분단된 상황에서 어떤 작품을 써야 할까를 지금까지 고민하고 있어요. 분단을 끝장내야 한다, 통일을 하루바삐 이뤄야 한다, 는 고민이 필요합니다. 젊은 독자들이 소설을 읽고 통일을 이루어야 한다는 결심을 하게끔 작품을 써야 하는 것이지요. 시, 소설을 생각하는 문학자들이여, 어떻게 하면 빨리 분단을 끝장내고 통일을 쟁취해 감격의 날을 맞이하겠는가. 여기에 대한 의욕을 가지고 통일의 노래를 불러야 합니다.

맹문재　앞으로의 활동 계획을 말씀해주시지요.

이기형 계획이 참 많아요. 그런데 제 나이가 지금 아흔셋이므로 내일 죽을지도 모른다는 생각을 해요. 지금 손녀 둘이 미국에 가 있는데 그동안 죽게 될 수도 있겠다는 생각이 들어요. 하지만 죽지 않고 아이들을 기다리겠다, 손녀 오는 것을 보겠다고 결심을 하고 있어요. 통일에 대해서도 마찬가지에요. 저는 통일되기 전에는 죽지 않겠다고 강한 의욕을 가지고 있어요. 사천만 민족 모두가 저와 같이 통일을 원하고 있다면 더욱 빨리 이루어지겠지요. 그런데 지금 그렇지 않은 것 같아요. 통일을 해도 좋고, 안 해도 좋고, 늦게 되어도 좋고 등 통일에 대한 대명제가 사람들의 마음에서 점점 사라져 가고 있어요. 언론도 그렇고 작가들도 그런 것 같아요. 그러므로 통일에 대한 시를 쓰되 어떻게 하면 독자들에게 감격을 주고 통일을 결심하도록 쓸까 하는 것이 저의 중심 과제입니다. 젊은이들이 통일을 위해 활동하는 데 힘을 줄 수 있는 뛰어난 시를 써야겠지요. 일상생활이 통일과 연관되어야 합니다. 이 인터뷰 내용도 통일에 대한 절규가 전달되어야 합니다. 그리고 일제시대에 이광수나 김용제나 김문집이나 서정주 등이 친일 활동을 해서 오늘날 고통 받고 있는 면을 잘 봐야 합니다. 오늘날 친미 작가들도 50년 뒤에 그와 같은 고통을 받을 수 있다고 생각해야 하지 않겠어요.

맹문재 선생님께서 통일을 염원하고 있는 면을 여실하게 볼 수 있었습니다. 앞으로 해방 후 선생님께서 만난 인물들, 시집에 나온 인물들에 대한 이야기를 또 들을 수 있으면 좋겠습니다. 선생님께서 이렇게 건강하시니 참으로 감사합니다. 내내 건강하세요.

(시에, 2009년 여름호)

시는 가벼울 수 없다

김규동 시인

1925년 함북 종성에서 태어나 경성고보를 거쳐 1948년 김일성종합대학에서 수학하다가 중퇴했다. 1948년 『예술조선』에 시 「강」을 발표하면서 문단에 나왔다. 1951년 '후반기' 동인으로 활동했으며, 1970년 이후 민주화운동에 참여, 자유실천문인협의회, 민족문학작가회 고문을 역임했다. 시집으로 『나비와 광장』 『현대의 신화』 『죽음 속의 영웅』 『깨끗한 희망』 『오늘도 기러기떼는』 『느릅나무에게』 『김규동 시전집』 등이, 시론집 및 평론집으로 『새로운 시론』 『지성과 고독의 문학』 『현대시의 연구』 『어둔 시대의 마지막 언어』 등이 있다. 2011년 9월 28일 타계했다.

시는 가벼울 수 없다

— 김규동 시인

고형렬[1]　선생님께서는 지금까지 살아오면서 삶이나 시 쓰기에서 후회한 적은 없으신지요?

김규동　저는 의지력이 강한 편이어서 삶을 비관한 적은 없어요. 어릴 때부터 야단을 많이 받고 자라서 반항심이 있어요. 분단으로 인한 억울함도 가지고 있습니다. 따라서 뭔가 잘하는 것이 있어야겠다는 마음을 갖고 있지요.

· · · · ·

1) 高烔烈. 1954년 강원도 속초에서 태어나 1979년 『현대문학』으로 작품 활동을 시작했다. 시집으로 『대청봉 수박밭』 『해청』 『사진리 대설』 『성에꽃 눈부처』 『김포 운호가든집에서』 『밤 미시령』 『나는 에르덴조 사원에 없다』 『유리체를 통과하다』, 장시집 『리틀 보이』 등이 있다.

고형렬   선생님께서는 우리 문학사에서 가장 뛰어난 시인을 꼽으라면 어떤 시인을 추천하시겠어요?

김규동   역시 정지용이겠지요. 그리고 김기림, 이상, 이상화, 이육사 등이 되겠지요.

고형렬   백석 시인은 어떻게 보시나요?

김규동   백석은 너무 여려요. 시의 내용이 없고 너무 쉽지요. 사투리를 빼고 나면 남는 것이 뭐 있나요. 붕어 잡아먹은 이야기가 시가 되겠습니까? 시인은 그렇게 써서는 안 되지요. 이는 최서해와 이효석을 비교하는 것과 같아요. 서해는 불행해서 쓴 것이고 효석은 행복해서 쓴 것입니다. 어느 쪽이 셀까요? 불행해서 쓴 것은 한 시대의 불덩어리가 될 수 있지만 행복해서 쓴 것은 그냥 메밀꽃으로 끝나고 맙니다. 저의 이와 같은 평가는 1942년 무렵 함께 공부하던 학생들이 내린 것이지요. 지금하고는 평가가 달랐어요. 서정주에 대해서도 마찬가지였어요. 정신 나간 놈이다, 역사 인식이 없다고 비판했지요. 이용악도 술주정뱅이라고 인정하지 않았어요. 이용악이 쓴 「전라도 가시내」라는 것이 뭐예요. 조선 땅에서 못 살아 만주로 가 중국인들과 싸우면서 땅을 일궈 살아가는 이민자들의 딸입니다. 몸을 파는 그녀들과 술을 먹는다는 것이 말이 되나요. 반면에 김기림은 철학이 있고 문명에 대한 인식이 있다고 학생들이 인정했지요.

맹문재 선생님께서는 김기림 선생님의 애제자로 알려져 있습니다. 김기림 선생님께 가장 배울 점은 무엇이었는지요? 김기림을 제재로 한 시를 한 편 소개해볼게요.

해방의 군대 붉은 군대가
트럭 타고 진주해 오는데
가만있을 수 없다 하여
시인 김기림 선생이랑
플래카드 들고
읍으로 환영을 나갔다
한 소련놈 병사가
미심쩍은 웃음을 띠고 다가서더니
선생 안경을 후딱 벗겨 갖고 달아났다
이 녀석 봐
안경을 잃은 선생이 벙벙하여
이 사람들이 장난하는 건가라고 외며
멍하니 서서 서글피 웃었다
혼란통에 새 안경을 구할 수도 없고
잘 보이질 않아
손수건으로 눈을 훔치면서도
건국을 위해 일해야 한다고
젊은이들 앞장서서 분주히 뛰어다녔다
그러면서
문화란 좋은 환경 없인 안돼라고
새삼스런 말을 탄식처럼 했다
어느덧 40여 년 전 일이다.

— 김규동, 「김기림」 전문

김규동　한마디로 사람답다고 할 수 있지요. 근면하고 정직하고 열심히 공부하고 남을 위해 애쓴 분이지요. 문명에 참여해서 문명이 어떻게 진행할까를 공부했어요. 추운 겨울 오버를 입고 잠도 자지 않고 공부했어요. 일단 일을 하면 열심히 했어요. 학교 다닐 때 배구 선수가 되기도 했지요. 이상 시인과 매우 친했어요. 왕래한 편지를 보면 우정이 대단했어요. 『기상도』라는 시집을 이상이 만들어주었는데, 이상이 술을 먹다보니 받은 제작비를 좀 썼어요. 그래서 시집을 이해할 독자가 없으니 50부만 찍어 친구들에게 나누어주자고, 또 시집 본문의 쪽수를 빼자고 제안했어요. 김기림은 친척들에게도 좀 돌리고 싶고 또 쪽수가 있어야 독자들에게 편리함을 준다고 생각해 돈을 더 부치겠다고 했어요. 대조적인 성격을 볼 수 있지요. 이상이 대중을 무시하는 세계관을 가지고 있었다면 김기림은 대중을 이해하려는 세계관을 가지고 있었던 것입니다. 1950년에 쓴 「문화의 운명」(『문예』)이나 「소설의 파격」(『문학』)에도 잘 나타나 있어요.

맹문재　김기림 선생님께서는 동시대에 내로라하는 문인들이 대부분 월북했는데, 왜 함께하지 않았을까요?

김규동　이유는 간단해요. 해방을 이북에서 맞이해 평양에 가 문단 활동을 한두 달 해보았는데, 조선문학가동맹 소속 문인들과 뜻이 맞지 않았던 것이에요. 그래서 남조선으로 넘어왔어요. 친구들에게는 이남 가서 보고 올라오겠다고 약속했지요. 그렇지만 약속을 지키지 않자 한국전쟁 때 제일 먼저 납북 대상이 되었지요. 잡혀가서 돌아온다고 해놓고 왜 오지 않았냐고 문초를 받았어요. 달리 할 말이 없으니 공부하는 아이들 때문에 못 왔다고 했지요. 얼마나 처참했겠어요. 김기림은 정지용과 박태원과도 가까웠어요.

고형렬 정지용을 최고의 시인으로 꼽으셨는데 그 기준은 무엇인지요? 모더니즘 정신에서 비롯된 것인가요? 현재는 백석이 오히려 평가를 받고 있는데요.

김규동 문명에 대한 인식 수준에서 본 것입니다. 백석의 경우는 대중성을 가진 일종의 서정시예요. 정지용이나 김기림과는 비교할 수 없지요.

맹문재 그 무렵의 문단에서 잘 안 알려져 있는 시인이 있으면 들려주시지요.

김규동 박거영이라는 시인이 있었어요. 한국시낭독연구회라는 간판을 충무로에 걸고 활동했는데 상해에서 돈을 벌어온 시인이었어요. 여자를 매우 좋아했지만 거짓말은 안 했어요. 언젠가 염무웅 선생이 한하운 시집을 내겠다고 찾아왔어요. 그래서 제가 하지 말라고 했지요. 왜냐하면 그 시집은 한하운이 쓴 것이 아니라 박거영이 만들어 자신이 운영하는 출판사에서 낸 것이거든요. 그런데 박거영은 좌익 문인한테는 돈을 주었지만 우익 문인한테는 돈을 안 주었어요. 그래서 김동리와 조연현으로부터 인정받지 못했지요. 『인간이 그립다』라는 시집을 간행했는데, 백철이 서평을 써준다고 해놓고 오버만 얻어 입고 지키지 않았어요. 서정주도 시창작법을 써주겠다고 30만 원이나 받고는 떼어먹었지요.

맹문재 미당의 권력이 대단했지요. 근래에 김준현의 박사학위 논문인 「전후 문학 장의 형성과 문예지」를 보니까 미당이 문예지의 추천을 완전 장악했던데요.

김규동 미당은 자신이 그렇게 만들었어요. 모두 미당에게 항복한 셈이었지요. 미당은 수법을 가지고 있었어요. 내가 시집 『나비와 광장』을 내려고 하는데 어디서 들었는지 다가와 손을 잡으면서 시집의 서문을 써드릴까 하는 것이었어요. 그래서 제가 썼습니다 하고 거절했지요. 그 바람에 내가 고생을 했지요. 그렇지만 그때 미당의 서문을 받았으면 어떻게 되었겠어요.

맹문재 선생님께서는 박인환, 김경린 등과 '후반기' 동인 활동을 하셨습니다. '후반기'가 한국 시단에 어떤 의미를 주었다고 생각하시는지요? 박인환을 제재로 한 「잡설」이 저에게는 강하게 와 닿습니다.

> 나이를 먹으니
> 제 팔자는 개뿔도 모르면서
> 남의 사주팔자 관상 따위를
> 흥미 있게 엿보는 괴이한 버릇이 생겼다
> 박인환이 「목마와 숙녀」를 쓴 것은

아직 철이 덜 들었거나
서양문학에 섣불리 매료된 탓이었을 게다
그가 30살에 죽지 않고
여태 살았다면
진짜 좋은 민중시인 되었을 것이다
이 길밖에 그가 가야 할 길은
없었을 게다
모더니즘도 모더니즘이려니와
사회에 대한 관심이 남달랐던 그가
민족 현실을 저버릴 리 만무했을 게다
오장환이니 배인철이
그의 눈에는 다 모더니스트였고
김기림 역시 두려운 근대파 시인이었다
사주관상쟁인 아니지만 가끔
옛 친구들의 모습을 떠올려보며
그들의 생애에 이런저런 상념을 담아보는 것도
한 기쁨이다
인환이 간 지도 30여 년
그가 살아 있다면 틀림없이
분단시대를 떠메는
참다운 모더니스트가 되었을 것이다
민족 현실을 간파한
참 사실주의 시인 되었을 것이다
다른 사람은 몰라도
그에 대해서만은
어쩐지 이런 장담을 해보고 싶다.

— 「잡설—박인환」 전문

김규동 그룹운동이 한국 시단에서 어느 정도 가능한가를 실험해본 것이지요. 그룹운동의 단점은 타자를 비판하게 되니까 그 반동으로 비판을 받게 되는 것이었어요. 실제로 사생활까지 영향을 받았어요. 내가 서울신문사 문화부 차장으로 발령받았는데 사장으로 있던 월탄 박종화가 반대해서 취소되었지요. 월탄이 문단 파괴분자에게는 일자리를 줄 수 없다는 것이었어요. 내가 이전에 월탄이 이끄는 문총(文總)을 비판하는 글을 쓴 적이 있었거든요.

고형렬 선생님께서는 1925년생이므로 김수영보다는 네 살 밑이고 박인환보다는 한 살 많지요. 같은 동인이었는데 괜찮았나요?

김규동 박인환과 김수영이 다섯 살 차이인데, 박인환이 조금도 지지 않았어요. 완전히 동등하게 놀았어요. 그만큼 인환이 조숙했어요. 인환도 용했고 수영도 용했지요. 인환은 고생을 많이 했어요. 가정생활이 어렵고 학교를 자주 옮겨 다녀 친구가 없었어요. 그래서 자신이 불행하다고 생각했는데 그것이 박인환의 시세계에요.

고형렬 1980년대에 참여시가 많이 양산되었는데, 어떻게 평가할 수 있을까요? 현재의 시 경향에 대해서는 어떻게 생각하시는지요?

김규동 시인들이 현실로 내려왔었지요. 저도 그랬어요. 그런데 지금은 현실이 없어요. 저는 촛불 집회를 이해하기 힘들어요. 촛불은 너무 형이상학적인 거예요. 일종의 트릭으로 누군가 뒤에서 조종하는 것 같아요. 맨주먹으로 싸우는 것이 아니잖아요. 그래서 요즘 나가지 않지요. 지금 잡지에 발표되는 시들을 보면 대부분 정신 나간 소리입니다. 욕구 불만만 팽창되어 있는 것 같아요.

고형렬 보들레르의 모더니즘은 일상적 권태를 타파하기 위해 출발된 것으로 알고 있습니다. 지금은 격동이 없는 시대나 권태로운 시대로 볼 수 있는데, 시인들이 어떻게 해야 될까요?

김규동 요즘의 시인들은 보들레르처럼 미치지 않았어요. 의식이 말짱해 가지고 미친 짓을 하니까 미친 짓이 되지 않지요. 보들레르는 애인을 구더기가 득실대는 죽은 말 곁에 데리고 갔어요. 그리고는 구더기의 모습을 보여주며 얼마나 치열하냐고 말했어요. 또한 죽은 말을 보고 우리도 죽으면 저렇게 된다고 했어요. 보들레르는 자신의 사상을 그렇게 전했던 것이지요. 보들레르의 시는 경험하고 실천해서 썼기 때문에 위대한 것입니다. 시는 고통인데 가벼워서야 되겠어요. 인기라는 것은 반드시 들키고 맙니다.

맹문재 선생님께서는 전각에 취미를 가져 전시까지 하셨지요. 어떤 계기로 전각을 하시게 되었는지요? 그 외에 다른 취미는 없으신지요? 집 안에는 전각 작품이 벽에 걸려 있는 한 점밖에 보이지 않는데요.

김규동 어떤 시인이 신갈에 문학관을 만든다고 해서 기증했어요. 어릴 때부터 나무 깎는 소질이 있었어요. 아버님께서는 나무를 깎는 저를 보고는 한숨을 쉬시면서 너는 이다음에 큰 목수가 될 것이라고 했어요. 아버님은 제가 의사가 되길 바라셨거든요. 전각은 하도 답답하니까 했지요. 글자를 한 자 한 자 파노라면 고향 집까지 간다는 마음으로 한 것이에요. 인내심이 있어야 해요. 다른 취미는 그림 그리기이지요.

맹문재 사모님과는 어떻게 결혼하시게 되었는지 궁금하네요.

김규동 집사람은 아우하고 잘 아는 여자였어요. 아우가 김일성대학 의과에 다녔는데 집사람이 그때 간호대학에 다니고 있었기 때문에 아우의 연구실에 오곤 했어요. 내가 남하해서 지내고 있는 어느 날 을지로 입구에서 만난 거예요. 먼저 넘어와 서울에서 학교에 다니고 있더라구요. 아는 사람이 없었기 때문에 외로웠는데 참으로 반가웠지요. 그래서 서로 합쳤어요. 전쟁이 나서 부산으로 피난 갈 때 같이 갔어요. 내가 보호자 역할을 한 거지요. 집사람의 가족은 1·4후퇴 때 넘어왔어요. 집사람과의 만남은 운명적이라고 해야지요.

맹문재 북한에 계실 때 만난 문인들에 대한 소개를 부탁드릴까요. 조기천 시인을 만난 적이 있으신지요?

김규동 한설야를 몇 번 봤지요. 한설야는 교육상, 즉 남한으로 보면 교육부 장관 같은 자리를 맡고 있었는데 모스크바 대학을 시찰하고 와서 김일성대학에서 보고를 했어요. 그 뒤 몇 번 더 보았지요. 그 외에 황민, 안용만, 김조규, 이찬 시인 등도 만났어요. 김조규는 『민주시민』의 주필이었지요. 이찬은 만주에 있다가 해방이 되어 나와 농민 연극을 지도했어요. 토지개혁 등을 연극으로 만들었고, 김일성 장군 노래도 지었지요. 조기천 시인은 만나지 못했어요. 조기천은 소련에서 나왔는데 문학가동맹 회원들과는 잘 맞지 않았던 것으로 보여요. 기득권을 잡은 집단에 밀려날 수밖에 없었겠지요. 임화의 경우도 같다고 봐야지요. 그래서 박헌영과 더욱 가까웠는지 모르지요. 임화와 박헌영은 일제 때부터 똑 한 짝이었어요.

고형렬 최근에 내면의 소리를 들으시는지요? 무엇인가 한마디 하실 것 같은데요.

김규동 나 자신도 듣고 싶은데 못 들어요. 나 자신이 어디에 들어 있는지 알 수 없어요. 내가 존재하고 있으니 분명 어딘가에 내가 들어 있을 텐데요. 어디로 가면 나를 만날까 항상 생각하지요.

고형렬 선생님께서는 만약 돌아가시면 육신의 주검을 어떻게 하실 생각이세요?

김규동 내가 죽으면 유골의 절반은 남한에 묻고 나머지 절반은 이북의 고향에 묻어 달라고 아이들에게 유언을 남겼어요. 만약 너희 대(代)에 통일이 안 되면 다음 대에라도 해달라고 부탁했지요. 아이들도 그렇게 생각하고 있더라구요.

(시평, 2009년 여름호)

시 쓰기는 자기 추구를 하는 것

박희진 시인

1931년 경기도 연천에서 태어나 1955년 『문학예술』을 통해 작품 활동을 시작했다. 1979년 구상·성찬경과 함께 '공간 시낭독회'를 창립해 현재까지 상임 시인으로 참여해오고 있다. 2007년 대한민국 예술원 회원으로 선출되었다. 시집으로 1960년 『실내악』을 간행한 후 『4행시와 17자시』에 이르기까지 34권을 가지고 있다.

시 쓰기는 자기 추구를 하는 것

— 박희진 시인

맹문재 선생님, 안녕하세요. 60년 가까이 시를 써오신 선생님께 여러 가지를 배우려고 찾아뵈었습니다. 선생님께서는 이한직, 조지훈 선생님의 추천으로 1955년 『문학예술』을 통해 시단에 나오셨는데, 조지훈 선생님과의 인연을 들을 수 있을까요?

박희진 지훈 선생님은 국문과 교수이고 저는 영문과에 입학했기 때문에 직접 수업을 들을 수 있는 기회가 있으리라고는 생각하지 못했어요. 한국전쟁 때 고려대는 다른 대학과 다르게 대구에 임시 교사를 마련해서 수업을 했지요. 저는 생활 거처가 부산이었기 때문에 대구까지 가서 수업을 들을 수 없었어요. 그래서 저는 부산에서 서울대, 동국대 등 여러 대학이 전시연합대학으로 통합 운영된 데서 청강해서 성적표를 고려대에 제출했지요. 그런데 고려대에서 잘 반영해주지 않아 결국 1년 늦게 졸업했어요.

어느 날 지훈 선생님을 뵙고 싶어 대구로 찾아갔어요. 지훈 선생님
께서 임시 교사에서 강의를 하시는데 공초 오상순의 시를 평설(評說)을 하
는 시간이었어요. 처음으로 본 인상은 체구가 육척 거구이시고, 얼굴
이 하얗고, 장발이셨고, 또 지독한 근시였어요. 강의하시는 모습을 보
니 순하디순한 양처럼 느껴졌어요. 지훈 선생님의 강의가 끝나자 쫓
아가서 저는 부산에 있는 영문과 학생이라고 소개하고 나서, 시를 쓰
고 있습니다, 혹시 제 시를 드리면 봐줄 수 있는지요, 제 작품의 수준
이 어느 정도인지 알고 싶습니다, 등을 말씀드렸어요. 그랬더니 지훈
선생님께서 작품을 놓고 가라고 말씀하셨어요. 그래서 작품을 드리고
나서 일주일 즈음 뒤에 다시 찾아갔어요. 그분 댁으로 찾아뵈었는데,
편찮으신지 기침을 자주 하셨어요. 그때 선생님께서는 저에게 작품
수준이 꽤 높다, 이 정도면 신문이나 잡지 어디를 막론하고 추천을 해
줄 수 있다, 라고 말씀해주셨지요. 저는 추천을 바라고 작품을 드린
것은 아니라고 말씀을 드렸어요. 실제로 문단에 나가고 싶은 마음도
없었어요.

그런데 한국전쟁이 끝난 뒤 서울 원남동에서 우연히 지훈 선생님을
뵈었어요. 선생님께서 성북동에 사니까 집으로 놀러오라고 하셨어요.
그래서 새로 쓴 시들을 들고 선생님 댁으로 찾아뵈었어요. 그 무렵
『문학예술』이 창간되어 발행되고 있었는데, 지훈 선생님께서 추천위
원이셨어요. 그래서 저는 다른 눈치 보지 않고 선생님의 추천을 받았
어요. 『문학예술』 7월호에 「무제」로 첫 번째 추천을 받았고, 11월호에
「허(虛)」로 두 번째 추천을, 그리고 다음해 1월호에 「관세음상(觀世音像)

에게」로 최종 추천을 받았어요. 그래서 제가 『문학예술』1호 시인이 된 것이지요. 지훈 선생님께는 제가 패기만만한 청년으로 비쳤을 거예요.

맹문재 1979년 구상·성찬경 선생님과 함께 '공간 시낭독회'를 창립해 지금까지 상임 시인으로 참여하고 계시는데, 어떤 목적으로 창립하셨는지요?

박희진 시의 활성화를 위해서 시작했지요. 시가 점점 쇠약해지고 있어 아무도 돌보지 않고 있는데, 시를 활성화하는 방법이 무엇일까를 고민했어요. 그래서 시를 활자화해서 발표하고 시집 내고 하는 것을 보수적인 방법이라고 생각하고, 좀 더 시를 살릴 수 있는 방법을 찾아본 것이지요. 그래서 시의 소리 기능을 회복시켜야 한다고 생각했어요. 본래 시는 활자화해서 눈으로 읽는 것이 아니잖아요. 오히려 활자화되면서 시의 생명력이 거세되고 말았지요. 그래서 시 낭송을 생각했어요. 시의 본래적인 기능을 회복시키기 위해 시인이 대중 앞에서 직접 육성으로 낭송하는 것이 필요하다고 생각한 것이지요. 그때까지 시 낭송이 전혀 없었던 것은 아니지만 이와 같은 자각을 가지고 정기적으로 하는 시 낭독회는 없었어요. '공간 시낭독회'가 처음이었지요. 현재 회원이 30명 정도 되어요.

맹문재 성찬경·구상 선생님과의 인연을 좀 더 들을 수 있을까요?

박희진 성찬경 시인과는 6년제 보성중학교를 함께 다닌 친구 사이에요. 성 시인은 이과에 있었는데, 순전히 박희진이라는 문학 독충에 쏘여 문과로 옮겨왔다고 말하곤 하지요. 그리고 서기원 씨가 있었어요. 성찬경 시인과 외사촌 간이었어요. 그래서 셋이 아주 절친한 친구로 지냈어요. 뜻을 이루지는 못했지만 함께 동인지를 내자는 논의까지 했었어요. 제가 미국 아이오와 대학의 '국제창작계획' 과정을 수료할 수 있었던 것도 먼저 다녀온 성찬경 시인이 강력하게 권유했기 때문이었어요. 아이오와 대학에 가보니 시 낭송이 일상화되어 있더라구요. 대학에서 시 낭송이 자주 열리는데, 아주 자유로웠어요. 시 낭송을 듣는 청중도 자유로웠고, 시를 낭송하는 시인들도 코믹하고 유머러스할 정도로 자유로웠어요. 그리고 시 낭송을 대학뿐만 아니라 서점에서도 하고 바에서도 하는 등 생활화되어 있더라구요. 그래서 배운 점이 많았어요. 한국에도 미국과 같이 시 낭송이 일상화되면 얼마나 좋을까 생각하고 돌아왔어요. 그래서 성찬경 시인과 함께 '공간 시낭독회'가 생기기 이전에 명동에 있는 카페 데아프르에서 일주일에 한 번씩, 한 달 동안 시 낭송을 한 적도 있어요. 김정옥 씨가 연출을 하고, 아이리스 박이 무용을 하고, 그리고 음악 효과와 조명 등을 갖추고 아주 이색적으로 시 낭송을 했지요.

구상 선생님과는 어떻게 만나게 되었는지 기억은 없는데, 제가 개인적으로 좋아했어요. 그분의 시도 좋아했구요. 나중에 보니 구상 선생님이 좋아하시는 분이 공초 오상순 선생님이더군요. 그래서 제가 공초와 구상이라는 시를 쓰기도 했어요. 하루는 구상 선생님께서 전화를 하셨더라구요. 선생님께서 하시는 말씀은 건축가 김수근 씨가 자신의 사무실인 '공간사랑'을 활용해보라고 여러 차례 제안을 하는데, 거기서 시 낭독회를 하면 어떻겠느냐는 것이었어요. 한 달에 한 번 정도 정기적으로 하는 시낭독회를 만들어보자는 것이었어요. 그래서 성찬경 시인과 함께 셋이 출발한 것이었지요. 1년을 그렇게 했고, 조정권 시인을 영입해 몇 해 했지요. 조 시인이 그만둔 뒤에 차츰 차츰 회원이 늘었어요. 구상 선생님께서 이상의 「오감도」를 낭송하시는 모습을 뵌 적이 있어요. 시 낭송을 아주 잘 하시는 분이셨어요. '공간 시낭독회'가 생긴 뒤 전국적으로 시 낭독회가 우후죽순 격으로 많이 생겼어요. 그렇지만 지속된다는 것이 쉽지 않잖아요. '공간 시낭독회'는 35년째 이어지고 있고, 금년 11월에 400회 낭독회를 가져요.

맹문재   오랜 역사를 지니고 있는 '공간 시낭독회'가 더욱 활성화되어 계속 이어졌으면 좋겠네요. 다음으로는 선생님의 시세계에 대해 말씀을 듣도록 하겠습니다. 선생님께서는 지금까지 쓰신 4행시가 546수에 이릅니다. 4행시를 쓰시게 된 동기를 듣고 싶네요. 시인을 제제로 한 4행시 두 수를 들어보겠습니다.

> 시인은 영감의 벼락을 맞은 자.
> 시인은 인류의 자정능력이며 극복의 의지.
> 시인은 반인반수(半人半獸)이자 반신반인(半神半人).
> 시인은 하늘과 땅 사이에 다리를 놓는 자.
> ─「시인은……」 전문

> 해돋이와 해넘이엔 휴식이 없듯이
> 콸콸 솟는 샘물에는 끊임이 없듯이

한번 시인은 영원한 시인이다.

그는 죽을 때까지 쉴 수 없다.

　　　　　　　　　　　　　　　　　　—「시인은 쉴 수 없다」 전문

박희진　뚜렷한 이유가 있었어요. 제가 1968년 신문회관 화랑에서 시미전(詩美展)을 열었어요. 일반적으로 시와 그림을 그려서 하는 시화전이 아니라 음악가, 화가, 세계적인 걸작 등과 조합을 이루는, 다시 말해 그들의 사진과 시가 조합을 이루는 색다른 전시였지요. 처음 기획을 해서인지 신문이나 주간지 등에 기사가 많이 나갔고, 시미전을 보러 오는 사람들도 많았어요. 당시 조선일보 논설위원이던 선우휘 씨도 와서 보고는 관심을 가져 기사를 내줄 정도였지요. 기사는 제가 추천한 성찬경 시인이 썼지요. 그래서인지 작품이 다 팔려 한번 더 작품을 걸었는데, 생긴 이익금은 시미전 포스터를 그린 윤명로 판화가에게 다 주었어요. 이익금이라고 해봐야 얼마 되지 않았어요.

그때 제가 윤명로 판화가에게 시인 열 명과 판화가 열 명이 함께 작업을 해서 전시회를 하자고 제안했는데, 좋아했어요. 시는 4행에 국한시키는 것으로 했지요. 그래서 1년 동안 준비 기간을 가졌는데, 시인들이 시 쓰기를 힘들어 해서 일이 이루어지지 않았어요. 그래서 저만 계속해서 4행시를 쓰게 되었지요.

4행시를 써보니까 재미있고 잘 써지는 거예요. 그래서 시가 기승전결의 드라마라는 사실을 깨닫게 되었고, 시의 근본적인 요소가 형태와 운율임을 절감했어요. 제 시의 존재성을 확신하게 된 것이지요. 예술은 자연을 모방하는 것인데, 자연의 대상이 형태 없이는 존재할 수 없지요. 그리고 리듬이 필요하지요. 형태와 리듬이 생명의 현상이에요.

저는 4행시를 절구(絶句)의 현대적 변신이라고 생각해요. 절구가 기승전결로 되어 있잖아요. 4행시가 중국의 절구에 기원을 두고 있다고 생각하면 오랜 역사를 가진 것이지요. 어느 나라든 정형시가 있지요. 우리나라의 경우에도 시조가 있잖아요. 그런데 저는 이상하게 시조는 써보고 싶지 않아 지금까지 한 편도 쓰지 않았어요. 4행시를 계속 써서 『4행시 134편』(삼일당, 1982)으로 한 권의 시집을 내었어요. 그 뒤에도 계속 써 어느덧 546수에 달하는데, 제가 국내외에서 가장 많이 쓴 셈이지요.

맹문재 17자 시는 일본 하이쿠(俳句)의 영향을 받았다고 밝히시기는 했지만, 왜 17자 시를 쓰시는지 말씀을 듣고 싶네요? 소나무를 제재로 한 17자 시를 세 편 소개해보겠습니다.

노송 세 그루 안마당에 있는 집 너무 부러워

—「733」 전문

하늘 부름에 온몸이 귀 되는 솔 금강송 보라

—「752」 전문

솔이 내게 준 최고의 메시지는 맑고 시원함

—「755」 전문

박희진 17자 시는 저하고 일본의 관계에서 나온 것이에요. 저는 초등학교 과정을 일본어를 통해 공부했어요. 감수성이 예민했던 시기에 책을 보고 공부를 했기 때문에 일본어를 마스터하게 되었어요. 세계 문학전집도 일본어로 읽었고, 심지어 잠꼬대로 일본어로 할 정도였어요. 특히 일본의 고전문학에서 마쓰오 바쇼(松尾芭蕉)의 하이쿠를 소개하고 있었는데 잘 외워졌어요. 해방이 되어 상황이 달라져 일본어를 잊고 살았지요. 그런데 세월이 흘러 우연한 기회에 바쇼의 하이쿠 선집을 읽게 되었는데, 기적 같은 일이 일어나는 거예요. 하이쿠가 잘 읽히고 생동감이 느껴지는 거예요. 그래서 하이쿠를 110수나 번역을 했는데, 그 일이 계기가 되어 우리말로 직접 써보고 싶다는 의욕이 들었어요.

제가 하이쿠의 우리말 창작을 17자 시라고 부르는 데는 이유가 있어요. 일본의 하이쿠는 17음절을 지키고 있지만 17자가 안 되는 경우가 많아요. 일본어는 한자를 읽을 때 1자 1음절 원칙을 지키지 않고 다양해요. 따라서 하이쿠는 17음절 시이지 17자 시는 아니에요. 그렇지만 우리는 한글이나 한자를 1자 1음절 원칙을 지키고 있지요. 그래서 저는 하이쿠라고 하지 않고 17자 시라고 명명한 것이에요.

저의 17자 시가 하이쿠의 묘미에 얼마나 접근했는지는 알 수 없어요. 독자적 예술성을 확보하고 있는지도 알기 어려워요. 좋은 하이쿠는 우주적 감각이 번뜩입니다. 인생의 무상함을 뛰어넘으려는 욕구에서 나온 만큼 하이쿠의 오묘함은 대단하지요. 그에 비하면 저의 17자 시는 부족한 점이 많아요. 하이쿠는 본래 제목이 없어요. 저의 17자 시도 마찬가지이고요. 그래서 번호를 붙이는데, 편의상 붙인 것이지 의미가 있는 것은 아니에요. 어느덧 730수에 이르렀어요.

맹문재 선생님의 4행시와 17자 시를 한층 더 이해하게 되었습니다. 선생님의 시들에서는 마침표를 온점이 아니라 동그라미로 쓰고 있습니다. 특별한 이유가 있는지요?

박희진 문장을 쓸 때 구두점을 쓰는 이유는 독자들에게 편의를 제공해주자는 것이잖아요. 오늘의 시인들은 왜 구두점을 빼는지 이해가 되지 않아요. 저는 구두점이 있는 것이 더 좋아요. 마침표를 동그라미로 찍으면 점으로 찍는 것보다 선명하게 보이잖아요. 일본 문장들이 그렇게 되어 있어요. 마침표를 동그라미로 써요. 중국 문장들도 그래요. 우리나라는 해방 후 영어식 구두점을 써 마침표를 점으로 쓰게 된 것이에요. 우리 한글은 발생학적으로 보았을 때 한자의 모양을 많이 닮았어요. 따라서 영어식 피어리드보다 일본식 구두점이 더 좋다고 생각해요.

맹문재 지난해에 간행하신 시집 『4행시와 17자시』(서정시학)에 들어 있는 시 작품 「시인은……」에 보면 "시인은 하늘과 땅 사이에 다리를 놓는 자"라고 말씀하셨는데 좀 더 설명을 들을 수 있을까요?

박희진 저는 시인이란 한마디로 '자기 추구'를 하는 존재라고 생각해요. 자기만의 세계가 있다는 믿음이 중요하지요. 모든 사람은 자기 자신을 잘 모르지요. 그렇지만 절실한 욕구가 있는 거예요. 다른 작가의 작품에 감동을 받으면서 자신도 남에게 감동을 주는 시를 쓰고 싶다고 생각하는 것이지요. 문학하는 행위는 자기 추구예요. 가령

도스토옙스키를 찾아온 어느 독자가 선생님의 개성적인 문체의 비결이 무엇입니까? 라고 묻는다면, 도스토옙스키는 아마도 나는 나 자신을 추구해왔을 뿐이야, 문학이라는 길에 나를 추구해왔을 뿐이야, 라고 대답했을 거예요. 자기 자신을 추구하면 자신을 모방하지 않는 작품을 쓰게 되지요. 우리 주변에 자기 자신을 모방하는 데 급급한 시인들이 얼마나 많아요. 시인은 여러 세대를 살아야 해요. 자기 얼굴이 달라지듯이 다른 모습을 가져야 해요. 그런 점에서 박목월 시인은 초기 시에서 후기 시까지 다른 모습을 보여주었다고 평가할 수 있지요.

맹문재 선생님께서는 소나무를 특히 좋아하시는데 특별한 이유가 있는지요?

박희진 저는 소나무를 매우 좋아해요. 소나무 때문에 살아가요. 나무가 소나무밖에 없는 것은 아니지만 저는 유독 소나무에 마음이 기울어요. 소나무는 다른 나무에는 없는 특성이 있어요. 격이 높아요. 그래서 저는 송격(松格)이라고 말해요. 소나무는 나무 중에서 귀공자에요. 귀티가 나는 나무지요. 소나무 송(松) 자의 한자가 잘 보여주잖아요. 소나무는 격이 높아 운치가 있어요. 좋은 소나무 밑에 가 있으면 기분이 좋고 가슴이 뛰어요. 지난해에는 『소나무 수필집』(황금마루)을 내기도 했지요.

맹문재 오랫동안 시를 쓰신 선생님으로서 후배 시인들에게 한 말씀 들려주시지요.

박희진 자기 추구를 진지하게 하라는 말을 전하고 싶어요. 릴케가 말한 변신처럼 시인은 자기 혁신을 통해 달라져야 해요. 나방의 모습에서 볼 수 있지요. 대부분의 시인들은 자기 자신을 잘 몰라요. 자기도취 속에서 시를 쓰고 있어요. 그것에서 벗어나야 해요. 자기애의 에너지를 표현애의 에너지로 바꾸어야 하는 것이지요. 예술은 표현이 중요해요. 시론도 읽고 객관성을 확보하는 노력을 해야 되지요. 시인은 죽을 때까지 쉴 수가 없어요. 한 번 시인이 되면 쉴 수가 없는 거예요. 자기 영성을 갈고 닦지 않으면 말라버리고 말아요. 시를 평생 써야 할 의무는 없지만, 자기 자신을 모방해서는 안되요. 치사한 미련이지요. 한 가지 일에 몰입하면 깊이 있는 세계에 이르지요. 자기 한계를 초극하는 것이지요. 자기 추구를 철저히 해야 새로운 시가 나와요.

맹문재 앞으로 선생님의 귀중한 말씀들을 새기고 시를 쓰겠습니다. 늘 건강하세요.

(서정시학, 2013년 봄호)

시성과 산문성을 통합하다

정진규 시인

1939년 경기도 안성에서 태어나 고려대 국문과를 졸업하고 1960년 『동아일보』 신춘문예로 작품 활동을 시작했다. 시집으로 『마른 수수깡의 평화』 『유한의 빗장』 『들판의 비인 집이로다』 『매달려 있음의 세상』 『비어 있음의 충만을 위하여』 『연필로 쓰기』 『뼈에 대하여』 『별들의 바탕은 어둠이 마땅하다』 『몸시』 『알시』 『도둑이 다녀가셨다』 『본색』 『껍질』 『공기는 내 사랑』 등이 있다. 한국시인협회 회장과 『현대시학』 주간을 역임했다.

시성과 산문성을 통합하다

─ 정진규 시인

맹문재 새해에 인사를 올리게 되었습니다. 『현대시학』을 간행하는 일만 해도 힘드실 텐데, 『껍질』을 내신 지 이태 만인 지난해에 『공기는 내 사랑』을 간행한 데서 보듯이 열심히 시를 쓰고 계십니다. 선생님의 시 쓰는 모습은 후학들에게 본보기가 되고 있습니다. 이렇게 열심히 하시는데 건강은 괜찮은지요? 「모과 썩다」라는 작품을 보니까 "일생 내가 먹은 약만 해도 세 가마니는 될 것이다"라는 구절이 있던데요.

정진규 후배들에게 내가 부지런하다는 소문이 나 있는가 봐요. 젊은 시인들 못지않게 긴장감을 유지하려고 애쓰고 있는데, 그렇다는 말을 들을 때 제일 기분이 좋아요. 건강은 괜찮아요. 다른 때는 대개 4년 터울로 시집을 냈는데 근래에는 2년 만에 나왔잖아요. 이런 것을 보면 건강이 괜찮은 편이지요. 시골 생가로 내려가서 많은 도움이 된 것 같아요.

맹문재 선생님께서는 2007년에 그동안의 서울 생활을 접고 고향으로 이사를 하셨습니다. 아무래도 안성에서의 생활을 여쭙지 않을 수 없네요. 어느덧 3년이 되었는데, 생활하시기가 어떤지요. 이번의 『서정시학』에 발표한 「율려집 2」 「율려집 3」을 보니까 진한 향토성이 느껴지네요. 시를 쓰는데 영향을 받고 있는지도 궁금하네요. 「율려집 2」를 우선 소개해보겠습니다.

> 어둠이 밤새 아침에게 밥을 멕이고 이슬들이 새벽 잔디밭에 밥을 멕이고 있다 연일 저 양귀비 꽃밭엔 누가 꽃밥을 저토록 간 맞추어 멕이고 있는 겔까 우리 집 괘종 붕알시계에게 밥을 주는, 멕이는 일이 매일 아침 어릴 적 나의 일과였던 생가(生家)에 와서 다시 매일 아침 우리 집 식구들 조반을 챙기는 그러한 일로 하루를 열게 되었다 강아지에게도 밥을 멕이고 마당의 수련들 물항아리에도 물을 채우고 뒤꼍 상추, 고추들 눈에 뜨이게 자라 오르는 고요의 틈서리에도 봄철 내내 밥을 멕였다 물밥을 말아주었다
>
> —「율려집 2–밥을 멕이다」 전문

정진규 얼마 전 집사람이 앨범을 하나 정리했는데, 수유리 30년이라는 이름을 붙였더라구. 수유리에서 30년 동안 살아온 과정을 사진으로 정리한 것이지요. 나중에 전집을 낼 때 쓰면 되겠구나 하고 생각하고 있는데, 수유리의 세월은 내게 뜻 깊지요. 거기서 애들이 학교를 다 다녔고 결혼을 시켰고 겪어야 할 온갖 일들을 겪었지요. 안성으로 내려간 뒤에는 정신적으로나 육체적으로나 운신의 폭이 자유로워졌

어요. 특히 시 쓰는 데 자연의 내밀함을 만난 것이 의미가 커요. 이전에는 보지 못하고 듣지 못했던 자연의 생명력을 보게 되고 듣게 됨으로써 시를 쓰는 데 큰 도움이 되고 있어요.

맹문재 그렇군요. 안성은 박두진, 조병화 선생님의 고향이기도 하듯이 시의 전통이 강한 지역으로 보이네요. 지역 시인들이며 주민들과의 교류 활동은 어떤지요? 「석가헌 근방」이라는 작품을 보니 지역 주민들을 "함께 무얼 먹어야 말문이 트이는 사람들"이라고 소개하셨는데, 참 재미있네요.

정진규 지역 시인들과의 교류는 억지로 하지 않고 있어요. 그들 나름대로 오랫동안 해온 관습이 있고 질서가 있을 테니 간섭하지 않는 것이 도와주는 것이라고 생각해요. 그들대로 자유롭게 하는 것이 좋겠지요.

지역 주민들과는 아주 친하게 지내고 있어요. 동네에 초등학교 동창이 셋이 있는데, 그들이 내가 월, 수, 금요일에 서울에 올라오고 다른 날은 오지 않는다는 것을 알고는 불러내요. 노인정에 무얼 끓여놓았다고 불러내는데 안 갈 수 없잖아요. 그런데 그들은 막걸리도 아니고 꼭 소주를 먹어. 그러니 나는 술을 먹으면 안 되는 형편인데, 그것을 넘어서는 경우가 많아요. 그래서 집사람한테 혼나지. 그래도 그게 즐거워요. 초등학교 동창들과는 재미있는 일이 아주 많아요. 한 가지 예를 들면 내가 어느 날 집사람의 손을 잡고 장에 갔는데, 그것을 초등학교 친구가 보고 자기 집사람의 손을 잡았대. 그러자 손을 탁 치며 왜 안 하던 짓을 하느냐고 하더래. 그래도 조금 있다가 다시 잡으니 그렇게 좋아하더래. 그래서 지금 동네 노인들은 내외간에 손을 잡고 다니고 있어요.

동네 애들과도 재미있게 지내요. 요즘 동네에 애들이 없잖아. 우리 동네에도 초등학생이 다섯 명밖에 없어요. 그 애들이 나를 아주 좋아해요. 좋아하는 이유는 다른 게 뭐 있나, 먹을 게 있으니 그러지. 애들이 들락거리며 먹으라고 우리 집 큰 광주리에 새우깡 등 과자를 잔뜩 사다놓았어요. 어느 날 애들이 책을 보다가 할아버지는 왜 시를 쓴다면서 동시집이 없느냐고 해요. 그러면서 할아버지는 가짠가 보다고 그래요. (웃음) 그래서 내가 금방 낼 거라고 했지요. 그런데 마침 나를 도와주려고 그러는지 '문학동네'에서 동시집을 내자고 해왔어요. 아직 편수가 좀 모자라는데 내달까지는 채워지겠지요. 동시집이 나오게 되면 애들한테 체면이 설 것 같아요. 실제로 너희들 때문에 이 동시집이 나오게 되었다고 다섯 명 애들의 이름을 넣었어요.

맹문재 동네 아이들이 '가짠가 보다'라고 한 말이 참 재미있네요. 그런데 「수유리를 떠나며」라는 작품을 보니 "산수유 한 그루"를 데리고 갔다고 하셨는데, 잘 크고 있는지요. 또 「찬우물」이란 작품에서는 우물이 나오는 것으로 소개되어 있네요.

정진규 산수유 때문에 고생이 많았어요. 몸살을 어찌나 앓는지. 사람보다 식물이 적응하는 데 더 민감한 것 같아요. 사람은 의지적으로 적응하기 때문에 환경이 바뀌어도 넘어갈 수도 있지만 자연은 맞지 않으면 몸으로 나타내잖아. 작년까지 이파리가 아주 작았는데, 올해는 좀 나아지지 않을까 기대해요. 거름을 많이 했거든. 최창균 시인이 목장에 쟁여두었던 거름을 다섯 가마니나 가져와서 주었어요.

우물이 있지요. 오래되었어요. 내가 어렸을 때부터 보았던 우물인데, 거기에서 쌀도 씻고 하지요. 이러한 것들이 정서적으로 도움을 줘서 시의 통로가 잘 열리는 것 같아요.

맹문재 이번 시집의 「비 오는 날」이란 작품에는 "비 젖고 섰는 큰 느티나무를 비가 와서 만든 줄 알았더니 느티나물 만나서 비가 비로소 느티나물 크게 적시게 되었음을 알았다"라는 구절이 있습니다. 비 오는 날의 큰 느티나무 풍경이 선연하네요. 그 상황을 좀 들려주시지요.

정진규 우리가 습관화된 시각으로 보면 비가 와서 풀이 자라고 나무를 키우는 것이겠지만, 가만히 보니 느티나무가 있어 비가 보이는 거예요. 과학적으로도 빛의 굴절 현상에 의해 비가 보인다지요. 자연만 그런 것이 아니라 사람도 교호적 관계가 실체를 형성한다고 생각해요. 이는 나의 몸 사상과도 통하지요. 몸과 정신이 안과 밖이 서로 만나야 실체가 형성되는 거지요.

그런데 우리 집에 있는 느티나무는 단순한 사물이 아니라 내게 절대적이지요. 우리 집을 지키는 나무여서 마치 당산나무와 같아요. 나는 아침에 일어나 나무와 대화를 해요. 아침마다 건강을 위해서이기도 하지만 명상을 하는데, 눈을 감고 하루를 어떻게 살아보겠다는 것은 물론이고 늘그막의 삶을 생각해요. 그때 느티나무와 대화를 하지요. 느티나무는 내게 신격화된 존재인 셈이어서 이름을 '초록금강'이라고 붙였어요. 초록의 잎들이 났을 때 생명의 궁극에 이른 것 같아서 금강경에 나오는 세계와 같다고 생각해요. 요즘은 '겨울금강'이라고 부르지요. 겨울은 춥고 아프고 얼음이 얼어붙는데, 그것을 거쳐야 새로운 생명을 맞을 수 있겠지요. 우리 집의 느티나무는 이처럼 큰 그늘이고 내 시의 상징물이지요. 사실 느티나무가 있는 터가 좋아요. 그래서 그 아래에 계단도 해놓고 평상도 해놓았어요. 앞으로 아이들 놀이터도 꾸미려고 해요. 그리고 이다음 세상을 떠날 때 거기에 내 비석을 세워달라고 유언으로 남기려고 해요.

맹문재 언제 찾아뵙고 느티나무를 보아야겠네요. 「지렁이를 심다」에서도 "부추김치 먹는 소리엔 아작아작 지렁이 씹히는 소리도 섞여 있다"고 표현해 체험의 구체성이 여실히 전해집니다. 이번 시집에서는 석가헌(夕佳軒)을 제재로 한 연작시도 보이는데, 앞으로 계속 쓰시는 건지요.

정진규 앞에서도 말했듯이 자연을 통한 구체적인 생명과의 만남이 소중해요. 또 다른 예를 들면 우리 집에 개를 두 마리 키우는데 아주 명민해요. 저 멀리서 내가 돌아오는 것을 어떻게 아는지 다 알아요. 그런데 내가 오면 안 짖지만 다른 사람이 오면 짖어요. 주인에게 개처럼 충성심을 가진 존재는 없는 것 같아요.

내가 집을 석가헌이라고 이름 붙인 것은 늘그막에 아름답게 살아보려고 한 것이지요. 젊은 날 욕심내고 화내고 미워하고 의도적으로 살았던 것들을 지우고 자유롭게 살고자 해요. 「석가헌」 연작시를 쓰고 있는데 생활시로 떨어지지 않으려고 하니까 힘들어요. 얼마나 쓸 수 있는지는 두고 봐야겠지요.

맹문재 선생님의 시세계에서는 아무래도 산문시 형식에 관심이 갑니다. 선생님께서는 제3시집인 『들판의 비인 집이로다』의 표제작부터 산문시 형식을 도입한 것으로 밝히고 있습니다. 서정적 억양이 있는 시성과 환상의 파도가 있는 산문성을 통합시키려고 했다고 시론 등에서 설명하신 적이 있는데 좀 더 말씀해주실까요. 일단 「들판의 비인 집이로다」를 소개해보겠습니다.

어쩌랴, 하늘 가득 머리 풀어 울고 우는 빗줄기, 뜨락에 와 가득히 당도하는 저녁 나절의 저 음험한 비애(悲哀)의 어깨들 오, 어쩌랴, 나 차가운 한 잔의 술로 더불어 혼자일 따름이로다 뜨락엔 작은 나무 의자(椅子) 하나, 깊이 젖고 있을 따름이로다 전재산(全財産)이로다

어쩌랴, 그대도 들으시는가 귀 기울이면 내 유년(幼年)의 캄캄한 늪에서 한 마리의 이무기는 살아남아 울도다 오, 어쩌랴, 때가 아니로다, 때가 아니로다, 때가 아니로다, 온 국토(國土)의 벌판을 기일게 기일게 혼자서 건너가는 비에 젖은 소리의 뒷등이 보일 따름이로다

어쩌랴, 나는 없어라 그리운 물, 설설설 끓이고 싶은 한 가마솥의 뜨거운 물 우리네 아궁이에 지피어지던 어머니의 불, 그 잘 마른 삭정이들, 불의 살점들 하나도 없이 오, 어쩌랴, 또다시 나 차가운 한 잔의 술로 더불어 오직 혼자일 따름이로다 전재산(全財産)이로다, 비인 집이로다, 들판의 비인 집이로다. 하늘 가득 머리 풀어 빗줄기만 울고 울도다
　　　　　　　　　　　　　　　　　— 「들판의 비인 집이로다」 전문

정진규 1960년대 후반부터 1970년대 전반기 무렵의 사회는 아주 혼란스러웠어요. 사회적으로도 문단적으로도 양분적 극점이 심했지요. 참여와 순수, 정치와 비정치, 집단과 개인 등으로 문인으로서의 양심과 정치적인 입장에서의 양심이 얼크러져 있었어요. 그때 나는 누구보다도 그 상황을 민감하게 받아들이고 있었어요. 내가 '현대시' 동인 활동을 하고 있을 때인데 동인들의 시세계가 개인 지향이어서 내면 탐구와 순수 지향을 나타내었지요. 그래서 어느 시점에서는 이게 아니다 하는 생각이 들었어요. 한쪽으로 기울어서는 삶의 총체성을 담을 수 없다고 생각한 거지요. 그래서 사회성에도 관심을 가졌지요. 집단에 기울면 예술적 미학이 약해지고, 개인에 기울어지면 삶의 양심이 약해지기에 아울러 갖기로 했지요. 그때는 통합 의지보다도 선택 의지가 강하던 시절이었어요. 이쪽이 진실이다, 이쪽이 문학적이다 등의 양분적 극점이 지배했지요. 그래서 통합의식을 모색했는데, 시의 형식이 자연스럽게 산문시로 바뀌었어요. 행과 연을 가르는 것보다 그대로 두는 것이 총체성을 담아내는 데 유리하다는 생각이 든 것이지요. 이처럼 나의 산문시는 삶의 총체성을 담겠다는 의지가 빚어낸 양식이라고 볼 수 있어요. 그러면서도 내 나름대로 서정적 억양을 지키려고, 리듬감을 잃지 않으려고 경계했고, 또 현대시로서 가져야 할 이미지군(群)이 흐르는 것도 강조했지요. 그리하여 행과 연을 갈라서 나타내는 시적인 리듬을 나타내기보다는 내 나름대로의 산문시 형태로 새로운 시 형식을 추구한 셈이지요.

그렇지만 나의 시도에 대해서 부정적으로 본 분들도 있었지요. 김춘수 선생님이나 김종길 선생님 같은 분이 그랬지요. 나의 시 형태를 바꿔보지 않겠느냐고 권유하기도 했어요. 그런데 김춘수 선생님은 돌아가시기 전에 나의 산문시 형식에 대해 인정했어요. 나의 산문시 형태가 나름대로 성공했다고 하셨는데, 왜냐하면 내면적인 새로운 리듬이 이미지로 실체화되었다는 것이었어요. 그렇지만 김종길 선생님은 부정적이었어요. 그런데 이번에 나온 시집을 드렸더니 엽서를 보내셨는데, 한 가지 고백을 해야겠다고 쓰셨더라구. 나이가 드니까 시의 행과 연을 꼭 갈라야만 시의 양식이 된다는 것이 객쩍다는 생각이 든다고 하셨어요. 꼭 그럴 필요는 없다는 것이지요. 그러므로 내 산문시를 긍정한 셈이 아닐까 생각해요. 형태로서만이 아니라 시의 내면적 리듬을 성취해낸 점을 인정한 것이라고 여겨요.

맹문재 시의 내면적 리듬이란 개념은 이번 『서정시학』에 발표한 다섯 편의 연작시에서도 확인할 수 있습니다. 제목부터 「율려집」이어서 리듬의 추구를 볼 수 있는데, 선생님의 산문시 형식과 연결해서 좀더 말씀을 들을까요.

정진규 내 시의 내면적인 리듬을 동양사상과 맞춰보니까 그게 바로 율려사상이에요. 김지하 시인이 말한 생명사상이지요. 율려는 6율 6려로 되어 있는데, 율은 양의 리듬이고 려는 음의 리듬이어서 그 6율과 6려가 서로 교직될 때 실체가 빚어지지요. 김지하 시인은 율과 려를 관념적으로 얘기했지만, 나는 시의 리듬도 바로 그런 것이라고 보고 있어요. 그런데 재미있는 것은 율과 려가 만나는 형태가 다 다르다는 점이지요. 음양이 만나는 것이 다 달라요. 어떤 때는 율이 올라가고 려가 아래로 내려가고, 어떤 때는 율이 내려가고 려가 위로 올라가지요. 양이 위로 올라가고 음이 내려가거나 그 반대가 되는 것인데, 사람의 형태도 그렇다고 생각해요. 생명의 리듬 현상은 참으로 오묘한 것 같아요. 6개의 율이 있고 6개의 려가 있는데 그것이 만나는 형태가 다 달라요. 4계절의 형태로 만나니 또 다른 거지요. 음양의 오묘한 만남 형태가 다른 그것이 율려의 흐름이고 자연의 흐름이라고 생각해요. 그래서 요즘 관련된 책들을 찾아서 읽고 있는데, 율려사상은 공자의 사상과 가까워요. 특히 『예기』에 많이 나와요. 거기에서는 음양에 대해 예로까지 승화시키고 있어요.

맹문재 저도 율려사상에 대해서 공부해야겠습니다. 다음으로는 선생님의 문단 활동 중에서 '현대시' 동인에 참가한 일이 관심이 갑니다. 연보에 따르면 1963년에 참가해 12권의 동인지를 간행한 것으로 되어 있습니다. 황운헌, 허만하, 김영태, 이유경, 주문돈, 김규태, 김종해, 이승훈, 이수익, 박의상, 이건청, 오탁번, 마종하 등이 동인의 구성원이었습니다. 그런데 1967년 동인들과의 견해 차이로 말미암아 활동을 그만두셨다고 하는데, 그 상황을 듣고 싶네요.

정진규 원래 한국시인협회의 기관지로 『현대시』라는 게 있었지요. 그때 한국시인협회의 멤버는 조지훈, 박목월, 박남수, 유치환, 김광림 등으로부터 전봉건, 김종삼, 김수영 등에까지 이르렀어요. 그런데 시협기관지인 『현대시』가 2권을 내고 동인지 형태로 바뀌고 전봉건 시인이 주간을 맡고 있었어요.

그 당시 시인들은 광화문 근처의 '아리스다방'에 주로 모였지요. 지금은 사라졌지만 조선일보 뒷길에 있었어요. 거기에 저녁 때 나가면 시인들이 다 모여 있었어요. 그때는 시인들이 몇 명 안 되는 시절이어서 원고료를 받는 사람이 술 사는 날이었지요. 그중에서도 지금 김훈 소설가의 아버지인 김광주 선생이 유일하게 수입이 많았어요. 『동아일보』에 장풍소설(무협소설)을 연재하고 있었는데 인기가 대단했지요. 그래서 원고료가 나오는 날은 '아리스다방'이 북적북적했지요. (웃음) 그때 조지훈 선생님이 나를 데리고 나가 인사시켜 주시고 '현대시'에도 넣어주셨지요. 그때부터 전봉건 시인과도 인연이 되었구요. 김종삼, 김수영과도 자주 보았는데 김수영은 술 한번 산 적이 없을 정도로 아주 오만했어요. 그 당시 김수영의 시적 오만과 송욱의 지적 오만은 아주 유명했지요.

내가 동인에 들어간 뒤로 젊은 시인들이 하나둘 들기 시작했지요. 이유경, 주문돈, 이수익 등으로 해서 이건청, 오탁번까지 들어왔지요. 그래서 선배들이 물러나고 젊은 시인들이 주류가 되면서 동인 활동이 지속되었어요. 동인들이 무슨 에콜이 있어야 되지 않겠느냐고 해서 내면 탐구와 존재 추구를 토의에 의해 마련했지요. 에콜 형성을 위한 세미나도 열고 했는데, 세미나고 뭐고 없던 시절이었으니 문단의 사건인 셈이지요. 그런데 동인지를 10여 집 간행하고 보니까 개인과 집단 간의 문제가 생겨요. 내면 추구가 반쪽의 시가 될 것 같은 생각이 든 거지요. 그래서 그 당시 조태일 시인이 하던 『시인』지에 전환의 시론에 해당하는 글을 썼어요. 동인들이 추구한 시의 애매함과 참여시들이 추구한 정직함에 대해서 썼는데, 쓰다보니까 정직함에 더 관점이 기울었어요. 원래 그런 것이 아니라 양쪽을 다 아우르려고 했는데 그렇게 된 거지요. 어쨌든 그 글이 동인들에게 오해를 낳았고, 거부감도 보이고 해서 내가 동인으로부터 나온 거지요.

맹문재 그러다가 28년이 지난 1995년 동인들과 재결합을 했는데 그 동기는 무엇이었는지요?

정진규 세월이 흘러 다시 만난 거지요. 동인 활동을 했던 시인들의 관점이 확대되었고, 시대적인 흐름도 많이 바뀌었고, 서로 시점의 일치도 보았고, 그리고 나이가 들다보니 일상적인 삶의 그리움도 있었지요. 자식들 결혼식에 다니는 등 인간적으로도 친해졌구요. 그래서 그 만남을 기념으로 해서 '현대시 동인상'을 만든 거지요. 그동안 잘 주어왔는데, 경제적인 이유 때문에 몇 해 중단되고 있어요. 아쉬워하는 사람이 많아 다시 상을 부활시키자는 얘기가 나오고 있어요. 빠르면 금년, 아니면 몇 해 안에 이루어질 것 같네요. 시단의 선배들이 주는 유일한 상이라지요.

맹문재 동인의 구성원 중에서 김영태, 마종하, 황운헌 선생님은 타계하셨습니다. 저는 특히 황운헌 선생님께 죄송한 마음을 가지고 있습니다. 제가 『시작』을 창간해 시집 시리즈를 기획할 때 황운헌 선생님 시집을 출간하기로 결정했는데, 출판사의 경영 등을 이유로 출간하지 못했습니다. 그리고 제가 출판사를 그만두는 바람에 황 선생님의 시집이 그만 제 손을 떠나고 말았습니다. 저의 의사와는 다르게 시집을 출간하지 못하게 되어 죄송하기가 이를 데 없습니다. 황운헌 선생님을 독자들에게 소개해주시길 부탁드릴까요.

정진규 박희진, 성찬경, 허만하, 신경림 등 『문학예술』 출신 또래의 시인들 중 한 분이지요. 중남미적인 감각과 열도 등 독특한 개성을 가지고 있어요. 브라질로 이민 가서 타계했는데, 『대한일보』 문학담당 기자로 있다가 연애하는 여자와 도망치는 형식으로 이민 갔으니 시인답지요. 한동안 옷장사를 해서 잘살았고, 브라질에서 문학지도 간행했어요. 『현대시학』에 특집도 여러 번 했는데, 일반적으로는 잘 모르는 것 같아요. 시집도 한두 권 있고, 연세대 출신인데, 이민 가는 바람에 묻히게 되었어요. 평가되어야 할 시인 중 한 분이지요. 그분의 원고 심부름을 내가 했는데, 지금도 가지고 있어요.

맹문재 제가 시작한 일이니까 조만간 마무리를 짓도록 하겠습니다. 다음으로는 황운헌 선생님 외에도 김영태 선생님과 마종하 선생님이 타계하셨는데 역시 소개를 부탁드립니다.

정진규 김영태 시인은 '현대시' 동인 중에서 인접예술에 대한 감각이 높았지요. 홍대 미술과 출신답게 미술에 조예가 깊었고 음악에 대해서도 조예가 깊었어요. 무용에도 조예가 깊어 무용비평의 일인자였지요. 대부분의 시인들은 인접예술에 대해 교양차원의 조예를 갖고 있었다면 김영태 시인은 전문가 수준이었지요. 그런데 옷 하나 음식 하나에도 까다로운 성격이었어요.

마종하 시인도 성격이 까다로웠어요. 타계한 다음에 알아서 『현대시학』에 특집을 마련했는데, 오탁번 시인과 원주고등학교 동기동창이었지요. 마포에서 중학교 선생을 했어요. 폐쇄적인 성격이 김영태 시인과 마찬가지로 병도 불러온 것이 아닌가 생각해요. 시도 괜찮았고 말년까지 썼는데 아쉬움이 있어요.

맹문재 선생님의 삶에서는 붓글씨 활동도 빼놓을 수 없지요. 소위 '경산체'라고 알려져 있고 전시회도 가지셨는데 어떤 계기로 작품 활동을 하게 되었는지요? 그리고 시를 쓰는 데 어떤 점에서 영향관계가 있는지요?

정진규 우선 시와의 상관관계부터 말하면 나는 시가 안 써질 때 대개 붓글씨를 써요. 붓글씨의 예술성이라는 것은 소위 운필이라고 하는데, 그게 마음과 직결되어 있어요. 마음을 잘 비워내서 평상심을 유지했을 때는 붓이 뜻하는 대로 나가지만 그렇지 않은 날은 안 써져요. 쓰면서 극복되는 수도 있지만 그 전에 마음을 다스려야 해요. 시에도 시인만이 초월해서 들어갈 수 있는 특권으로의 어떤 공간이 있듯이 붓글씨에도 그게 있지요. 그것을 비백(飛白)이라고 하는데, 이미지의 공간이지요. 현대시 이론으로 말하면 심상의 공간이라고 할까. 그런데 내가 쓰는 글씨는 어떤 서법에 의한 것이 아니에요. 어느 선생에게 배운 게 아니라 혼자 쓰다보니까 나름대로 개성이 생긴 거지요. 그런데 그것이 오히려 서예가들에게는 개성으로 보이는가 봐. 특히 스님들이 좋아해요. 제멋대로의 글씨니까 재미있다고들 해요. 제멋대로이지만 오래 쓰다보니까 격조가 생기나 봐요. 백담사의 오현 스님이 내 글씨를 좋아해요.

글씨를 쓰게 된 계기는 별다른 것이 없고 김구용 선생님 댁에 다니다가 하게 되었지요. 내가 그분한테 많은 걸 배웠어요. 특히 노자를 그분한테 배웠지요. 그분의 취미가 글씨 쓰시는 것이었는데 그게 멋있었어요. 글씨를 써서 연하장으로도 보내고 시집 받은 답장으로도 보내고 하셨는데, 그분의 한글이 아주 재미있었지요. 한동안 시집 표지는 그분에게 받는 거였어요. 옆에서 그걸 보다 보니까 나도 한번 해보자 해서 시작한 거지요. 그러므로 김구용 선생님한테 배웠다고 봐야겠지요. 내가 중학교 선생일 때 서예의 대가인 근원 김양동 선생님께서 같은 동료로 근무했어요. 그분이 나의 글씨를 보고 제대로 가르쳐주려고 손을 대었는데 안 되더라구. 그래 마음대로 하라고 하셨지요. 그래서 써온 게 꽤 많아요. 붓글씨를 가지고 새로운 장르를 만들어보자고 한 것이 먹춤이지요. 긴 종이에다가 춤을 추면서 글씨를 쓰다보면 어떤 초월적인 형체가 나와요. 나도 기대하지 않았던 것이 나오지요. 먹춤 공연을 한 네 차례 정도 한 것 같은데, 마지막 한 것이 고려대에서 한 것이지요.

맹문재 조지훈 선생님의 시비 제막식에서 한 것이었지요. 이왕에 꺼내셨으니 조지훈 선생님의 면모에 대해서 들려주시지요.

정진규 구체적인 업적이 있다고 해서 스승에 대한 존경심이 생기는 것은 아닌 것 같아요. 존경심은 저절로 자연스럽게 생기는 거지요.

그분은 수업을 열심히 한 적도 없고, 나의 시를 구체적으로 첨삭해주신 적도 없고, 그냥 어쩌다 한마디 해주셨을 뿐이지요. 그렇지만 무슨 무슨 책을 읽으라고 해주신 것이 정확했고 큰 도움이 되었어요. 또 내가 한학의 집안에서 태어나서 그런지 그분이 가지고 계시던 책들이와 닿았어요. 많은 제자들이 다 그분을 스승으로 여기겠지만, 나는 특히 내가 수제자라고 강조했지요. 그렇지만 건강치 못하셨어요. 폐가 좋지 않아 젊었을 때부터 쿨럭거렸는데, 나는 그 기침하는 모습까지 닮으려고 했지요. 선생님께서 건강이 좋지 않은 것은 다 술에서 왔겠지요. 일제 때 월장사에 숨어 외전강사 노릇을 했지요. 신식학문을 중들에게 강의하는 일이었는데, 그게 끝나면 그저 술이었어요. 신언서판이라고 그분은 외모가 좋았어요. 서관에서 점심 드시려고 정문으로 내려가면 잔디밭에 앉아 있던 학생들이 모두 일어날 정도로 풍모가 있으셨어요. 물론 4·19를 전후해서 그분의 지조론 같은 것이 학생들로부터 존경심을 갖도록 했지요.

맹문재 내친김에 박재삼 선생님에 대해서도 한 말씀 부탁드려볼까요. 「지워진 걸 지우지는 못했다」를 보니까 박재삼 선생님의 산소에 대해 안타까워하시고 계시던데요.

정진규 참 안타까운 일인데 다행히 문학관이 삼천포에 지어졌어요. 지금 자료 정리를 하고 있는 것으로 알고 있어요. 삼천포 사람들 중 나서는 사람이 없어 산소는 연고가 전혀 없는 데 모셔져 있지요. 그게 늘 죄책감으로 느껴져요. 그곳에 정삼조 시인이 있어 문학관을 세우는 데도 노력했고 산소 문제에도 힘쓸 거야. 박재삼 시인은 서민적인 사람이었지요. 술 잘 마시고 담배 잘 피우고. 가난하게 살았으니 세련된 멋은 없었지만, 서정의 깊이는 놀라웠어요. 서정성은 타고난 감각인 것 같아요. 시단에서 많은 사람들에게 호감을 준 분이셨지요.

맹문재　다음으로는 선생님의 시세계에서 『몸시』 『알시』에 대해서 여쭙겠습니다. 그 작품들이 선생님의 시세계에서 차지하는 비중이 상당히 크다고 생각합니다. 선생님께서는 그 연작시들을 어떤 계기로 쓰시게 되었는지요? 그리고 "시간 속의 우리 존재와 영원 속의 우리 존재를 함께 지니고 있는 실체가 몸"이고, "몸이 추구하는 우주적 완결성을 알"로 개념화하셨는데 좀 더 설명을 부탁드립니다. 일단 「알시」 연작시 중 한 편을 소개해보겠습니다.

　　나는 지금 병이 깊지만 나의 몽매를 몸으로 깨우치는 이 전폭의 매질이 오히려 안락하다 비로소 나는 감추었던 것들 다 몸으로 불고 있다 이렇게 편안한 걸 괜히 그랬다 어둠만 골라 디뎠다 나는 나의 병을 끝까지 데리고 가리라 그와 함께 놀리라 나는 분명히 쾌차할 것이다 벌써 순백의 은총 하나가 내 곁에 당도해 있다 그는 맨발로 걸어왔다 우리 집엔 요즈음 천사(天使) 한 분이 와 계시다 우리 식구들은 그 아기 천사의 옹알이로 소리로 교감하는 성가족(聖家族)이 되어 있다 아무 부족함이 없다 우리 집의 말씀은 우리 집의 구문(構文)은 날마다 〈최초의 사물 앞에 최초로 서 있다〉 그분께서 내게 그와 함께 걸음마를 가르치신다
　　　　　　　　　　　　　　　　　　　— 「몸시(詩) 80-병에 대하여」 전문

정진규　육신과 정신, 시간 속의 존재와 영원 속의 존재, 그리고 개

인과 집단과의 만남의 실체를 나는 몸이라고 봐요. 시가 바로 그 몸이라고 생각해요. 그래서 「몸시」가 나왔지요. 그리고 그것을 지속적으로 추구해야 되겠다고 생각하고 연시를 썼지요. 「알시」는 보다 원형적인 세계로 접근해본 것이지요. 알은 그 자체가 완성이고 원형이지요. 봉합된 자리조차 없는 절묘한 신의 솜씨로 하나의 소우주이지요. 그 절대적인 생명의 실체를 사유해본 것이지요.

맹문재 선생님의 산문시에는 마침표가 없는데, 어떤 이유가 있는지요?

정진규 이제는 일반적으로 시에 마침표를 안 쓰지요. 그것은 내가 산문시를 쓰기 시작한 것과 거의 일치해요. 산문 형태로 시를 쓰면 답답해 보이는데, 거기에 마침표까지 쓰면 더 꽉 막힌 느낌이 들지요. 그래서 리듬의 흐름을 자유롭게 하기 위해서 마침표를 쓰지 않은 거지요. 그래서 하나의 형식이 되었는데, 우리 시에서 마침표가 없어진 역사가 내가 산문시를 쓰기 시작한 역사와 거의 비슷해요. 1970년대부터이지요.

맹문재 그동안 시를 열심히 쓰셨고, 문단의 흐름도 중심에서 체험한 선생님으로서 여러 가지 감회가 들 것으로 보입니다. 오늘날의 젊은 시인들에게 해주실 말씀을 부탁드려볼까요.

정진규 젊은 시인들의 작품 속에는 부챗살처럼 갈래가 너무 많아요. 소재가 너무 다양해요. 그래서 좀 절제의 미학을 터득했으면 하는 바람이 있어요. 아무리 교향악단이라고 해도 한 지휘자의 지휘봉 끝에 집약되는 순간 뭐가 나오는 것이 아닐까요. 그것이 절제의 정점이겠지요. 젊은 시인들의 시는 화려한 반면 어지러워요. 다양하고 환상성이 있고 입체성도 있지만 집약된 질서가 없어요.

그리고 선배로서 젊은 시인들에게 부끄러운 얘기를 한마디 해야겠네요. 선배 시인들이 문학의 내적인 세계는 나름대로 추구해왔는지는 모르지만 문학 외적인 것, 소위 문단적인 문제들에 있어서는 젊은 시인들에게 온당치 못한 모습을 보였겠지요. 예를 들면 문학상 심사 등에서 정확하지 못하고 편협한 면을 내보이지 않았나 싶어요. 그래서 열심히 하는 시인이 오히려 상처를 받는 경우가 더 많은 것 같아요. 앞으로 선배 시인들이 자정적인 모습을 보여 후진들이 자기가 한 만큼 평가를 받고 열고 나갈 수 있는 기회를 주어야 한다고 생각해요. 그것이 곧 큰 시를 하는 계기이기도 하지요. 그런 것을 선배 시인들이 해야 된다고 생각해요.

맹문재 앞으로의 활동계획은 어떤 것이 있을까요?

정진규 앞에서도 얘기했듯이 동시집이 나오게 되겠지요. 내가 고희 때 네 권의 시집을 더 낸다고 큰소리를 쳤잖아요. 사실 그때 과연 낼 수 있을까 하고 겁이 났었는데, 2년 만에 낸 것을 보면 앞으로 4권을 더 낼 것 같아요. 그만큼 더욱 열심히 써야겠지요. 그리고 지금까지 선집은 냈지만 전집을 내지 않았는데, 전집도 필요하다는 생각을 하고 있어요.

맹문재 여러 가지 말씀 잘 들었습니다. 내내 건강하시고 좋은 시도 많이 보여주세요. 다음 시집을 또 기다리겠습니다.

(서정시학, 2010년 봄호)

개미가 쏠쏠한 시

송수권 시인

1940년 전남 고흥에서 태어나 서라벌예대 문창과를 졸업하고 1975년 『문학사
상』으로 작품 활동을 시작했다. 시집으로 『산문에 기대어』 『아도』 『꿈꾸는 섬』
『퉁』 등이 있다. 소월시문학상, 정지용문학상, 김영랑문학상, 김달진문학상, 구상
문학상 등을 수상했다. 순천대 문창과 교수를 역임했고, 현재 한국풍류문화연구소
장이다.

개미가 쏠쏠한 시

— 송수권 시인

맹문재 선생님, 안녕하세요. 우리 시단에서 가장 활발하게 활동하시는 선생님의 말씀을 듣게 되어 기쁩니다. 선생님의 작품 세계는 상당히 정리되어 있으므로 이 자리에서는 주로 2000년대 이후의 세계를 듣고자 합니다. 선생님께서는 근래에 『통』(서정시학, 2013)이라는 시집을 간행하셨습니다. 근황은 어떠하신지요?

송수권 '통' 소리가 나게 살고 있습니다. 금년부터 대학 교단을 떠나 광주에 안착하면서 생오지 문예창작 시반, 용봉 작은 도서관 강의로 문하생들과 함께하고 있습니다. 시를 쓰면 옷이 나와요 밥이 나와요 하고 노상 젊은 시절 타박하더니 대학 교수가 되어 봉급이 통장으로 들어가니 시도 밥 먹일 때가 있네요, 시집 『통』으로 구상문학상을 타오니 시도 집 사줄 때가 있네요, 하고 집사람이 말하더군요. 그런데 문하생 중 누군가 5천만 원으로는 아파트 한 채 못 산다고 했네요. 이제 시도 가치보다는 값이 좀 상승했으면 싶네요.

맹문재 『통』의 시세계에 대해 선생님께서는 시각과 청각에 의존해 오던 이미지를 미각과 후각으로 바꾸었고, 토속적인 원형 감각을 회복하기 위해 표준어보다는 토속 방언을 많이 사용했다고 밝히셨습니다. 그리하여 이 부분에 대한 말씀을 듣고자 합니다. 시집에는 꼬막(꼬막회, 꼬막탕, 꼬막구이, 꼬막전)을 비롯해 팥죽, 내빌감주, 대추란, 꽃게장, 묵은지, 각종 젓갈, 갓동지(갓김치), 탕평채 등 음식을 제재로 한 작품들이 많이 등장하는데, 의도하신 면이 있는지요?

송수권 저에게는 우리 국토의 표본 정서를 크게 서북 정서와 남도 정서로 나누어 보는 버릇이 있습니다. 한반도의 끝자락 고흥반도가 저의 태생지이고 40년 문학 인생을 고향 언저리로만 떠돌면서 살았습니다. 저는 『통』에 실린 「시인의 산문」에서 시각은 교육에 의해 길들여진 정서이고 미각과 후각은 타고난 원형 감각인데 나이 들수록 원형 감각으로 회귀하는 성향이 있는 것 같다고 했습니다. 원형 감각에서도 대표적인 것이 맛과 멋과 메시지로 요약되는 음식문화가 아닌가 싶습니다. 곽효환 시인이 펴낸 『한국 근대시의 북방의식』에서 서북 정서인 백석, 이용악, 김동환 연구를 주의 깊게 보았습니다. 그래서 「시인의 산문」에서 소월은 가락이 승하고 백석의 언어는 토속 샤머니즘의 원형 이미지가 짙게 나타난다고 쓴 것 입니다. 『남도의 밤 식탁』에 선 한국 현대시 100년사에서 개인이 쓴 음식 시집 한 권이 없어 상재

한다고 썼습니다.

맹문재　『퉁』에는 「봄날, 영산포구에서」라는 연작시가 네 편 수록
되어 있습니다. 첫째 시에서는 쭈꾸미가, 둘째 시에서는 멸젓(멸치젓)
이, 셋째 시에서는 굴과 낙지국과 무젓(꽃게 무침)이, 넷째 시에서는
대구와 청어가 소개되고 있네요. 첫째 시에서 "니 할매는 이 맛을 두
고 어찌 갔을거냐"라고 하신 아버지의 말씀에 가슴이 먹먹합니다. 넷
째 시에서 "아버지 입은 대구 입 만하고/어머니 입은 대구 입 만하고/
아이들 입은 대구 입 만하고"라고 그린 모습에는 식구들이 오순도순
둘러앉아 대구탕을 먹는 저녁이 떠오릅니다. 작품의 배경에 대한 말
씀을 들어볼 수 있을까요? 음식을 제재로 한 선생님의 시들은 백석 시
인의 영향을 받았다는 인상이 드네요. 어떤 면을 계승하려고 했는지
요?

송수권　백석의 시에 대구탕을 먹는 저녁과 개포 이야기가 나오는
데 주목했습니다. 또 백석의 음식 시를 읽다가 "내빌눈"이라는 시어를
보았는데, 나도 어려서 "내빌눈 잔치가" 떠올라 「내빌눈」이라는 시를
썼습니다. 서북 정서와 남도 정서가 민속이나 음식에서 일치점이 있
는 것을 확인했습니다. 문득 "눈온 대구 비온 청어"라는 경상도 식담
이 생각났던 것이지요, 내가 살고 있는 '영산포구'는 『자산어보』의 물
목으로 천년고도 목사골인(나주) 중심지가 됩니다.
　남도 밥상이 힘이 실리는 것은 흑산도(홍어)에서 영산포구에 이르는
이 『자산어보』의 물목 때문입니다. 이 물목이 없으면 남도 밥상은 금

방 무너집니다. 남도 김치는 추자 멸치젓이지만 서울 김치는 마포강 둑의 새우젓 아닙니까? 남도 김치가 질퍽한 맛이라면 서울 김치는 담백합니다. 이것을 김치의 남북현상이라 합니다. 같은 서울 안에서도 남산골 샌님은 술이지만 북촌 대각골은 매일 잔칫상으로 떡이 빠지지 않아 남주북병(南酒北餠)이라 하지 않습니까? 또 북무남창(北舞南唱)이란 말도 있지 않습니까? 지금 영산포구 다리 옆에는 1912년에 세운 등대가 쭈그리고 서 있습니다. 우리 국토에선 연안 내륙 언덕에 서 있는 유일한 등대입니다. 4대강 사업이 끝나면 이 등대에 불이 밝혀지고 목포에서 올라오는 젓갈 배나 흑산도 홍어, 추자 멸치젓 배가 올라올 수 있겠거니 하고 은근슬쩍 바랐는데 지금 그 결과가 어떻습니까? 이 등대를 보면 가슴이 미어집니다. 그래서 쓴 것이 「봄날, 영산포구에서」라는 연작시입니다.

백석과의 영향관계는 위에서 말한 서북 정서의 식탁과 남도 정서의 식탁에 얽힌 토속성입니다. 서북 정서의 식탁은 허약하지만 남도의 식탁은 힘이 넘칩니다. '내빌눈' 이야기도 했지만 백석의 시에 '왱병'이나 대숲 바람 소리가 나옵니까? 이는 소월 시도 그렇습니다. 디엔에이(DNA)에서 타고난 유전자의 소인(素因)이 같을 수 없지요. 왱병은 남도의 부뚜막에 올라앉은 '촛병'을 말합니다. 서북 정서의 시 속에는 없지요. 『통』에 있는 왱병 이야기는 이렇습니다. 봄에 봄바람이 터지면 쭈꾸미 철이고 가을에 가을바람이 터지면 전어 철입니다. 촛병이 오도방정을 떨고 한자리에 못 있습니다. 「봄날, 영산포구에서」에 나오는 "니 할매는 이 맛을 두고 어찌 갔을거나" 하는 말, 봄바람이 터지면 쭈꾸미나 도다리회 치느라 촛병이 왱왱 울고 전어 철이 오면 또 촛병이 왱왱 운다고 해서 붙은 이름이 '왱병'입니다. "전어 굽는 냄새에 집 나간 며느리 돌아온다"는 말은 이를 싸잡아서 하는 남도의 식담이며 식요입니다. 요즘 현대시의 맹점은 이미지 감각들이 다 주변 감각에서 나오니 나는 여기에서 언어의 대활령과 소활령을 구별해보는 것입니다. 소활령은 표준어에 있지만 대활령은 토속 정서 즉 토속어 속에 숨 쉬고 있습니다. 나는 백석에게서 이 점을 깨달은 것이지요. 즉 백석의 식탁이 '흰 쌀밥과 가재미와 식혜, 장고기(피라미), 붕어곰'이라면 나의 식탁은 '쇠고기 120부위'(백석은 푸줏간을 피해 다녔음)와 다금바리도 24부위를 쪼개야 시원한 '야생의 식탁'입니다. 그래서 『퉁』에는 원숭이 골 파는 이야기(「북치는 원숭이」), 심지어 비파 열매, 숲 속의 악기 등을 진열한 승기악탕(勝妓樂湯)의 생식(生食)입니다. 이것이 「왱병」에서 온 식초 맛입니다. 『한계전의 명시 읽기』에서 백석의 「여승」과 나의 「여승」을 비교 감상한 것을 보았는데, 나의 시에는 백석의 시에서 걸치는 여러 장면이 많이 나옵니다. 토속 정서를 누비다 보니 그런 영향관계가 나오지 않나 싶습니다.

맹문재 이번 시집에 들어 있는 작품들 중에서 「새벽은 부엌에서 온다」가 전체의 시세계를 대변하고 있다는 생각이 듭니다. 어머님께서 해주신 음식 중에서 소개하고 싶은 것이 있는지요? 작품의 전문을 옮겨보겠습니다.

세밑은 흰 눈이라도 펑펑 쏟아졌으면 싶다
시골집 장독마다 소복이 쌓인 눈

뜨거운 김이 오르는 이팝 같다

부엌 아궁지에 불빛이 환하다
무쇠솥에서 끓는 밥물 넘치는 소리
그 솥뚜껑 가에도 흰 눈이 자욱하다

어머니가 있는 부엌은 따뜻하다
아직도 팔순 노모가 허리 구부린 집
새벽은 언제나 그 불빛 속에서 왔다

그 가슴 저린 불빛 까치가 잠깬 아침은
마당가 종종거리던 참새 눈 발자국도
해맑은 오이꽃으로 피어 눈시리게 반짝였다

— 「새벽은 부엌에서 온다」 전문

송수권　「새벽은 부엌에서 온다」는 어머니의 따뜻한 식탁에 관한 시입니다. 이는 「여자의 성소(聖所)」 연작입니다. 2012년 김삿갓문학상 수상작이기도 해 영월의 김삿갓공원에 여러 시인의 시비와 함께 새겨져 있지요. 「여자의 성소(聖所)」는 이렇습니다. "어미 등 뒤에 붙은 코알라를 보면/젖니 두 개가 났을 때가 생각난다/움, 움, 움─하다/젖니 세 개가 났을 때/나는 움, 움마라는/이 지상의 마지막 말을 완성했다/부엌 뒷문으로 비친 북두칠성 별자리를 보고/일곱 걸음을 옮겼을 때/밥물이 끓고 뜸 들이는 그 밥 냄새를 처음 알았다/이 세상 어떤 꽃들의 진한 향기보다 진했다/좀 더 자라서는 부뚜막에 부지깽이 숯검정으로/가갸─뒷다리를 썼고/일곱 살 땐/애야, 이곳은 네가 개칠(改漆)하는 곳이 아니란다./그 성소(聖所)에서 쫓겨났다/나 대신 삽살강아지 한 마리가 들어와/그 깔자리를 개칠하고 살았다/내 나이 지천명이 되었을 때/마지막 타오르던 아궁이의 그 빨간 불꽃/굴뚝 드높이 솟은 연기 따라/그녀는 하늘로 갔다."

맹문재 『남도의 맛과 멋』(창공사, 1995)이나 『시인 송수권의 풍류 맛 기행』(고요아침, 2003) 등의 음식 기행집과 시집 『남도의 식탁』(작가, 2012)도 내셨습니다. 맛에 대한 식견이 넓고도 깊다고 생각하는데, 남도 음식의 특성에 대해 한 말씀 해주시지요.

송수권 남도 음식은 한마디로 한정식이 대표 음식인데 이의 특성은 발효, 즉 '삭힘새'에 있습니다. 이 삭힘새에서 오는 맛을 개미 또는 게미라고 하는데 '개미가 쏠쏠하다'라고 씁니다. 이는 삭힘(숙성)이 잘됐다는 말이고, 판소리로 가면 '그늘'이라고 씁니다. 그래서 '그늘 있는 음식' '그늘 있는 삶' '그늘 있는 시'라고 쓰며 판소리로 가면 '그늘 있는 소리'가 되는데 이를 통성, 즉 뱃속에서 나는 '수리성'이라고 합니다. 타고난 해맑은 소리(양성) 또는 천구성이라고 해도 소리에 그늘이 끼지 않으면 건넘은 소리(맛), 캄캄한 목, 째진 목, 떡목이라고 부르지요. 저 또한 시를 판별할 때는 이 그늘(육화)이 있는가 없는가를 살펴봅니다.

맹문재 대담의 방향을 『빨치산』(고요아침, 2012)으로 돌려볼게요. 이 시집은 장편 서사시집인 『달궁아리랑』(종려나무, 2010)에 이어 우리의 현대사에서 지울 수 없는 여순사건을 그리고 있습니다. 아직도 우리 사회에는 좌우익 논쟁이 심각한 상황에서 선생님의 시집은 의미가 크다고 생각됩니다. 시집을 구상하게 된 동기를 들을 수 있을까요?

송수권　1990년대는 제주도에서 격포 채석강 가로 서재를 옮겨와 살았는데, 격포 노을 속에서 가장 행복하게 살았던 시기인 것 같습니다. 그때 낸 시집이 제10시집인 『수저통에 비친 저녁노을』이었지요. 나는 이 시기를 '격포시대'라고 부릅니다. 1990년대 말쯤 순천대 문창과 교수로 부임하면서 할 수 없이 서재를 순천에 가까운 섬진강변으로 옮겼습니다. 「지리산 뻐꾹새」(1978)를 발표한 지 20년 만에 지리산 품속으로 돌아온 것입니다. 아침저녁으로 듣는 뻐꾹새 울음이 되살아났습니다. 저는 제1시집 『山門에 기대어』 서문에서 "걸려도 한 풍경 속에서 깊이 걸려라. 울어도 울타리 가에서 찔찔거리는 참새처럼 울지 말고 한 마리 뻐꾹새가 수백 수천의 지리산 봉우리를 다 울리고 가듯이 이 시대의 한복판에서 울어라"라고 당찬 소리를 했지만, 지리산 뻐꾹새의 울림이 역사적 한(恨)을 못 실어 실체가 불분명했습니다. 그래서 '여순사건'의 실체를 통째로 집어넣고 보니 『빨치산』 이야기가 되었습니다.

알다시피 소설에는 이병주의 『지리산』, 조정래의 『태백산맥』이 있지만 장편 서사시로는 처음 있는 일이어서 역사적 의미가 있는 작업이었습니다. 통일 한국이 오면 100년 후에도 빨치산이 역적으로 남을 것인가 하는 문제가 제기된 셈입니다. 그때에는 지리산에도 '빨치산 문학관'이 들어서고, 좌우 이념이 살아남을 수 있을 것인가를 생각해보았습니다. 그들의 삶을 '중음자(中陰者)'의 삶으로 기록한 것이지요.

『달궁아리랑』과 『빨치산』의 내용은 중음신들의 이야기입니다. 역사가는 산봉우리를 기록하지만 골짜기의 삶은 시인의 몫으로 기록하지 않으면 신화나 전설이 되고 맙니다. 4·3사건, 거창 양민 학살사건 등은 정당화되어 있는데, 여순사건은 아직도 반란사건으로 치부되고 있어 쓴 것이 『새야 새야 파랑새야』(1985)인데, 그 연장선에 있는 것이 『달궁아리랑』입니다. 통일 한국 백년 후에는 14연대 주둔지인 여수 신월리 바닷가에도 평화공원이 들어서지 않겠습니까? 얼마 전 뉴스에서 전남도의회가 이에 대한 조례를 만들고 여수시장이 평화공원을 만들겠다고 했는데 아직 소식이 없네요.

맹문재 여순사건에서는 아무래도 로명선이란 이름으로 유격대 사령관을 맡아 활약했던 이현상을 떠올리지 않을 수 없습니다. 근래에 그에 대한 평전도 나오고 있는데, 선생님께서는 그의 삶에서 어떠한 면에 관심을 가지고 있는지요?

송수권 이현상은 현대사의 질곡 속에서 희생된 비극적인 인물입니다. 그는 1953년 9월 18일 빗점골에서 차일혁 총경에게 수색 중 사살된 것으로 알려져 있습니다. 그의 호주머니에서 나왔던 것이 '당홍동 유고시'이고, 지하족에서 나왔던 것이 그의 산처(山妻)인 '하수복에게 보낸 편지'로 비전향 장기수들이 감옥에서 눈물을 뿌렸다고 합니다. 차일혁 총경과 이현상은 똑같이 일제치하에서 만주독립운동으로 활약한 동지였습니다. 이현상의 시체를 이승만 박사가 서울로 운송하라

해서 운구했지만 보기 싫다고 도로 섬진강에 싣고 가서 불태우라고 했는데, 당시 특무대장이 창경원에 전시하고 호랑이 밥으로 주자고 했다는 일화가 있습니다. 하동 송림 모래밭 가에서 화장한 것도 차일혁 총경이고, 스님을 불러다 독경한 것도 그였습니다. 저의 『달궁아리랑』에서는 "동지 잘 가시오!"라고 이 장면을 묘사했고, 그때 이현상의 군모와 지휘봉은 김인주 경관이 수습하여 손에 묻은 피를 씻겠다고 중이 되어 절로 들어갔는데 아직도 소식이 없다고 묘사되어 있습니다. 차일혁은 200명의 대원으로 빨치산 2천 명을 잡은 '빨치산 잡는 귀신'으로 알려져 있지만, 통일 한국 100년을 내다보며 쓴 나의 시집에서는 비트겐슈타인의 애매도형인 '오리와 토끼 그림'을 제시하고 싶군요. 오른쪽으로 보면 오리요 왼쪽으로 보면 토끼가 되지요. 그러나 100년 후에 이 애매도형은 오리도 토끼도 아닌 민족의 실체로 존재하지 않을까 싶습니다. 즉 '빨치산 역사관'이 지리산에 들어서면 두 인물이 병존할 가능성이 크다는 것을 시사합니다. 기록이 햇빛에 물들면 역사가 되고 달빛에 물들면 신화가 되는데 나는 신화의 입장이 아니라 역사의 입장에서 이 두 인물을 떠올린 것입니다. 그때는 옷을 벗어버린 알몸으로 두 인물이 배제의 원리가 아닌 수용의 원리로 들어오지 않겠어요? 그때 가면 나의 두 권 시집도 더욱 빛을 발할지 모르겠군요.

맹문재 이야기의 방향을 돌려볼게요. 선생님께서 엮은 『그대, 그리운 날의 시』(고요아침, 2006)의 서문을 보니 좋은 시에 대한 기준으로 여섯 가지를 제시해놓았네요. 그중에서 여섯 번째로 "시는 삶과 죽음의 테마 연구이다. 따라서 직접적인 생체험의 가락을 몰아치지 않고는 좋은 시가 될 수 없다."고 하셨는데 말씀을 좀 더 들을 수 있을까요?

송수권 제가 보는 좋은 시에 대한 평가 기준이군요. 생체험은 곧 개체험이 아니겠어요. 개체험 없이 시가 육화되지는 않겠지요. 육화되지 않을 때 시인의 영혼이 어떻게 존재하는지를 묻고 싶습니다. 정지용의 경우 초기 모더니즘 시인 「카페·프란스」는 후기 산수 체험에서 「백록담」이나 「장수산」 등으로 육화됩니다. 그래서 「유리창」 같은 모범 작품을 썼겠지요.

맹문재 시선집 『우리나라의 숲과 새들』(고요아침, 2005)의 해설을 오세영 선생님께서 애정을 가지고 쓰셨네요. 오세영 선생님은 그동안의 선생님께서 추구해온 시의 대상이 자연이라고 보고 등단한 뒤부터 두 번째 시집인 『꿈꾸는 섬』까지를 제1기(1975~1982), 여섯 번째 시집인 『자다가도 그대 생각하면 웃는다』까지를 제2기(1982~1991), 일곱 번째 시집인 『별밤지기』(1991~   ) 이후를 제3기로 나누었습니다. 제1기의 자연을 애니미즘의 세계, 제2기의 자연을 생활공간의 세계, 제3기의 자연을 생태 환경의 세계로 나눈 것이지요. 그리고 또 다르게 추구해온 대상으로 민속 혹은 민중이라고 보고 고전의 세계, 역사의 세계, 설화의 세계, 민속적 세계, 향토적 세계, 샤머니즘 및 불교적 세계 등으로 정리하셨습니다. 저는 이들 중에서 역사적 세계에 관심이 갑니다. 그동안 동학혁명에서부터 빨치산에 이르기까지 역사적인 문제들을 작품으로 담아내셨는데, 앞으로 더 그리고 싶은 것이 있는지요.

송수권　저는 시에서 아놀드가 말한 '양가정신'을 잊은 적이 없습니다. 하나는 언어의 성취도요, 둘은 정신의 성취도입니다. 만해는 '님'이라는 명령어 하나로 살아남은 정신의 성취를 보인 시인이고, 영랑은 남도의 비단결 같은 언어(시편제 가락)로 살아남은 시인입니다. 이 둘을 합하면 양가를 성취하는 시인이 될 것입니다. 우리 서정시가 맥 빠진 것은 정신을 추구하는 역사 정신이 없다는 것을 저는 일찍이 깨달았습니다. 특히 영랑의 시가 그렇지요. 이육사의 일관된 지사적 정신이나 윤동주의 자기 고백적인 부끄러움의 정신은 양가정신을 실현한 시인으로 보입니다. 모두가 개체험과 육화된 서정이 뛰어난 시인들이지요.

이 정신적 내용을 이루는 것이 저의 시에서는 대[竹]와 황토, 뻘의 정신에서 왔습니다. 이는 남도 풍류 중 줄풍류가 아닌 대풍류입니다. 알다시피 대풍류는 대금, 중금, 소금 3죽(竹)으로 이루어집니다. 이 피리소리가 난세에는 죽창으로 빛나고 태평한 세월에선 가락으로 뜹니다. 그것이 의향이고 예향이며 '문밖은 대밭인데 방 안에 들어가면 어찌 난초가 없겠는가'라고 말합니다. 이것이 남도의 풍류이고 남도 정신입니다. 지금까지 저의 시는 이 정신에서 한 치도 벗어나본 적이 없습니다. 이 언어가 시로 가면 '구슬리는 말법'이요 '눙치는 가락'이 됩니다.

40년 문학 인생을 고향 언저리로만 떠돌았기에 고향에 바치는 시 『사구시의 노래』가 16시집으로 곧 선보일 것입니다. 저는 최치원이 풍류도에서 말한 '접화군생(接化群生)'이란 말을 좋아하는데 앞으로의 시 세계도 그렇지 않을까 싶습니다.

맹문재 새 시집을 내신다니 기대됩니다. 선생님의 산문집 『아내의 맨발』(고요아침, 2003)은 많은 독자들에게 사랑을 받았습니다. 「아내의 맨발」 연작시도 그러하구요. 소개를 좀 부탁드릴까요?

송수권 『아내의 맨발』은 아내의 골수이식 수술비가 없어 10일 만에 쓴 것입니다. 3천만 원의 성금을 내어준 출판사가 고마웠기 때문입니다. 저널리즘의 위력을 처음으로 실감했습니다. 조중동이 일시에 터뜨리니 방송 3사가 밀려와 북새통을 이룬 끝에 KBS에서 방영 날짜까지 잡아놓고 촬영에 들어갔는데, 처음 약속과는 다른 방향으로 카메라를 움직이더라고요. 그래서 촬영 한 달 만에 취소시켰더니 위약금 2천3백만 원을 내라더군요. 광주 집에서 병원, 섬진강 서재까지 오르내리며 촬영했는데 시인의 문학 인생이 아니라 저속한 사랑 이야기에 초점이 맞춰져 그만두었지요. 광주 여관방에서 3일 동안 철수를 하지 않고 있어 애를 먹었는데, 결국 위약금 없이 철수해준 것이 고맙기만 합니다. 저는 속물주의 간판스타가 아니라 진짜 시인으로 남고 싶었습니다.

맹문재 시선집인 『여승』(모아드림, 2002)에서는 배한봉 시인과 긴 대담을 나누셨네요. 이 대담을 읽으면 선생님의 시세계를 상당히 이해할 수 있다는 생각이 듭니다. 대담 중에서 '곡선의 상법'과 '소리의 상법'이란 개념이 나오는데 좀 더 설명을 들을 수 있을까요?

송수권 십 년 전에 나온 시선집을 펼쳐보니 「거침없는 가락의 힘, 그 곡즉전(曲則全)의 삶」이란 제목에 '송수권 시에 나타난 굿의 제의(祭儀)와 에로스정신'이 부제목으로 달렸네요. 내용으로는 ① 맺힘과 풀림, 恨의 미학 ② 곡선과 소리의 상법 ③ 국토정신과 선풍(仙風) ④ 에로스 정신과 뻘 ⑤ 겨레말의 숨결과 토속 정서 ⑥ 곡즉전과 맛깔 나는 그늘의 미학으로 아주 밀도 있게 구성되어 있군요.

'곡선의 상법'과 '소리의 상법'은 「송수권론」에서 부산대학교 김준오(작고) 교수가 처음 끌어낸 이론이었습니다. 저도 이분한테서 노자의 「곡선의 미학」을 배운 셈이지요. 저의 시가 도시 이미지가 아니라 전부 자연 속의 삶의 이미지로 곡선을 추구하고 있다는 것입니다. 곡선의 상법과 소리의 상법을 정리해서 산문집으로 낸 책이 있는데 『소리, 가락을 품다』(열음사, 2007)입니다. 그 서문을 이렇게 썼습니다.

현대회화에서 처음으로 선(線)을 의식한 아티스트는 러시아의 알렉산더 로드첸코였다. 그는 색채 회화의 마지노선도 이런 선(線)을 통해 초월할 수 있다고 믿었다. 그리고 훈더트 바서는 "기능주의야말로 범죄며 직선은 선과 도덕에 대한 부정"이라고 선언한 바 있다. 그의 선언대로라면 '곡선의 상법(想法)' 이야말로 웰빙의 선이며 생체리듬의 선이다. 여기에 비로소 소리가 숨 쉬고 가락이 있다. 이 가락은 곧 느림으로 가는 삶이다. 시로 보면 서정의 운율이며 음악으로 보면 선율이다. 건축으로 보면 시간과 공간이 머물 수 있는 선조주의(線造主義) 공법이다. 한국의 아름다운 소리는 대개 이 '곡선의 상법'에서 솟아난다. 이 상법에서 나오는 체험의 소리 50여 편을 모아 『소리, 가락을 품다』로 엮는다. 이는 내 시

(詩) 쓰기의 코드요, 노자가 말한 '곡즉전(曲則全)' 즉 '곡선은 완전하다.'로서 내 삶의 길이 되기 때문이다.

군자의 연잎을 두들기는 빗소리, 군청색 바다에 뜬 휘파람새 같은 해녀의 숨비 소리, 나직한 능선을 따라 길게 울리는 황혼의 범종 소리, 한여름 더위도 피해가는 외할머니 부채바람 소리, 산수진경의 여백을 우렁차게 채우는 여름 산 폭포 소리, 생흙 향기 물씬 풍기는 봄 물꼬에 물 넘는 소리, 새끼를 위해 한바탕 전쟁 중인 딱따구리 나무 찍는 소리, 우주의 소리를 머금고 둥글게 울어대는 농악마당 징 소리, 청자의 푸른 빛깔 속에 담긴 솔바람 소리……. 이는 모두가 나의 시적 소재들로 곡선의 상법과 소리의 상법입니다. 직선은 악마가 만들어낸 죽임의 선이고 곡선은 천사가 만든 살림의 선이란 뜻입니다.

맹문재 이야기의 방향을 다시 돌려볼게요. 산문집인 『만다라의 바다』(모아드림, 2002년)에 들어 있는 「훌쩍훌쩍, 비틀비틀」에서는 박용래 시인과 임홍재 시인이 소개되고 있습니다. 두 시인에 대한 소개를 들어볼까요.

송수권 훌쩍훌쩍, 비틀비틀, 지금 생각해도 참 슬프고 아련한 추억들입니다. 1975년 2월호 『문학사상』으로 등단하자 3월인가 YWCA 강당에서 신춘문예 등단 시인들과 합석 인터뷰가 있었습니다. 그 자리에서 만난 시인이 임홍재였습니다. 그는 『서울신문』에 시와 『동아일보』에 시조가 동시에 당선된 친구였습니다. 그 후 우리는 줄기차게 편지질을 했습니다. 나는 섬 중학교(지명중) 교사였는데, 그가 서울에 있는 덕택으로 많이 의지하고 살았습니다.

방학 때 겨우 만나곤 했는데 박용래 시인이 곧잘 그를 찾아오곤 했습니다. 박용래 시인은 벙거지 빵모자를 쓰고 대전에서 올라와 나타나곤 했는데 술이 취하면 훌쩍훌쩍 감정에 복받쳐 울었고, 홍재는 원래가 한쪽 다리를 절어서 비틀걸음이었는데, 어느 여름밤에 곤죽이 된 박용래 시인을 등에 업고 청개천 다리를 건너 그의 집에서 잤습니다. 홍재 등에서는 박용래 시인이 훌쩍훌쩍, 홍재는 비틀비틀, 다리를 건넜던 그 모습이 잊히지 않습니다. 나는 그때 박용래 시인의 벗겨진 구두 두 짝을 들고 뒤따랐었지요.

임홍재는 저와 토속적이고 향토적인 시세계를 공유했기에 절친했습니다. 섬학교에서 어느 해(1979?) 편지를 보냈는데 사무실 동료로부터 반송되어 왔고, 홍재는 죽은 지 두 달이 되었다는 것, 청계천 다리를 건너다 한밤중 실족사로 신문에 대서특필되었는데 그것도 못 봤느냐는 원망조였습니다. 「山門에 기대어」에 나오는 누이(동생)의 자살사건 이후 저에게 두 번째로 큰 충격을 주었습니다. 그가 아직도 살아 있었다면 저에게도 큰 힘을 받을 수 있었을 텐데, 한스럽습니다. 그의 유고시집에 그때 심경을 고백한 서문으로 나의 글이 실려 있습니다. 안성농고에 그의 시비가 섰을 때도 풍랑으로 배가 뜨지 못해 참석하지 못하였고 다음해 겨울, 겨우 시비 앞에서 울었던 기억이 가슴 아픕니다. 그리고 그해 겨울 『여성동아』 11~12월호에 걸쳐 50여 통의 편지를 공개하였고, 300여 통의 편지가 있었는데, 이사 다니면서 상당량 분실된 것 같습니다. 그때 안성을 다녀오다 장터에 들러 동지팥죽을 들며 썼던 시가 있습니다.

> 장터 마당에 눈이 내린다
> 먹뱅이 남사당패 어디 갔나
> 남사당은 내 고향
> 내 몸은 아프다
> 소리소리치며 눈이 내린다
> 설설 끓는 동지 팥죽
> 저녁 한 끼 시장한 노을 위에
> 식어가는 가마솥 뚜껑 위에
> 안성 세지 목화송이 같은 흰 눈이 내린다
> 비나리패 고운 날라리 가락 속에
> 눈물범벅이 진 네 얼굴
> 곰뱅이 텄다 곰뱅이 텄다
> 70년대를 한판 걸쭉하게 놀아보자던
> 네 서러운 음성 위에
> 동녹이 슬어가는 유기전 놋그릇들 위에
> 눈이 내린다
> 어스레기 황혼을 부르는 말뚝 위에.
> ─「안성(安城) 장터─홍재 시인에게」 전문

박용래 선생과도 많은 엽서와 편지를 주고받았지요. 홍재의 등에서 홀쩍홀쩍할 때 빵모자 방울이 따라서 좌우로 흔들리며 펄럭거린 모습이 오래 남습니다. "수권형, 그곳 山門 밖에는 눈이 가득 쌓이고 있겠지요. 병실 창문 밖으로 그 모습이 보입니다"라는 엽서가 마지막 편지였습니다.

맹문재 참으로 아련하고도 안타깝네요. 선생님의 시선집인 『우리나라 풀이름 외기』(문학사상사, 1987)에서는 「여승(女僧)」이란 작품이 특히 눈에 들어오네요. "너무 애지고 막막하여져서"라든가 "도련님, 소승에겐 너무 과분한 적선입니다. 이젠 바람이 찹사운데 그만 들어가 보셔얍지요." 같은 표현에서 그러하네요. 이 작품의 배경을 들을 수 있을까요?

송수권 「여승」이란 시는 저의 두 번째 시선집의 표제 『여승』(모아드림, 2002)이기도 합니다. 예닐곱 살 때 한 소년이 처음으로 겪는 이 세상의 신비감이라 할까요. 방 안 풍경과 동구 밖까지 여승을 따라나선 한 소년의 관음증이라고 할까요. 앞에서 소개한 「여자의 성소(聖所)」에서 '움마'란 말을 처음 완성한 후 써 먹은 말이 '애지고 막막하여'라든가 '도련님'이라든가 하는 말인 것 같습니다. 저의 시 중 시 낭송 대본으로 가장 많이 떠돌아다니더군요. "나는 아직도 이 세상 모든 사물 앞에서 내 가슴이 그때처럼/순수하고 깨끗한 사랑으로 넘쳐흐르기를 기도하며 시를 쓴다"라고 끝나는데, 저의 삶이나 시에서 변함이 없는 모습입니다.

맹문재 저는 세 번째 시집 『아도(啞陶)』(창작과비평사, 1985)에 대해 많은 애정을 가지고 있습니다. 이 시집이 간행되었을 즈음 저는 시를 쓰기 시작했거든요. 「망월동 가는 길」 연작시를 쓰실 때의 상황이 어떠했는지 듣고 싶네요.

송수권　광주 5 · 18 이야기군요. 그때 저는 섬(금당중)에서 광주여고로 발령받아 왔습니다. 1980년 3월입니다. 두 달 후에 광주항쟁이 터지고 도청 앞 광장은 바로 학교 옆길에 있었습니다. 『광주일보』와 『전남매일』이 한 달간 휴간했고, 6월 4일 『광주일보』 복간 시에 「도청 앞 광장에서」라는 피 흘리는 이야기로 장시를 썼는데, 계엄사령부 통제하에서 「젊은 광장에서」라고 제목을 고쳤지요. 80행의 시가 40여 행으로 잘렸습니다. 아직도 발표하지 않고 숨겨두고 있습니다. 신문사가 곤욕을 치뤘고(일부러 저항하기 위해 청탁했으므로), 시민들이 학교장에게 전화를 걸어 교장이 골머리를 앓았고, 연이어 삐라사건이 터지고, YWCA 문학행사(홍남순, 김지하 출감) 시 낭송을 한다는 정보가 안기부 · 교육위원회에 사전 입수되어 운신을 할 수 없었습니다. 더구나 저는 광주여고 삐라사건, 「젊은 광장에서」사건으로 전담 형사(백형모)와 같이 출퇴근을 했습니다. YWCA 집회사건에 하필이면 나 혼자 얼굴을 내밀어 하룻밤 새벽에 서광여중으로 좌천된 것만도 다행이었습니다. 이 무렵에 쓴 시들을 시집으로 낸 것이 『아도』였습니다. 그 시집 때문에(그때 금호문화재단 후원으로 토요 시 낭송회를 이끌고 있었는데) 박정구 회장이 문화공보부 장관에게 불려가 호되게 당한 일화도 유명합니다. 「젊은 광장에서」는 2013년 『5월문학총서 1 · 시』(5 · 18기념재단)에 들어 있으니 참고하길 바랍니다. 이 때문에 교장 승진도 안 되겠다 싶어 저는 1995년 8월 31일 광주학생 교원 연구사로 명예퇴직을 했던 것입니다.

맹문재　두 번째 시집인 『꿈꾸는 섬』(문학과지성사, 1983)의 표제작은 슬프고도 아름다운 작품입니다. 「꿈꾸는 섬」에 대한 소개를 좀 더 들을 수 있을까요?

송수권 1979년에 쓴 것으로 생각되네요. 금당도의 금당중학교에 근무할 때인 것 같습니다. 저에게는 3다 3무가 있는데 3다는 낚시(喫釣), 끽연(喫煙), 끽다(喫茶)입니다. 낚시는 한 달에 두 번, 담배는 하루 두 갑 이상, 커피는 양촌리 회장 커피로 몇 잔. 그리고 3무는 운전을 못하는 것, 신문을 안 보는 것, 컴퓨터를 놀리지 못하는 것입니다. 3무 인생은 이 시대에 살 자격이 없지요.

"우리 둘이 지나다니던 그 길목/쪼그만 돌 밑에/다래끼에 젖은 눈썹 둘 빼어 눌러놓고/그 소녀의 발부리에 돌이 채여/그 눈구멍에도 다래끼가 들기를 바랐더니//이승에선 누가 그 돌멩이를 차고 갔는지/눈썹 둘은 비바람에 휘몰려/두 개의 섬으로 앉았으니//말없이 꿈꾸는 저 두 개의 섬은/즐거워라" 후반부가 이렇게 끝나는 시인데, 금당도의 가화리 앞바다에서 낚시질을 하다보면 정말 눈썹 같은 두 개의 섬이 나란히 앉아 있습니다. 상길마도와 하길마도로 불립니다. 그때 문득 눈부신 황톳길에서 20리를 아랫마을에 사는 한 소녀의 궁둥이를 따라 3년간을 통학한 것이 떠올랐습니다. 아랫마을 삼거리에서 그 소녀를 만나면 앞서지 않고 궁둥이만 보고 다녔어요. 하루는 눈에 다래끼가 들었는데 어머니가 그러더라고요. 너는 누구를 쳐다보고 다녀 다래끼가 들었냐고. 그 처방법(민간요법)까지 가르쳐주었는데, 눈썹 둘을 빼어 길 가운데 돌 밑에 눌러두면 그 돌멩이를 차고 가는 사람 눈으로 옮는다는 거예요. 그래서 다음 날부터 그렇게 했지만 한 번도 그 소녀가 돌멩이를 차고 가는 걸 보지 못했어요. 팔짝팔짝 잘도 뛰어넘는 거예요. 그래서 3년간을 말 한 번 못해보고 졸업을 했지요. 그런데 묘한 것은 순천사범을 같이 들어갔는데, 얼마 후에 보니 소녀가 간 곳 없이 사라진 것입니다. 수소문해 보았더니 서울 어느 간호고등학교로 갔다는 거예요. 그래서 못 볼 것 같았는데 그해 여름방학 때였던가, 길 한가운데서 딱 마주쳤습니다. 말뚝처럼 서서 한동안 말없이 빨개진 얼굴로 빤히 쳐다만 보고 있었어요. 그때 무슨 메시지라도 남겼어야 했는데, 왜 그렇게 수줍었는지 알 수 없어요. 그러고는 간호 장교로 제대하고 미국에서 산다는 소식만 들었지요. 추억 속에 있는 소녀들은 어떻게 알고 편지라도 오는데 다님인가 다남인가 하는 소녀는 아직도 종무소식입니다. 그래서 더 아름다운 추억으로 남아 있는지도 모릅니다. 길 가운데 말뚝처럼 서 있었던 그녀의 모습을 잊을 수가 없네요. 그때 눈썹 둘이 비바람에 휘몰려 가화리 앞바다에 두 개의 섬으로 앉은 것이 아닐까요. 이런 걸 연기법에 의한 윤회환생이라고 하는가요? 저의 시에서 「산문에 기대어」에 나오는 눈썹과 더불어 이 눈썹은 징그러울 만큼 원형 이미지로 다가오는데, 특강을 가면 눈썹에 많은 질문들을 해요.

맹문재 아무래도 선생님의 등단작인 「山門에 기대어」에 대한 얘기를 듣지 않을 수 없네요. 이미 「동생의 죽음에 바쳐진 엘레지」 등의 글에서 소개했지만, 이 대담을 읽는 독자들을 위해 다시 들려주시길 부탁드려요. 시를 일단 소개해보겠습니다.

누이야

가을산 그리메에 빠진 눈썹 두어 낱을

지금도 살아서 보는가

정정(淨淨)한 눈물 돌로 눌러 죽이고

그 눈물 끝을 따라가면

즈믄 밤의 강이 일어서던 것을

그 강물 깊이깊이 가라앉은 고뇌의 말씀들

돌로 살아서 반짝여 오던 것을

더러는 물 속에서 튀는 물고기로

살아오던 것을

그리고 산다화 한 가지 꺾어 스스럼없이

건네이던 것을

누이야 지금도 살아서 보는가

가을산 그리메에 빠져 떠돌던, 그 눈썹 두어 낱을 기러기가

강물에 부리고 가는 것을

내 한 잔은 마시고 한 잔은 비워두고

더러는 잎새에 살아서 튀는 물방울같이

그렇게 만나는 것을

누이야 아는가

가을산 그리메에 빠져 떠돌던

눈썹 두어 낱이

지금 이 못물 속에 비쳐옴을

—「산문(山門)에 기대어」 전문

송수권 너무 많은 화제를 뿌려서 어디를 가나 신물이 날 정도입니

다. 작년에도 20여 군데 고등학교에 불려갔습니다. 불교 윤회설로 짜

진 이미지라서 그만큼 국어 선생님들도 어려운가 봐요. 호격인 "누이야"에서 남동생을 왜 누이라고 했느냐고 타박이지요. "한국 시인들은 대개가 누이와 근친상간을 한 시인들이거든, 그래서 눈물이 많고 체질이 다 허약하단다"라고 설명하지요. 소월, 만해, 영랑 등 전부 근친상간자들이야, 라고 시를 들어 보입니다. 내 생각으로 '한(恨)'을 극복하지 못한 약점은 시에 역사의식이 빠져서입니다. 그래서 우리의 서정시가 왜소해 보입니다. 한도 역동적이고 생산적일 때, 그것이 역사를 작동시키는 힘 즉 해학과 풍자로 까벗기는 '부활 의지'가 나옵니다. 한이란 것이 로고스 측면에선 민족의 역사를 추동시키는 힘으로, 파토스적 측면에선 '한과 멋의 가락'으로 탄생한다는 나의 체험을 들려주곤 합니다.

「山門에 기대어」는 1976년도 『조선일보』 신춘문예 당선작인 「풀잎에 누워」가 파문을 일으키면서 시끄러워졌는데, 안도현이 그의 시창작론인 『가슴으로도 쓰고 손끝으로도 써라』(한겨레출판사, 2009)에서 두 작품을 비교적 소상히 밝혀놓았더군요. 「山門에 기대어」를 이해하려면 문태준이 쓴 『어느 가슴엔들 시가 꽃피지 않으랴 2』(민음사, 2008)를 보는 게 좋을 듯하고, 이승원이 쓴 『교과서 시 정본 해설』(휴먼북스, 2008)도 보면 되겠습니다. 「山門에 기대어」는 휴지통에서 건어 올린 작품으로도 화제가 풍성한데 그때 잡지사의 주간은 "자네는 휴지통에서 나온 시인이야"라고 농담을 던지면 "자네는 콘돔 속에서 나온 시인이야"라고 들려서 뒷맛이 씁쓰레할 때가 많았습니다.

맹문재 앞으로 어떤 계획을 가지고 계신지요?

송수권 글쎄요? 참 부지런히 달려온 시간들이었습니다. 2010년부터 시집을 4권 상재했고, 문학상도 만해님시인상(2010), 김삿갓문학상(2012), 순천문학상(2013), 구상문학상(2013)을 내리 수상했군요. 이청준이 살았을 때 약속한 것이 있습니다. 그는 소설 『신화를 삼킨 섬』을 쓰다가 미완성으로 갔고, 나는 그때 「바람 타는 섬」이란 표제로 제주 개벽 신화로부터 4·3사건까지 연결 짓는 시를 쓰겠다고 했는데 아직도 손을 대지 못하고 있습니다.

맹문재 여러 가지로 귀중한 말씀을 잘 들었습니다. 내내 건강하세요.

(서정시학, 2013년 겨울호)

시는 근원을 지향하는 것

이건청 시인

1942년 경기도 이천에서 태어나 1967년 『한국일보』 신춘문예 당선으로 작품 활동을 시작했다. 시집으로 『이건청 시집』 『목마른 자는 잠들고』 『망초꽃 하나』 『하이에나』 『코뿔소를 찾아서』 『석탄형성에 관한 관찰 기록』 『푸른 말들에 관한 기억』 『소금창고에서 날아가는 노고지리』 『반구대 암각화 앞에서』 『굴참나무 숲에서』 등이 있다. 현대문학상, 한국시협상, 목월문학상, 현대불교문학상, 고산문학상 등을 수상했다. 한양대 교수 및 한국시인협회 회장을 역임했다.

시는 근원을 지향하는 것

— 이건청 시인

맹문재 선생님, 안녕하세요. 지난번 김규동 선생님의 장례식 때 뵙고 오랜만에 인사를 드리네요. 한국시인협회 일로 바쁘실 것 같은데, 근황은 어떠신지요?

이건청 시인협회 회장의 임기가 3월이면 끝나게 됩니다. 그동안 퍽 바쁜 나날을 보냈습니다. '사람에게 친근한 시', '사람에게 유용한 가치를 전해주는 시'를 널리 펴는 운동을 해왔습니다. 시인협회는 살아 움직이는 단체가 되어야 하고, 협회의 존재 의의를 구현해야 한다는 것이 제 생각이었습니다. 여기저기 얼굴을 보여야 할 곳도 많았습니다. 이제 임기를 끝내고 나면 좀 여유로운 시간 속에서 시를 기다릴수 있지 않을까 생각합니다.

맹문재　곧 서정시학사에서 시집이 출간된다는 소식을 최동호 선생님께 들었는데 준비는 잘하고 계시는지요? 이번 시집에서 특별히 추구하시는 면이 있는지요?

이건청　최 교수의 배려로 저의 열한 번째 시집을 펴내게 되었습니다. 이번 시집을 내면서 감회가 없지 않습니다. 저는 금년에 육신의 나이 만 70을 맞게 되었습니다. 그런데 좀 유별난 감회를 느끼고 있습니다. 50이나 60을 맞을 때의 감회와는 전혀 다른 것 말입니다. '내게 있어서 시는 무엇이었고, 그동안 나는 시를 쓰면서 얼마쯤의 내 몫을 남기고 있는가' 하는 물음을 갖게 된 것입니다. 이런 물음은 물론 내 생애의 유한성을 앞에 두고 자신에게 던지는 아주 근본적이고 본질적인 성찰이기도 한 것입니다.

이제 저는 모든 사회적 관계 속에서 만들어진 상식과 타성을 버려야 한다는 생각을 하고 있습니다. 오랫동안 잊고 살았던 '유년 이건청'을 만나고 거기서 시적 감각과 상상력을 다시 배워야 한다고 생각합니다. 이번 시집에서 저는 비교적 '간명하고', '단순한 것'을 지향하는 시편들을 시도해보았습니다. 무엇보다도 '사물'들과의 친교를 넓히면서 '감각'을 회복하는 일에 관심을 가지려고 노력하였습니다. 그리고 또 하나, 나이는 도리 없이 늘어가지만 감각이 '늙은 시'는 쓰지 말자는 자각도 했습니다.

맹문재　선생님께서는 『이건청 문학선집』을 4권으로 엮으셨으므로 작품 정리를 나름대로 하셨다고 보이네요. 그래서 이번 대담에서는 그동안 쓰신 작품세계를 차례대로 들어보면 좋겠다는 생각을 합니다. 후학들이 선생님의 시세계를 연구할 때 나침반이 될 수 있기를 기대해봅니다.

첫 시집은 『이건청 시집』이라는 제목으로 1970년 월간문학사에서 간행했습니다. 박목월 선생님께서 서문을 쓰셨는데 "현대정신의 위기와 심연을 의식의 심층에서 형상화"한 작품들이 "잘 익은 과일"과 같다고 칭찬해주셨습니다. 후기를 읽어보니 전봉건 선생님께서 시집 발간을 도와주신 것 같은데, 첫 시집의 발간 상황을 좀 들을 수 있을까요?

이건청 시집 제목이 『이건청 시집』이어서 좀 쑥스럽기도 합니다. 시집 제목이 그렇게 된 것은 몇 개의 제목을 두고 고심하면서 박목월 선생님께 상의를 드렸더니, "그리 선택이 어려우면 그냥 '이건청 시집'이라고 하면 어떻겠노" 하시는 것이었습니다. 그래서 『이건청 시집』이 된 것입니다. 좀 더 고심해서 적당한 제목을 선택했더라면 좋았을 것이라는 생각이 들기도 합니다. 월간문학사에서 간행한 것은 친구인 소설가 이문구가 그곳에 근무하고 있어서 그리 된 것입니다. 그때 막 창간된 『현대시학』의 전봉건 선생께서 풋내기 신인인 제게 시단 월평의 지면도 주시면서 애정을 베풀어주셨습니다. 일종의 멘토를 자임하셨던 것이지요. 그 시집의 표지 장정, 구성 등을 전봉건 선생님께서 도와주셨지요.

저는 박목월 선생님 문하에 한 10년쯤 드나들면서 시 공부를 했습니다. 물론 제 시적 능력이 부족했기 때문이겠지만, 지금 와서 생각하면

항상 좌절만 느끼면서도 가슴 두근거리며 선생님 댁을 드나들던 그 10년이 제게는 퍽 유용한 시기였다는 생각이 듭니다. 제가 시에 대한 어느 정도의 '눈'을 가지게 되고 '가치관'을 지니게 된 것이 그런 수련과 내공 속에서 축적된 것이라고 생각하면서 새삼 선생님께 감사함을 느낍니다. 시를 쓰려는 사람들은 좀 더 진지하고 깊이 있는 공부를 하기를 바랍니다. 저는 어떤 면에서 소위 '문청시절'이 길면 길수록 좋은 것이 아닌가 생각하기도 합니다.

10여 년 문청시절을 끝내고 제가 시단에 첫 발을 들여놓게 되었을 때, 선생님께서는 제게 두 가지 말씀을 주셨습니다. "앞으로 네가 타작은 쓰지 않을 것이다" 하시는 격려의 말씀과 "네가 앞으로 시를 쓰다보면, 이쯤 되면 되었지 싶을 때가 있을 것이다. 그때 네 시가 매너리즘에 빠지고 있다는 사실을 알아라" 하시는 말씀이었습니다. 지금도 늘 자신을 경계하는 경구의 말씀으로 새기고 있습니다.

1970년 5월에 간행된 『이건청 시집』은 박목월 선생님께서도 지적하셨듯이 '현대정신의 위기와 심연을 의식의 심층에서 형상화'하고자 한 작품들을 싣고 있습니다. 내면 추구의 이미지 중심 시편들이 지배하고 있습니다. 그때의 그 모습들은 '현대시' 동인들의 작업과 동궤에 놓이는 것이라고 생각합니다.

맹문재 첫 시집의 작품들에서는 귀뚜라미, 가을 연가, 우수, 봉선화 같은 서정적인 시어들보다 제분공장, 네온, 메스, 배선공사장, 기계, 칼 등의 물질적이고 도시적인 시어들이 인상적인데, 의도한 면이 있는지요?

이건청 그런 이미저리들이 바로 앞에서 지적한 '현대정신의 위기와 심연을 의식의 심층에서 형상화'하려는 노력들을 구체화한 것이라고 볼 수 있겠지요.

맹문재 첫 시집을 간행한 해에는 서대선 선생님과 결혼도 하셔서 행운이 겹쳤네요. 전집에 실려 있는 화보를 보니까 서 선생님께서 한양대의 전교 수석으로 졸업하셨다니 놀랍네요. 또 몇 해 전에 『천년 후에 읽고 싶은 편지』(새미, 2009)라는 시집을 간행하셔서 시인도'되셨습니다. 인생의 이러저러한 면들을 차분하게 담은 시편들이었는데, 서 선생님의 소개를 부탁드릴까요?

이건청 한 40여 년 함께 살아오면서 상호 교감 속에 시적인 재능이 싹트고 있었던 것 같습니다. 집에 배달되어 오는 시집의 독자가 되어 많은 시들을 공들여 읽고, 또 좋은 시를 만나면 함께 평을 주고받기도 하는 사이에 혼자 시를 써서 자신의 블로그에 남겼던 것 같습니다. 언젠가 무심히 그걸 보게 되었는데, 습작이 한 300여 편 쌓였더라고요. 나름대로 진정성이 깃든 시편들이었어요. 그래서 집사람 갑년 되는 해에 시집으로 묶어내게 되었습니다. 요즘엔 집에 배달되어 오는 시집 중에서 마음에 드는 것을 골라 서평 쓰는 일에도 몰두하고 있답니다. 하루 접속 건수가 30만 정도 된다는 인터넷 신문 『문화저널 21』의 고정 필진입니다. 대학원에서는 특수교육학을 전공했고 지금 신구대학교에 재직하고 있습니다.

맹문재 첫 시집을 낸 지 5년 만에 두 번째 시집 『목마른 자는 잠들고』를 조광출판사에서 간행했습니다. 이 시집에서는 「심봉사전」과 「황인종의 개」 연작시가 단연 눈에 띄네요. 자서에서 "비정한 현실에 던져진 존재를 확인하고 초극하려"는 의도로 쓰셨다고 했는데, 좀 더 설명해주실 수 있는지요?

이건청 그 시집이 간행된 것이 1975년이었습니다. 눈먼 사람 '심봉사'와 '황인종의 개 한 마리'는 아마 그 시기의 제 심리를 가장 대표적으로 보여주는 객관적 상관물들일 겁니다. 30대 초반의 한 남자가 겪어야 했던 '한국의 1970년대'는 좌절과 절망이 중첩된 상황이었습니다. 그 속에서 '나'를 찾아야 하는 것이 시인으로서의 책무이기도 했던 것이라고 생각됩니다.

맹문재 세 번째 시집을 얘기하기 전에 박목월 선생님에 대해서 듣고 싶네요. 스승으로 모시던 박목월 선생님께서 1978년 작고하셨습니다. 그 후 선생님께서는 『심상』에서 손을 떼었고, 경기도 이천으로 이사를 하셨습니다. 그리고 이듬해 한양대의 전임강사로 부임하셨습니다. 박목월 선생님과의 인연은 이루 말할 수 없이 깊을 것으로 보이는데, 어떤 점을 특히 존경했는지요?

이건청 제가 박목월 선생님을 처음 뵙게 된 것은 1959년, 양정고등학교 2학년 때였습니다. 학교 문학 행사에 선생님을 초청하기 위해서였습니다. 댁으로 찾아가서 뵙게 되었지요. 그때, '시인'이라는 감동적 영감을 지니게 된 것 같습니다. 작품을 써서 선생님 댁을 드나들기 시작한 것이 그때부터입니다. 앞에서 말씀드린 '문청시절 10년'이 시작된 것이지요. 그때부터 선생님의 지근거리에 머물게 되었습니다.

1973년에 창간된 월간 시지 『심상』은 박목월 선생님의 필생 사업이었습니다. 이 잡지가 창간되어 나오면서 한국의 문학잡지는 새로운 개안을 하게 되었다고 말하는 사람들이 있습니다. 잡지의 품격이 비약적으로 높아진 것이지요. 이 잡지를 창간하시면서 선생님께서 저를 편집자로 불러주셨습니다. 1973년 10월 창간호가 나왔습니다. 그때 나는 31살짜리 풋내기 시인이었습니다. 잡지 편집에 대한 식견도 없었습니다. 잡지 필진을 대폭 발굴하고 품격 있는 특집, 엄선된 작품 게재, 그리고 잡지 편집 체제에 이르기까지 이전의 고정관념을 혁신적으로 깨뜨린 잡지였습니다. 이 잡지를 만들어가면서 시와 한국 시단에 대한 안목을 지니게도 되었고, 또 좋은 선후배 시인들과 친교를 지니게도 되었습니다. 학교 선생을 하면서 밤 시간에 잡지를 만들었습니다. 늘 통행금지 시간에 쫓기면서 겨우겨우 집에 닿곤 했습니다.

요즘도 『심상』이라는 이름의 잡지가 나오고는 있습니다만 비감한 마음이 듭니다. 박목월 선생님께서 혼신의 힘을 다해 만들던 품격 높은 잡지, 엄격한 편집 정신이 빛나던 잡지의 모습을 전혀 찾아볼 수 없기 때문입니다.

1978년 3월 선생님께서 타계하신 후 저는 그 잡지의 일에서 벗어날 수 있었습니다. 그 후 선생님께서 서시던 한양대학 강단에 30여 년, 그리고 지금 선생님께서 기틀을 다지신 한국시인협회 37대 회장으로 뒤를 따르고 있습니다. 선생님을 가까이 모실 수 있었던 건 제게 행운이었다는 생각이 듭니다.

맹문재   세 번째 시집은 『망초꽃 하나』(문학세계사, 1983)입니다.
이 시집에서 내세우신 점은 무엇이었는지요? 석탄을 적재한 기차를
관찰한 「정형외과병동에서」가 특히 저의 눈길을 끌었습니다.

이건청   제 시집을 일관하는 시적 상징물들은 거의가 '동물'들입니
다. '개' '말' '코뿔소' '하이에나' '고래' 같은 것들 말이지요. 그런데
시집 『망초꽃 하나』의 시편들 속에는 식물 이미저리들과 광물 이미저
리들이 보입니다. '40대에 접어들면서 느끼게 된 풀꽃(망초꽃) 하나로
서의 자아'에 관한 관심이 『망초꽃 하나』의 지향이었습니다. '망초꽃'
은 우리나라 들판 어디서나 무리 지어 자라는 잡초입니다. '꽃'이라고
도 할 수 없는 '꽃'이지요. 40대의 제 모습이 그런 것이었습니다.

맹문재   네 번째 시집은 『청동시대를 위하여』(문학과비평, 1989)입
니다. 이 시집은 로댕의 조각들을 작품의 제재로 삼고 있는 점이 특이
합니다. 어떤 계기로 이 시집을 간행하셨는지요? 선생님께서는 시집
의 서문에서 예술의 근원과 존재 양식을 숙고할 수 있는 기회가 되었
다고 쓰셨네요.

이건청   『청동시대를 위하여』는 로댕의 조각 작품을 모티프로 한
시편들을 묶은 기획 시집입니다. 대학의 같은 학과에 재직하던 김시
태 교수가 『문학과 비평』이라는 문학지를 내고 있었어요. 그쪽의 청탁

으로 쓴 시집이니까 제 개인의 창작 시집들과는 성격이 다르지요. 로댕은 제 성장 과정에 커다란 영향을 준 예술가입니다. 특히 라이너 마리아 릴케가 쓴 로댕의 작품론인 『로댕』은 제게 가장 큰 영향을 준 책이지요. 출판사의 청탁에 응해서 한 권의 시집을 내는 데 참여하게 된 것입니다.

맹문재   선생님께서는 같은 해에 또 한 권의 시집인 『하이에나』(문학세계사)를 간행했습니다. 이 시집에서는 "시는 신념이 아니라 신념의 작품화"라는 시론을 서문에서 밝혀주고 있습니다만, 현실 인식이 눈에 띕니다. 특히 1984년 인도 보팔시의 살충제 공장에서 2,500명 이상이 죽고 20만 명 이상이 눈이 먼 환경 재해를 다룬 작품 「눈먼 자를 위하여」가 주목됩니다. 시집의 전반을 좀 더 설명해주실 수 있는지요?

이건청   시집 『하이에나』에는 1983년 『망초꽃 하나』 이후 1989년까지 사이에 쓴 작품들이 실려 있습니다. 이 시기는 소위 민주화의 열기가 가장 뜨겁게 분출되던 때였고, 그 현장이 대학 캠퍼스였습니다. 강의실이 최루탄 연기에 싸이고, 운동권 학생들이 대학 캠퍼스를 접수하고 교수 연구실을 숙소로 사용하기도 했습니다. 그리고 시단은 소위 민중시라고 불리는 이념 중심 시들이 기세를 올렸습니다. 이들은 시를 이데올로기의 수단으로 사용하고자 했습니다. "시는 신념이 아니라 신념의 작품화"라는 생각은 그런 시대적 상황 속에서 시를 지켜야 한다는 나름대로의 소신을 담고 있습니다. 장시 「눈먼 자를 위하여」는 우리나라 '환경 생태시 운동'의 효시가 된 작품이라고 지적들을 합니다만, 그때 저는 강대국이 후진국 도처에서 벌이는 환경재해 문제에 심각한 면들을 발견했고, 시를 통해 이 문제를 드러내고자 했던 것 같습니다.

이 시기에 저는 제가 근무했던 대학의 신문인 『한대신문』의 편집인 겸 주간 교수 보직을 맡고 있었습니다. 사회 매스컴의 언로가 막혀 있을 때였고, 민주화 운동이 대학을 중심으로 벌어지고 있었기 때문에 대학신문은 운동권의 논리가 거의 장악하고 있었습니다. 게다가 한양대에서 전대협 의장이 나오는 등 운동권 학생들의 본산이기도 했습니다. 학생 기자들의 무한한 욕구와 실정법의 테두리 속에서 학생들을 지켜주어야 하는 주간 교수의 책무가 항상 날카롭게 충돌했습니다. 저는 그 곤혹스러운 자리에서 번민하면서 『하이에나』의 시편들을 썼습니다.

맹문재 여섯 번째 시집은 『코뿔소를 찾아서』(고려원, 1994)입니다. 이 시집에서는 「코뿔소를 찾아서」와 「인텔리겐치아」에서 보듯이 역사의식이 돋보입니다. 좀 더 설명을 듣고 싶습니다. 「코뿔소를 찾아서-다산(茶山)을 보며」를 일단 소개해보겠습니다.

코뿔소는 없다.
지금 코뿔소는 완전히 사라져 버리고
코뿔소가 바라보던 바다만 개펄을
드러낸 채 널려 있다. 굴 속에
게들을 기르는 개펄만 질펀히 누워 있다.
떠난 배는 보이지 않는다. 이 섬에

지는 해를 바라보며
자정까지 벼랑에 서서, 새벽까지
검은 벼랑에 서서 밀물과, 썰물을,
개펄을, 바다를 덮은 흙더미를 바라보았다.
코뿔소는 벼랑에 서서 안 보이는 세상을
달려가고 싶었다. 개펄에 덮인
바다 한켠에 난파한 배처럼 『목민심서(牧民心書)』한 책이
쓰러져 있다. 코뿔소는 없다.
코뿔소는 사라지고 없다.

— 「코뿔소를 찾아서―다산(茶山)을 보며」 전문

이건청　시집 『코뿔소를 찾아서』에는 시인의 책무에 대한 깊이 있는 성찰의 시편들을 담고자 했습니다. 특히 인텔리켄치아로서 시인은 어떤 소명을 지녀야 하는 것인가를 노래하고자 했습니다. 그런 시대 속에서 바른 신념을 구현하고자 했던 역사상의 인물들을 '코뿔소'라는 시적 상징으로 형상화했습니다. 봉건 사회의 굴레에 항거했던 고려조의 노비 '만적', 조선조의 다산 정약용, 귀양지에서 『자산어보』를 쓴 정약전, 농민 해방 전쟁의 전봉준, 경술국치 후 절명시를 쓰고 자결한 매천 황현 같은 인물들을 통해서 지성의 책무를 성찰하고자 했던 것이지요.

맹문재　일곱 번째 시집은 『석탄 형성에 관한 관찰 기록』(시와시학사, 2000)입니다. 이 시집에는 강원도 사북 지역의 광산촌을 작품의 제재로 삼고 있는 점이 특이합니다. 저는 이 시집에 들어 있는 「사북에서」에 대한 작품론을 『현대시학』(1998년 12월호)에 쓴 적도 있습니

다. 이 시집을 쓰게 된 동기며 상황을 들을 수 있을까요? 「사북에서」
의 전문을 소개해보겠습니다.

　　나는 사북 역전 거리에서
　　콩을 샀다.
　　넝쿨콩 천원 어치
　　천원 어치 넝쿨콩을
　　할머니한테서 샀다.
　　할머니는 바람 속에 앉아
　　콩을 팔고 있었다.
　　검정콩과 흰콩, 팥과 녹두
　　넝쿨콩까지,
　　바람 부는 역전 거리
　　바람 속에 지팡이를 짚은
　　사내 하나가 지나가고 있었다.
　　붕대처럼 깃발이 펄럭이고 있었다.
　　나는 사북 역전 길거리에서
　　넝쿨콩을 샀다.
　　담장을 타고 오르며 주렁주렁
　　깍지마다 콩을 키우는 넝쿨콩,
　　나는 사북역 앞에서
　　콩을 샀다. 올 봄엔 기필코 이 콩들을
　　흙에 묻으리라.
　　나는 콩을 샀다.
　　눈발 스치는 역전 거리에서
　　넝쿨콩 한줌을 샀다.

　　　　　　　　　　　　　　　　　　—「사북에서」 전문

이건청　맹문재 시인이 쓴 평문을 읽은 적이 있습니다. 사북은 소위 '사북사태'의 직접적인 현장이 되기도 했던 곳입니다. 그때 나는 그 시에서 '사북 역전 마당에서 넝쿨 콩을 팔고 있는 노인'을 제재로 시를 썼습니다. 서로 의지하고 기대면서 자라 오르는 넝쿨 콩을 통해 '사북사태' 이후 상처받은 사람들의 희망적인 비전을 제시했었던 것이지요. 그때 펴낸 시집이 『석탄 형성에 관한 관찰 기록』입니다. 그야말로 주관적 감정을 극도로 배제하면서 '관찰 기록'이 되고자 한 의도를 담고 있습니다. 우리나라 근대화 과정에서 '석탄광산 사북'이 지니는 의미는 남다른 바가 있습니다. '사북'은 산업화에 필요한 에너지원이 '석탄'에서 '유류'로 바뀌는 과정에서 국민적 이슈로 떠오른 탄광촌이었습니다. 그리고 열악한 노동 조건과 노사 문제, 거기 개재되어 있는 부정과 비리 문제가 폭발하면서 소위 '사북사태'로 문제화되었습니다. '사북사태' 이후 '사북'은 소위 직업적 노동운동가들이 머물며 이념과 실천을 구체화하고자 한 '노동운동의 성지'가 되었었습니다.

　그러나 결국 국가의 에너지 정책이 '주유종탄(主油從炭)'으로 전환되면서 탄광촌은 폐허화되고 말았습니다. 대부분의 탄광이 폐광되고 사람들도 그곳을 떠났습니다. 시집 『석탄 형성에 관한 관찰 기록』은 그 이후 버려진 탄광촌을 세세히 답사하면서 찾아낸 '슬프고', '스산하며', '소름 끼치는' 관찰 기록입니다. 나는 한 3, 4년 그곳을 오르내리며 탄광촌 사람들이 겪어야 했던 '아픔'의 기록들을 찾아 헤맸습니다. 탄광사고의 기록문, 합의문들을 찾아 옮겼으며, 지하 2700m 막장에 들어가 보기도 했습니다. 사람이 살 수 없는 엄혹한 환경 속에서 견디며 살아야 했던 삶의 조건과 그들이 감당해야 했던 아픔을 증언하는 일도 시인에게 주어진 책무라고 생각했습니다.

맹문재 여덟 번째 시집은 『푸른 말들에 관한 기억』(세계사, 2005)입니다. 앞의 시집들까지는 현실을 인식한 면들이 강했는데, 이 시집에서는 언어를 통한 기억들을 복원하려는 의도를 보여주고 있습니다. 푸른 말들이란 어떤 것인지요? 아홉 번째 시집인 『소금창고에서 날아가는 노고지리』(서정시학, 2007)에 들어 있는 「산양」에서는 아버지의 근원적인 사랑을 볼 수 있네요.

아버지의 등 뒤에 벼랑이 보인다. 아니, 아버지는 안 보이고 벼랑만 보인다. 요즘엔 선연히 보인다. 옛날, 나는 아버지가 산인 줄 알았다. 차령산맥이거나 낭림산맥인 줄 알았다. 장대한 능선들 모두가 아버지인 줄만 알았다. 그때 나는 생각했었다. 푸른 이끼를 스쳐간 그 산의 물이 흐르고 흘러, 바다에 닿는 것이라고, 수평선에 해가 뜨고 하늘도 열리는 것이라고. 그때 나는 뒷짐 지고 아버지 뒤를 따라갔었다. 아버지가 아들인 내가 밟아야 할 비탈들을 앞장서 가시면서 당신 몸으로 끌어안아 들이고 있는 걸 몰랐다. 아들의 비탈들을 모두 끌어안은 채, 까마득한 벼랑으로 쫓기고 계신 걸 나는 몰랐었다.

나 이제 늙은 짐승 되어 힘겨운 벼랑에 서서 뒤돌아보니 뒷짐 지고 내 뒤를 따르는 낯익은 얼굴 하나 보인다. 아버지의 이름으로 쫓기고 쫓겨 까마득한 벼랑으로 접어드는 내 뒤에 또 한 마리 산양이 보인다. 겨우겨우 벼랑 하나 발 딛고 선 내 뒤를 따르는 초식 동물 한 마리가 보인다.

— 「산양」 전문

이건청 시집 『푸른 말들에 관한 기억』은 대학 정년을 앞둔 시기에 쓴 작품들을 싣고 있습니다. 정년을 앞둔 교수에게는 주당 1강좌(3시간)만 할 수도 있어 시간적인 여유가 생겼습니다. 또 2000년에 서울 생활을 청산하고 양촌리 '모가헌(慕嘉軒)'으로 이사를 하였습니다. 1978년, 노후를 생각하고 고향 이천 인근에 땅을 마련해두고 있었습니다. 밭과 임야와 택지를 안고 있는 2,800여 평쯤 되는 땅입니다. 서울 집을 처분하고 집을 신축했습니다. 뒷산 일부를 정지하고 집을 지었습니다. 집 옆에 서재도 하나 곁들였습니다. 정원에 묘목들을 옮겨 심고, 채마도 가꾸는 삶을 살게 되었습니다. 한마디로 어느 정도의 정신적 여유를 누리게 된 것이지요. 사물을 정관할 수 있게 되고, 보다 차분히 시의 언어들을 기다릴 수 있게 되었습니다. 이 무렵부터 쓴 시들은 제 삶의 호흡과의 밀착감을 느낍니다. 아, 드디어 내 시의 본령에 왔구나 하는 안도감을 느낀다고 할까요.

아홉 번째 시집인 『소금창고에서 날아가는 노고지리』도 그런 정황을 배경으로 한 것이었다고 생각합니다. '소금'에 묻힌 노고지리가 모든 짐스런 치장들을 훌훌 털어내고 푸른 하늘을 향해 날아오르는 모습을 시집의 제목으로 불러냈습니다. 이 시기에 접어들면서 나는 그동안 나를 감싸고 있건 모든 규범이나 책무 같은 것들로부터 벗어나고자 하는 의지를 담은 시편들을 많이 쓰게 되었습니다. 그리고 제 시에 '소금', '석탄', '암각화' 같은 광물 이미지들이 등장하기 시작한다는 점을 말씀드릴 수 있겠습니다. 그런데 이런 광물 이미지들도 깊이 살펴보면 모두 동물 이미지들과 연관을 지닌 것들이지요.

맹문재　2010년에 열 번째 시집으로 『반구대 암각화 앞에서』(동학사)를 펴내셨고, 이 시집으로 '목월문학상'을 수상하셨습니다. 생전에 모시던 선생님을 기리는 문학상을 받으셔서 남다른 감회가 있을 것 같네요. 여담이지만 '목월문학상'은 국내의 시문학상 중에서 최고의 상금을 주는 것으로 알고 있는데요.

이건청 2010년에 간행된 시집 『반구대 암각화 앞에서』는 '반구대 암각화'라는 특이한 대상을 만나게 되면서 받은 감동을 형상화했습니다. 경북 울주군에 있는 '반구대 암각화'와 '천전리 각석'은 바위에 새겨진 암각화들입니다. 특히 '반구대 암각화'는 지금으로부터 6천여 년 전부터 새겨진 것들이라고 합니다. 6천 년 전이면 단군신화 이전입니다. 더욱 놀라운 일은 돌 벽에 석기인들이 만든 암각화의 상당 부분이 고래 그림과 고래를 사냥하는 포경선 그림이라는 점입니다. 6천 년 전 울산의 태화강을 따라 올라오는 고래를 사람들이 잡아먹은 것입니다. 반구대에 새겨진 고래 암각화는 세계 최초, 최대의 것으로 공인되어 있습니다. 서양에서의 본격적인 포경업이 불과 200년 전에 시작되었다는 점을 생각하면 참으로 놀라운 일입니다. 지금도 울산은 그때 그 고래들의 후손 고래들이 종종 출몰하고 있는 지역입니다. 나는 이 암각화를 보면서 6천 년을 건너오는 이 땅의 석기인들 및 청동기인들과 호흡을 함께 나눌 수 있었고 체온까지도 공유하는 체험을 할 수 있었습니다. 살아 있는 감각으로 고래들과 선사인들을 포용하면서 나는 '감각'을 회복할 수 있었고, 시적인 '시력'과 '청력'까지도 회복하는 놀라운 경험을 하게 되었습니다.

맹문재 이번에 간행될 시집은 열한 번째인데 의미가 클 것으로 보입니다. 제목은 정하셨는지요? 이번 시집에 실리는 「고래에 관한 풍문」「새들은 낭가파르밧에서 죽는다」「선묘」 등을 읽어보니 불교적인 세계를 느낄 수 있습니다. 어떤 동기가 있는지요?

이건청 시는 근원적인 것들을 지향하는 것이라는 게 나의 생각입니다. 그런 점은 요즘 와서 더욱 절실하게 다가옵니다. 타성과 상식, 관념을 깨뜨리고 본질에 닿을 수 있을 때 시를 만나게 되는 것이지요. 이런 점은 불교에서의 '해탈'과도 일맥상통하는 것이라고 생각합니다. 이번에 간행되는 시집 『굴참나무 숲에서』에 불교적인 성향이 보인다면 아마도 요즘의 이런 나의 생각들과도 연관이 있을 것입니다. 이번에 간행되는 시집의 뒤에 내가 쓴 '시인의 산문'을 붙이고 있습니다. 시집을 간행하는 소회라든가, 이 시집의 지향점들을 직접 밝힌 글입니다. 이 '시인의 산문' 중의 일부를 인용하면 이렇습니다.

　　이제 나는 시인으로 첫 출발할 때의 다짐들 속으로 다시 가서 귀를 기울일 것이다. 순정한 정신과 열정으로 돌아가기 위해 노력할 것이다. 사물 속으로 가서 간명하고 단순한 것들과 친교를 넓힐 것이다. 그리고 40여 년 시업을 깊이 있게 성찰하면서 나의 시가 '늙은 시', '나태한 시'에 기대서는 안 된다는 새삼스런 다짐도 해보는 것이다.

시집 『굴참나무 숲에서』는 내가 육신의 나이 70에 이르러 펴내는 시집입니다. 앞으로 몇 권이나 더 시집을 내게 될지는 알 수 없지만 나는 이 시집을 기점으로 해서 내가 시에 입문할 때의 '초심'을 생각하게 되었고 '늙은 시', '낡은 시'에 빠지지 않겠다는 다짐을 해보이고 있는 것입니다.

맹문재 선생님께서는 50년 가까이 시를 써오셨습니다. 후배 시인들에게 시인의 길을 오랫동안 걸어가려면 어떠한 자세를 가져야 하는지, 들려주시길 부탁드립니다.

이건청 시인이 '시적 긴장'을 유지하는 일은 참으로 어렵습니다. 일상과 안일의 유혹은 집요하고, 쉼이 없습니다. 내가 시단에 나서던 1960년대 말에도 역량 있는 시인들이 참으로 많이 등단했습니다. 그러나 지금 주위를 둘러보면 적막감을 느낍니다. 많은 친구들이 타계했거나 절필했거나 시가 아닌 쪽으로 가버리기도 했습니다. 시를 쓰는 일은 견고한 정신과 보드라운 감수성과 상상력을 기반으로 하는 것입니다. 이와 같은 면을 쉼 없이 추스르면서 '시적 긴장'을 지키기 위해서는 '타성'을 깨뜨리면서 '발견'의 새로운 지평을 열어가려는 노력이 있어야 합니다. 부단히 자신을 성찰하고 직시하면서 자신을 소외 속으로 채찍질해가는 용기가 필요하지요. 참 어려운 일입니다.

맹문재 여러 가지로 소중한 말씀을 들려주셔서 감사합니다. 내내 건강하시고, 언제 또 좋은 말씀들을 듣도록 하겠습니다.

(서정시학, 2012년 봄호)

시란 자기 용서이다

문인수 시인

1945년 경북 성주에서 태어나 1985년 『심상』으로 작품 활동을 시작했다. 시집으로 『늪이 늪에 젖듯이』 『세상 모든 길은 집으로 간다』 『뿔』 『해치는 산』 『동강의 높은 새』 『쉬!』 『배꼽』 『적막 소리』 등이 있다. 미당문학상, 대구문학상, 김달진문학상, 노작문학상, 한국가톨릭문학상, 시와시학상, 편운문학상 등을 수상했다.

시란 자기 용서이다

— 문인수 시인

맹문재　선생님, 안녕하세요. 근래에 여덟 번째 시집 『적막 소리』 (창비, 2012)를 간행하셨는데, 축하의 말씀을 드립니다. 곧 '서정시학' 에서 아홉 번째 시집을 간행한다는 소식을 들었습니다. 젊은 시인들 보다 활발하게 창작 활동을 하는 모습을 보여주시네요. 근황은 어떠 하신지요?

문인수　오랜만입니다. 반갑습니다. 요즘, 이래저래 게으름을 좀 피 고 있습니다.

맹문재　이번 대담은 그동안 선생님께서 간행한 시집을 따라가면서 관심 가는 면이나 궁금한 점을 여쭈어보려고 합니다. 선생님의 시세 계에 대해 고찰하려는 연구자들에게 이 대담이 기초 자료가 될 수 있기를 기대해봅니다. 선생님께서는 첫 시집 『늪이 늪에 젖듯이』(심상, 1986)를 등단한 이듬해에 간행하셨습니다. 첫 시집을 간행한 즈음의 이러저러한 얘기들을 듣고 싶네요. 특히 선생님께서는 비교적 늦은 나이에 시작활동을 하셨잖아요.

문인수 저는 초등학교 4학년 때부터 문예반에 들었고, 고등학교 시절에도 문학 소년기를 나름대로(?) 보내었고, 대학도 국문과로 진학했지요. 그렇지만 가정 형편으로 대학을 중퇴하면서 문청기를 마감하고 말았어요. 1학기를 마치고 육군에 자원입대하면서 스스로 문학 환경을 정리한 것이지요. 군 생활은 참으로 고생스러웠지만, 오히려 가장 마음이 편안했던 시기였어요. 결정된 대로 따르기만 하면 되었기에 기죽거나 상처 받을 일이 없었던 것이지요.

저는 1969년 어떤 작정이나 대책도 없이 35개월 만에 만기 제대를 했습니다. 그 후 5년 동안 입에 올리고 싶지 않을 정도로 허송세월을 보냈습니다. 그러다가 1975년 전정숙(田貞淑)이라는 무남독녀의 여성과 결혼해서 아들 동섭(東燮)을, 3년 후에는 딸 효원(孝媛)을 얻었어요. 그리고 나이 40이 되어서 『심상』이라는 시전문지의 신인상으로 문단에 나왔습니다. 문단의 상황을 전혀 모르던 저로서는 매우 기뻤지요. 그렇지만 지금 생각하면 곤혹스러운 이력이에요. 첫 시집에 대해서도 그렇게 생각하고 있어요.

맹문재 저는 그렇게 생각하지 않아요. 문단의 줄 세우기에 주눅들 필요가 없다고 생각해요. 오히려 시를 써가면서 발전하는 모습을 선생님께서 본보기로 보여주고 있잖아요. 첫 시집에 수록된 선생님의 작품들을 읽어보니 젊은 날의 격정이나 열정, 존재론적인 고통, 또는 시대적인 아픔 등의 파토스적인 면은 보이지 않네요. 오히려 떠나온 고향과 가족, 지나간 유년 시절, 삶의 적막감이나 외로움 등을 가라앉은 목소리로 잔잔하게 들려주고 있습니다. 그래서인지 『늪이 늪에 젖듯이』란 시집 제목이 잘 맞는다는 생각이 드네요. 선생님의 이와 같은 어조나 분위기는 아홉 권의 시집에 이르기까지 일관되게 이어지고 있다고 보입니다.

선생님께서는 첫 시집을 내고 나서 4년 만에 두 번째 시집 『세상 모든 길은 집으로 간다』(문학아카데미, 1990/2006년 문학의 전당 재출간)를 간행했습니다. 이 시집에서는 어머니, 아버지, 고향의 모습 등이 소개되고 있는데, 표제작인 「세상 모든 길은 집으로 간다」가 대변하고 있네요. 이 작품에서 "길이 막히"면 "먼 타관으로 가서 노숙을 해봐라"라고 제시하고 있는데, 상황을 들을 수 있을까요?

문인수 청춘 한때, 이곳저곳을 떠돈 적 있습니다. 실제, 노숙도 몇 번 해봤고요. 그야말로 "세상 모든 길은 집으로 간다"입디다.

맹문재 세 번째로 간행한 시집은 『뿔』(민음사, 1992)입니다. 이 시집에는 「뿔의 뿌리는 슬프다」라는 작품이 상징하고 있듯이 슬픔, 눈물, 절망, 아픔, 비애 등의 정서가 짙습니다. 아버지가 돌아가셨고(「여름 눈물」), 가난과 소외감 속에서 살아가던 친구가 세상을 떠났습니다 (「목련 아래」, 「꿩」). 아버지에 대한 소개를 부탁드려요.

문인수 저는 『뿔』을 첫 시집으로 잡습니다. 이 시집에서 비로소 제 목소리를 갖기 시작했다고 보기 때문입니다. 이하석 시인의 도움으로 시집을 간행할 수 있었지요. 이하석 시인은 1990년 영남일보 교열 아르바이트도 주선해주었는데, 그해 연말 계약직으로 정식 입사를 해 결혼 후 처음으로 아내의 기(?)를 살려주었지요. 물론 1996년 대구문학상을 도광의 시인의 덕분으로 받아 아내를 호강(?)시키기도 했지요. 영남일보사 일은 1998년 아이엠에프(IMF)로 스스로 퇴출할 때까지 했어요. 저의 생애에서 처음이자 마지막 직장 생활이었지요. 그 후 지금까지 백수로 지내고 있는데, 이 기간이 저에게는 시 쓰기에 큰 도움이 되었습니다.

아버지는 당신의 농토를 해 뜨기 전에 한 바퀴 돌고, 해 지기 전에 또 한 바퀴를 돌 정도로 전형적인 이 땅의 농부였죠. 아버지에게는 농토만이 인생의 가치였고 보람이었고 기쁨이었습니다. 아버지는 빈농의 9남매, 7형제 중 셋째로 태어났는데 자수성가해서 서른 마지기의 논을 가진 부농이 되었어요. 제가 태어났을 때 우리집은 '웃집'으로, 아버지는 친인척이나 마을 사람들로부터 '봉계양반'으로 불리었어요. 저는 5남매, 3형제 중 막내로 태어났습니다.

아버지는 동네의 촌장 역할을 평생 했습니다. 마을에 일어난 크고 작은 다툼을 해결하는 판관이었고, 근동의 길흉사를 돌보는 상포계를 평생 이끌었으며, 군의 일들을 처리하는 데 대표가 되어 도청에 드나들었어요. 또한 노름을 혐오해 노름하는 모습을 보게 되면 판을 뒤집어엎었어요. 일제 강점기 때 영농지도를 나온 일본인 관리가 줄모 심기를 강요하자 관리를 논바닥에 처박아버린 일도 있었어요. 또 한국

전쟁 때 피난을 가지 않아 남한과 북한 군인들로부터 닦달을 당하고 고문도 받았으나 동네 사람 누구도 고발하지 않아 '겨울 골짜기'로 끌려가지 않았어요. 1960년대 초 탈영한 아들을 잡으러 온 군인들이 무례하게 대하자 자식을 키워 군대를 보냈으면 너희들이 책임지고 군인을 만들어야지 무슨 짓이냐고 언성을 높이고 당신이 대신 군대를 가겠다고 '깡'을 부려 군인들로부터 사과를 받아낸 일도 있었어요. 그래서인지 아버지의 사랑방이나 집 뒤 정자나무에는 많은 사람들이 모여들었는데 군수나 경찰서장이나 국회의원들도 찾아왔지요. 그러면서도 아버지는 아내한테는 눈 한 번 흘기지 않았어요.

맹문재　참으로 대단한 아버님이셨네요. 다음으로 선생님께서는 『홰치는 산』(만인사, 1999/2004년 천년의 시작 재출간)을 네 번째의 시집으로 간행하셨습니다. 선생님께서는 이 시집에서 고향인 경북 성주를 토대로 한 유년의 가족사와 성장기의 일들을 그리고 있습니다. 특히 "방올음산"이라는 제재가 중심 역할을 할 만큼 많이 소개되고 있습니다. 「방올음산 이야기」에 따르면 이 산은 경북 성주군 초전면 용봉리 북쪽 머리맡을 지키고 있고, 마치 삼각의 푸른 종 하나가 하늘 깊이 걸려 있는 형상이고, 또 「사월」에 따르면 진달래가 온 산을 뒤덮고 있다고 합니다. "방올음산"이 선생님의 시세계에서 중요한 제재가 되는 이유가 궁금하네요.

문인수　박진형 시인이 경영하는 대구의 '만인사'라는 출판사에서 냈는데, 제가 많은 애정을 가지고 있는 시집입니다. 저는 경북 성주군 초전면 대장1리 630번지에서 태어났습니다. 아직도 저의 생가가 남아 있지요. 방울음산은 초전면의 최북단 용봉리에 우뚝 솟아 있는데, 해발 782미터로 제 유년의 최고봉입니다. 늘 짙은 푸른색을 띠고 있고, 거대한 종 하나가 하늘에 걸려 있는 형상입니다. 새벽이면 이 산에서 방울소리(종소리)가 나 사람들을 깨웠다는 전설이 있어요. 그래서 이 두식 표기로 방울음산(方兀音山)입니다. 관공서에는 영산(鈴山) 혹은 현령산(懸鈴山)으로 기록되어 있지요.

저는 고향의 공간적 범위를 좁혀 잡고 시를 씁니다. 경상북도가 아니라, 성주군이 아니라, 어릴 적부터 내 발길이 미친 '초전면' 일대를 잡는 것입니다. 저는 그래야만 고향에 대한 저의 말이 한층 더 절실하고 진정성이 있다고 여기는 것입니다. 멀지않은 성주권에 그 유명한 낙동강이며 가야산이 있습니다만, 저는 방울음산을 앞세워 고향을 노래합니다. 방울음산이야말로 제 고향의 첫 얼굴이고, 제 시의 발원지입니다. 저는 늦은 나이에 시인이 되었지만, 방울음산이라는 고향이 있었기 때문에 스스로를 위로할 수 있었습니다.

맹문재 선생님의 작품들에 나타난 방울음산의 의미를 잘 들었습니다. 다섯 번째 시집은 『동강의 높은 새』(세계사, 2000)입니다. 이 시집은 섬진강에서 시작해서 하동, 우포늪, 동강, 정선, 밀양, 정동진, 익산 등을 걸으면서 느낀 감정들을 작품화하고 있습니다. 이와 같은 시집을 구상한 동기를 들을 수 있는지요? 이 시집에서는 특히 정선이 많이 소개되고 있습니다. 그래서인지 시집 제목에도 동강을 넣었고요. 사실 선생님의 세 번째 시집인 『뿔』에도 정선이 많이 나오는데, 정선에 특별히 애정을 가지고 있는 이유가 궁금하네요.

문인수　저는 이 시기에 꽤 자주 여러 곳을 여행했어요. 그래서 자연스레 '길'들이 시의 모티브가 되었지요. 그렇지만 이 시집에 든 시편들이 소위 '여행시'로 간주되는 건 싫습니다. 여행지에서 발견한 제 삶의 모습들로 읽어주었으면 좋겠네요.

정선에 관한 시들이 50여 편 될 정도로 많아요. 1990년 정선을 처음 밟았을 때 사방을 에워싼 그 가파른 산세가 저를 가두거나 어떤 위압으로 덮치는 게 아니라, 오히려 저를 깊이 안아들이는 것 같습니다. 마침내 돌아왔다는 안도감이 들었지요. 고향인 성주도 제 영혼이 가 닿을 수 있는 아름다운 공간이자 시간이어서, 그곳에 기대면 어머니의 품속처럼 상처 입은 제가 편안해졌지요. 제가 지은 죄들이 용서된 것입니다. 정선 또한 저의 죄가 가장 잘 만져지는 곳입니다. 저에게 시란 자기 용서입니다. 제 자신으로부터 죄의 사함을 받은 뒤 내보이는 또 다른 모습이 저의 시인 것이지요. 생이 껴입은 죄, 그 남루한 누더기를 벗는 과정이 저의 시 쓰기입니다. 누구나 할 수 있는 말이지만, 그러나 지금까지 누구도 말한 적이 없는 언어의 형상을 이루는 것이지요. 제가 가진 상처와 결핍의 덩어리가 정선에 가면 가장 잘 보입니다. 그러므로 정선 가는 길이야말로 제 마음속으로 가는 길입니다. 젖어 갇히러 가는 길이지요.

시는 누구나 할 수 있는 말이지만 그러나 지금까지 누구도 그렇게 말한 적 없는 내용, 혹은 언어형상이다.

맹문재 이 시집에 들어 있는 「채와 북 사이, 동백 진다」가 제11회 김달진문학상 수상 작품입니다. 선생님께서 오랫동안 시를 써오시다가 처음으로 큰 상을 받으셨는데, 감회가 어떤지요. 아마 이때부터 시를 쓰는 데 자신감을 갖지 않으셨을까 하는 생각을 해봅니다. 작품의 전문을 옮겨봅니다.

지리산 앉고,
섬진강은 참 긴 소리다.

저녁노을 시뻘건 것 물에 씻고 나서

저 달, 소리북 하나 또 중천 높이 걸린다.
산이 무겁게, 발원의 사내가 다시 어둑어둑
고쳐 눌러앉는다.

이 미친 향기의 북채는 어디 숨어 춤추나

매화 폭발 자욱한 그 아래를 봐라

뚝, 뚝, 뚝 듣는 동백의 대가리들.
선혈의 천둥
난타가 지나간다.

　　　　　　　　　　　— 「채와 북 사이, 동백 진다」 전문

문인수 맞습니다. 김달진문학상은 실로 저에게 큰 기쁨이었습니다. 좀 민망합니다만, 이 상은 제게 시 쓰기에 대한 자신감을 갖게 한 것은 물론, 새삼 시 쓰기에 대한 열정을 불러일으키게 하는 동력을 주었습니다. 아, 그런데 인간적인 자존심은 몰라도 작품에 대한 지나친 자부심은 자칫 코미디가 될 우려도 있지요. 아무튼 이 상을 타기 전엔 상이라는 거, 제겐 그야말로 언감생심이었죠. 칭찬은 정말 누구에게 나 좋은 영양가인 것 같습니다.

맹문재 여섯 번째 시집은 『쉬!』(문학동네, 2006)입니다. 이 시집에 는 「쉬」 같은 감동적인 작품이 들어 있기는 하지만, 아무래도 '인도 소풍'을 부제로 한 연작시에 관심이 갑니다. 인도 여행을 하신 지 5년 이 넘은 것 같은데, 어떤 계기로 가셨는지요? 인상이 깊었던 모습이나 일들이 있었을 텐데, 소개를 좀 부탁드려요. 「쉬」 전문도 소개해보겠 습니다.

그의 상가엘 다녀왔습니다.

환갑을 지난 그가 아흔이 넘은 그의 아버지를 안고 오줌을 뉜 이야기 를 들었습니다. 생(生)의 여러 요긴한 동작들이 노구를 떠났으므로, 하지 만 정신은 아직 초롱 같았으므로 노인께서 참 난감해 하실까봐 "아버지, 쉬, 쉬이, 어이쿠, 어이쿠, 시원허시것다야" 농하듯 어리광 부리듯 그렇 게 오줌을 뉘었다고 합니다.

온몸, 온몸으로 사무쳐 들어가듯 아, 몸 갚아드리듯 그렇게 그가 아버 지를 안고 있을 때 노인은 또 얼마나 더 작게, 더 가볍게 몸 움츠리려 애 썼을까요. 툭, 툭, 끊기는 오줌발, 그러나 그 길고 긴 뜨신 끈, 아들은 자 꾸 안타까이 땅에 붙들어매려 했을 것이고, 아버지는 이제 힘겹게 마저 풀고 있었겠지요. 쉬―

쉬! 우주가 참 조용하였겠습니다.

―「쉬」 전문

문인수 『쉬!』는 저에게 많은 복을 주었습니다. 2006년에 문화예술 위원회의 우수도서로 선정되었고, 금복문화재단에서 주는 금복문학 상을 받았으며, 또 시와시학 작품상을 받았습니다. 2007년에는 편운 문학상과 한국가톨릭문학상도 받았습니다.

이 시집에는 인도 여행을 한 시편들이 많이 들어 있습니다. 실제로 저는 2003년 12월 31일부터 2004년 1월 12일까지 인도를 다녀온 적이 있지요. 저에게 누군가 "당신은 인도 여행에서 무엇을 보고 왔느냐"고 묻는다면 "인도 여인들의 검고 크고 깊은 눈빛을 보고 왔다."고 말하 고 싶습니다. 정말, 무슨 거대하고도 찬란한 문화유적보다 삶의 바닥 을 물끄러미 견디는 그 눈빛이, 그 어떤 불만도 원망도 저항도 분노도 절망도 없는 듯한 그 눈빛이 저의 뇌리에서 오래 지워지지 않고 있습 니다. 차량들의 소음과 매연으로 꽉 찬 거리에서도 시장에서도 작은 촌락의 어귀에서도 마주친 여인들의 검고 크고 깊은 눈빛들, 신비롭 고 슬프고 아름다웠습니다. 인도 여인들의 그 눈빛은 저의 어머니이 기도 하고 고향 땅 성주이기도 하고 강원도 정선이기도 합니다. 제 마 음의 그늘로, 한마디로 말하면 비애라고 할 수 있지요.

맹문재 일곱 번째 시집은 『배꼽』(창비, 2008)입니다. 이 무렵(2007 년)에는 제7회 미당문학상을 수상하셨습니다. 이 문학상은 친일문학 활동을 한 서정주 시인을 기리고 있기 때문에 우리 문단에서는 여전 히 논란이 되고 있습니다. 선생님께서는 친일문학 활동을 한 작가나 시인들이며, 그들의 이름을 딴 문학상의 제정에 대해서는 어떻게 생 각하시는지요?

문인수　미당문학상은 저에게 의외의 '사건'입니다. 그런데, 미당의 시를 어떻게 부정하겠습니까? 다른 문제는 다른 문제일 뿐이라고 생각합니다. 저는 이 상을 받으면서 그동안 고생한 저의 아내를 많이 생각했습니다.

맹문재　이 시집에는 늙고 힘없고 외로운 할머니들이며 어머니, 아내 등 여성이 자주 등장하고 있습니다. 「조묵단전(傳)－탑」에서는 일생 동안 병든 시어머니와 시아버지, 남편 수발을 들었을 뿐만 아니라 5남매 키우고 손자들까지 거둔 어머니의 일생이 소개되고 있어요. 「조묵단전(傳)－비녀뼈」에서는 처음으로 비녀를 뽑고 미장원에 가서 머리를 자른 어머니의 일화가 재미있으면서도 가슴이 아립니다. 앞에서는 아버지를 소개해주셨는데, 어머님에 대한 말씀도 듣고 싶네요.

문인수　어머니 조묵단(曺默丹)은 2009년 12월 99세로 이 세상을 뜨셨습니다. 아버지께서 1990년 85세로 세상을 뜨셨고요. 어머니는 비교적 거동도 잘하셨고 정신도 맑으셨는데 백수의 상차림은 받지 못하셨어요. 되돌아보면 어머니와 아버지는 서로에 대한 역할 분담을 해서 잘 사셨습니다. 어머니는 낮잠에 든 모습을 한 번도 보이신 적이 없을 정도로 부지런하셨어요.

　어머니는 98세에 단발을 하셨어요. 어머니가 고향의 집을 떠나 서울의 둘째 형 아파트에 사셨는데, 가족들이 권하는 것에 어렵게 동의하셔서 '거사'를 치른 것이지요. 그동안 어머니는 단발의 편리함을 인정하면서도 아버지의 영(令)을 염두에 두셨는지 단발에 응하지 않으셨어요. 저는 신식 헤어스타일로 개화한 어머니를 보면서, 그 모습이 텃밭 한 뼘 남지 않은 실향으로 보여 쓸쓸함을 거둘 수 없었습니다. 그리하여 어머니는 아버지와 함께 제 시의 근원이 되고 있습니다.

맹문재　이 시집에는 또한 서정춘 시인이나 '뫼얼산우회' 고등학교 동기들, 25년째 인연을 맺고 있는 박달희 이발사, 뇌성마비 중증 지체 자인 라정식 씨, 그리고 세상을 뜬 박찬 시인 등도 소개하고 있습니다. 박찬 선생님과의 인연을 좀 들려주세요.

문인수　우선 「지네 ─ 서정춘전(傳)」에서는 서정춘 시인이 태어난 지 삼칠일 만에 늑막염 수술을 받고, 두 돌 만에 어머니가 돌아가시고, 젖배를 곯아서인지 체구가 작고, 소위 가방끈이 짧고, 그리고 짧은 시만 쓰는 사연과 슬픔을 담아보았어요. 어느 날 제가 서정춘 시인에게 이렇게 이야기했어요. "형! 형은 앞으로 강연할 때 원고가 따로 필요 없을 거요. 이 시 한 편만 가지고 가서 상세히 설명하면 되지요." 서정춘 시인도 좋다고 했어요.

박찬 시인과는 1987년 어느 문학 행사 자리에서 처음 만났는데, 늦깎이 시인이면서 교직에 종사하는 아내를 둔 처지 등 이러저러한 사정이 서로 비슷해 금방 친해졌어요. 그리고 20년 넘게 알고 지냈는데, 눈 흘긴 적이 한 번도 없을 정도로 친했어요. 그렇지만 지금 생각하니 마음을 듬뿍 주지 못한 것, 더 자주 통화하지 못한 것이 마음에 걸리네요. 박찬 시인은 저보다 세 살 어렸지만 친한 친구 사이였어요. 박찬 시인의 아내인 김매심 선생이 저에게 들려준 말인데, 저를 보러 올

때마다 항상 '대구 형' 만나러 간다고 했대요. 박찬 시인은 다정다감하고 친화력이 뛰어났으면서도 엄격함과 개결함이 있는 시인이었어요. 그래서 장난꾸러기처럼 웃어도, 때로는 쓸쓸한 뒷모습을 보여도, 나름대로 카리스마가 있었어요. 2006년 12월 '문학동네' 송년 행사에 참석했다가 뒤풀이에 가지 말고 얘기를 나누자고 해서 프레스센터 지하 다방에 따라갔는데, 세상 사람한테 처음 하는 얘기라면서 간암 진단을 받았다고 전했어요. 몸이 안 좋다는 얘기를 전화를 통해 듣기는 했지만, 믿기지 않았어요. 우리는 말없이 악수를 하고 또 말없이 한참 껴안고 헤어졌어요. 그것이 마지막 만남이었어요. 2007년 1월 19일 오후 다섯 시 좀 넘어서 박찬 시인의 부음을 들었습니다. 병원에서 진단 받고 꼭 한 달 만에 세상을 뜬 것이지요. 박찬 시인의 최후는 참으로 놀랍고 감동적이고 아름답습니다. 임종 2~3분 전에 입술을 오물거리며 최선을 다해 가족들에게 "사랑해"라는 말을 전했다고 그의 부인이 알려주었어요. 생의 마지막 순간까지 의식을 놓지 않고 가족들을 사랑한 것이지요. 박찬 시인은 화장해서 선산이 있는 전라도 정읍의 내장산에 뿌려졌어요. "박형, 부디 잘 가시오."

맹문재 참으로 가까운 사이셨네요. 박찬 선생님께서는 저와 찍은 사진에서도 빙그레 웃고 계시네요. 『적막 소리』는 여덟 번째 시집입니다. 「장엄송」에서는 장옥관, 엄원태, 송재학 시인으로 보이는 '오늘의 시' 동인들을 소개하고 있고, 「모량역」 연작시를 통해서는 역무원도 두지 않은 시골의 간이역을 소개하고 있습니다. 아버지, 어머니, 나이 든 노인들, 고향 등도 여전히 보이네요. 이번 시집의 제목을 '적막 소리'로 정한 의도를 들을 수 있을까요?

문인수 저에게 자연은 적막입니다. 적막이 내는 소리조차 적막입니다. 적막 속에는 아름답지 않은 것이 없어요. 세상의 시끄러운 소리들은 자연이 내는 것이 아니라 인간이 내는 것이지요. 가령 굉장한 폭음의 계곡 물소리는 몹시 시끄러운데, 시끄럽게 느껴지지 않는 것은 자연이 내는 소리이기 때문이지요. 인간은 자연스럽지 못해 시끄러운 소리를 냅니다. 그런데도 저는 시를 쓰네요. 시를 쓰는 재미와 고통만이 시끄러운 소리를 평정할 수 있다고 생각하기 때문이지요. 저는 제 인생이며 영혼이 생겨먹은 대로 시를 썼으면 합니다. 복사꽃이 제 깜냥대로 충분히 아름답듯이 저의 시도 저답게만 완성되었으면 합니다. 참, 모량역은 시를 쓴 얼마 후 폐역이 되었습니다. 행정구역상 경주시에 속하는데, 박목월 선생의 고향이기도 하지요. 그리고 「장엄송」은 장옥관, 엄원태, 송재학 시인이 맞습니다.

맹문재 이 시집에 들어 있는 「빨래」에서는 김양헌 문학평론가를 시인으로 소개하고 있습니다. 김양헌 문학평론가는 선생님의 시집 『배꼽』의 해설을 맡으셨는데, 상당히 진지하게 쓰셨습니다. 서로의 인연을 소개해주실 수 있을까요?

문인수 김양헌 문학평론가는 2008년 7월 3일 간암으로 세상을 떴습니다. 평론가로서의 능력이 너무 아까워요. 평론가가 부족한 대구나 경북 지역이기에 특히 그러합니다. 그는 공부와 내공이 아주 깊었습니다. 자연에도 잘 취했어요. 자연의 일부처럼 참으로 순하고 착하게 살다가 갔지요. 저와 함께 인도 여행을 다녀오기도 했어요. 저는 그의 무덤을 짓고 달구질을 할 때 생전 처음 '앞소리'를 해보았습니다. 북망의 먼 길을 잘 가라고 소리를 한 것이지요. 잘 갔을 것입니다.

맹문재　언제 김양헌 선생님의 평론을 집중적으로 읽어봐야겠다는 생각이 드네요. 선생님께서는 곧 아홉 번째 시집을 '서정시학'에서 간행합니다. 짧은 시들이 눈에 띄는데, 이번 시집에서 특별히 의도한 면이 있는지요? 그리고 앞으로의 활동 계획은 어떤 것이 있는지요?

문인수　특별히 의도한 바는 없습니다. '서정시학'의 기획에 동참하게 된 점을 고맙게 생각하고 있습니다. 시집 자서에서도 말했다시피, 시는 역시 짧아야 제격, 제맛인 것 같아요.

맹문재　여러 가지로 귀한 말씀 잘 들었습니다. 내내 건강하시고 좋은 시를 계속 보여주시길 응원합니다.

(서정시학, 2012년 가을호)

시 쓰기는 자신을 발견하고 만드는 것

윤후명 시인

1946년 강원도 강릉에서 태어나 연세대 철학과를 졸업했다. 1967년『경향신문』 신춘문예에 시가, 1979년『한국일보』 신춘문예에 소설이 당선되어 작품 활동을 시작했다. 시집『명궁』『홀로 등불을 상처 위에 켜다』『먼지 같은 사랑』, 소설집『둔황의 사랑』『모든 별들은 음악소리를 낸다』『원숭이는 없다』『여우사냥』『협궤열차』『새의 말을 듣다』『꽃의 말을 듣다』, 산문집『꽃』『나에게 꽃을 다오 시간이 흘린 눈물을 다오』 등이 있다.

시 쓰기는 자신을 발견하고 만드는 것

— 윤후명 시인

맹문재 선생님, 안녕하세요. 근래에 소설집 『꽃의 말을 듣다』(문학과지성사)를 간행하셨는데, 근황은 어떠하신지요?

윤후명 지난 3월 21일부터 27일까지 종로구 관훈동의 인사아트센터에서 '꽃의 말을 듣다'라는 주제로 미술 개인전을 열었어요. 소설집 제목과 같지요. 첫 개인전이었어요. 여러 매체에서 소개해주었고 관객들의 반응도 괜찮았어요. 화가들이나 화랑에서도 관심을 많이 보였어요.

맹문재 그런 좋은 일이 있었네요. 뒤늦게나마 축하드려요. 선생님께서 주신 도록을 보니까 엉겅퀴꽃이 유독 눈에 띄는데 의도가 있으신지요.

윤후명 엉겅퀴꽃은 전 세계에 있는데, 그만큼 잘 자라는 꽃이에요. 척박한 땅에서도 자랄 정도로 생명력이 강해 서민적이라고 생각해요. 제가 오래전에 거제도에서 한 3개월 지낸 적이 있어요. 어느 날 거제도 포로수용소 자리에 가보았는데, 황무지 같은 곳에서 가장 눈에 띄는 게 엉겅퀴꽃이었어요. 그래서 우리 민족의 아픔을 안고 피어 있구나 하는 생각을 했지요. 그때의 느낌이 강렬했는데, 얼마 전 술을 끊고 간이 안 좋아 약을 먹는데 그 약이 엉겅퀴에서 추출한 거라고…… 그래서 그 꽃을 그린 것이에요.

맹문재 『꽃의 말을 듣다』에 나오는 패모(貝母)라는 꽃도 이번 전시에 그리셨군요.

윤후명 네. 어느 날 텔레비전에서 다큐멘터리 프로그램인 「차마고도」를 본 적이 있어요. 말을 타고 가던 원주민들이 쉬면서 나무 아래서 무얼 캐는 것을 보았는데, 그게 패모더라구요. 소설에도 등장하지요. 처음에는 그게 뭔지 몰랐고 나중에 알았어요. 패모는 한약재로 쓰이는데 특히 아이를 낳지 못하는 여성들에게 좋다고 해요. 집에서 화분에 키우고 있어요. 백합 종류인데 꽃이 좀 어두워요.

맹문재 선생님께서 시와 소설뿐만 아니라 그림까지 하신다니 놀랍네요. 그림을 그리면서 어떤 새로운 점을 발견하셨는지요?

윤후명 그림을 그린 지 한 10년 되었는데 글쓰기와는 다른 과정이 아주 재미있어요. 일찍 시작했더라면 큰일 날 뻔했지요. 한정 없이 빠져드니까요. 하지만 저는 글과 그림이 근본적으로 다르지 않다고 생각해요. 소위 보여주기라는 점에서 그렇지요. 저는 문학과 미술이 같이 가야 한다고 생각해요. 우리나라는 장르가 너무 분화되어 있어요. 한 작가가 때에 따라서는 시도 쓰고, 소설도 쓰고, 수필도 쓰고, 그리고 그림도 그릴 수 있어야 하지요. 다른 나라에서는 그렇지 않잖아요. 이번 그림 전시는 삶을 정리할 때가 왔으니 전체를 종합해보자 하는 뜻이 들어 있기도 해요.

맹문재 '서정시학'에서 곧 시집이 출간된다는 소식을 최동호 선생님께 들었는데 준비는 잘하고 계시는지요? 이번 시집에서 특별히 추구하시는 면이 있는지요?

윤후명 이번 시집에서는 물론이고 저는 시를 위한 시를 쓰는 경향에 대해서는 달리 생각해요. 시가 언어를 학대해서는 안 되지요. 시는 삶과 함께 어울려야 한다고 생각해요. 아무리 가상 세계가 다가온다고 할지라도 우리의 삶은 이곳에서 이루어지고 있잖아요. 그래서 저는 삶을 노래하는 시를 추구하면서 그 속에 심오한 세계인식을 쉽게 담을 수 없을까 고민하지요. 1992년 러시아 공항에서 짐 검사를 하는데 제 가방 속에서 시집이 나오니까 아예 나머지 짐은 검사도 하지 않고 통과시켜주는 경험을 했어요. 정말 감동적이었어요. 푸시킨을 초등학생들까지 좋아하는 러시아의 인문주의가 생각나요. 이번 시집은 소설가가 쓴 시가 아니라 시인으로서 쓴 시라는 점을 강조해야겠군요.

맹문재 선생님께서 간행한 시집들에 대한 말씀을 들어보려고 합니다. 선생님께서는 1977년 첫 시집 『명궁』(문학과지성사)을 간행하셨습니다. 시집의 자서(自序)에 "시를 시작할 무렵의 나는 고독함으로 짓눌려 있었으나 지금의 나는 무서움으로 짓눌려 있다."고 쓰셨는데, 그 상황을 좀 더 말씀해주실 수 있는지요? 실제의 작품들에서는 죽음, 슬픔, 울음, 아픔, 어둠 등의 시어들이 많이 등장하고 있네요. 표제작을 일단 소개해볼게요.

> 잡목(雜木) 숲은 무덤처럼
> 어둠의 둘레를 무지개로 감고
> 별빛을 모아 물결의 장단(長短)에 따라
> 바람이 하늘거렸다,
> 날새의 제일 유심히 반짝이는
> 두 눈깔을 꿰뚫음에
> 공명(共鳴)하며 하룻밤을 흔들린 이의
> 사무치는 뜬 눈의 웃음
> 드넓고 광포해라,
> 새가 온 들을 채어 쥐고
> 한 기운으로 푸드드득 오를 때
> 활짝 당겨 개이는 먼오금
> 숲과 들을 벗어나 휘달려
> 그는 죽음의 사랑에 접근한다
>
> ──「명궁(名弓)」전문

윤후명 그때의 삶이란 일상과 동떨어진 것이었어요. 시를 일상의 삶보다 우위에 두고 있다 보니 보편적인 사회생활을 하기가 어려웠어요. 그때는 살아가는 것 자체가 힘든 시기였어요. 경제적인 면으로 해결할 수도 없었지요. 첫 시집은 그와 같이 저의 어려운 삶의 자취라고 볼 수 있어요. 감당하기 어려운 삶에서 빚어진 비명이었던 것이지요.

맹문재 첫 시집의 작품들은 호흡이 짧은 편이지만 비유와 문법이 낯설고, 空閨(공규), 熟麻(숙마), 擊劍(격검), 曠闕(광궐), 罌粟(앵속), 無嗣(무사), 孤雁(고안), 老鶯(노앵) 등의 한자어 사용으로 또한 낯설게 느껴집니다. 특별히 의도한 바가 있는지요?

윤후명 네, 있어요. 그때는 현대시 계열이 주류였어요. 산뜻한 이미지를 추구하고 삶의 의미를 잘 정리한 작품들이 평가를 받았지요. 저는 그것에 반발했어요. 우리의 삶이란 결론이 분명하지 않다고 생각한 것이지요. 다시 말해 삶에는 정답이 없다고 본 것이에요. 또 그때는 서양의 이미지나 세련미 등을 시인들이 추구했어요. 저는 그것과 다르게 가야 한다고 생각했어요. 서양에 의지하는 풍조에 반발한 거지요. 그래서 동양 정신을 내세웠는데, 한자어는 그와 같은 저의 의도가 반영되어 나타난 것이지요.

맹문재 첫 시집을 간행한 뒤 15년 만인 1992년에 두 번째 시집 『홀로 등불을 상처 위에 켜다』(민음사)를 간행했습니다. 이 시집에서 관심을 끄는 어휘는 「빈자(貧者)의 자장가」 등에서 보듯이 '양식'이나 「너는 외로운 짐승」 등에서 보듯이 '술'입니다. 특히 「끓는 사랑 1」 등에서 보듯이 '사랑'이 눈에 띕니다. 이와 같은 면들이 맞물려 이 시집의 정서는 외로움이나 그리움이 지배하고 있습니다. 이 시집을 간행한 즈음의 상황을 듣고 싶네요. 표제작을 일단 소개해볼게요.

이제야 너의 마음을 알 것 같다
너무 늦었다
그렇다고 울지는 않는다
이미 잊힌 사람도 있는데
울지는 못한다
지상의 내 발걸음
어둡고 아직 눅은 땅 밟아가듯이
늦은 마음
홀로 등불을 상처 위에 켜다
모두 떠나고 난 뒤면
등불마저 사위며
내 울음 대신할 것을
이제야 너의 마음에 전했다
너무 늦었다 캄캄한 산 고갯길에서 홀로
　　　　　　　　　　—「홀로 등불을 상처 위에 켜다」 전문

윤후명　그때는 세상에서 둘째로 가라면 서러워할 정도로 술을 많이 마셨지요. 생활도 어려웠구요. 제가 생각하는 사랑이란 모든 것에 대한 관심입니다. 저의 이 말에는 정리가 필요합니다. 사랑은 맨 위에 있는 가치이고, 맨 아래에는 외로움이 자리 잡고 있습니다. 외로움은 안으로 자기를 탐구하는 것, 즉 자아 탐구이지요. 자기 속으로 들어가면 갈수록 고립되고 혼자일 수밖에 없어요. 그런데 그 외로움이 벽에 부딪히면 그리움이 생깁니다. 외로움의 결과가 발생된 것이지요. 따라서 그리움은 자기 밖으로 탐구하는 것이지요. 사물에 대한 그리움, 사람에 대한 그리움, 삶에 대한 그리움…… 이렇게 밖으로 탐구하는 목적이 사랑입니다. 다시 말해 만남이지요. 외로움이 그리움으로 가서 완성을 향해서 만나지 않는다면 영원히 헤맬 수밖에 없지요. 모든 탐구의 완성을 사랑이라고 부른 것입니다.

맹문재 두 번째 시집은 평론가의 해설이 수록되는 대신 선생님께서 '시인의 말'을 직접 쓰셨습니다. 이 글에서는 선생님께서 얼마나 시인이 되고 싶어 했는지, 가난했던 집안의 상황과 학창시절의 모습, 우리의 현대시가 지향해야 할 방향, 김현 선생님과의 인연 등이 소개되고 있습니다. 특히 우리의 현대시가 전통과 단절되어 있는 점을 아쉽게 여기고 계승되어야 한다고 말씀하셨는데 새길 점입니다. 선생님께서 쓰신 이 산문에 근거해서 몇 가지 말씀을 들을까 합니다. 우선 선생님께서는 왜 그렇게도 시인이 되고 싶어 했는지요?

윤후명 어렸을 때부터 시를 썼기 때문에 시인에 대한 특별한 자각은 없었어요. 무엇을 알고 쓴 것이 아니었어요. 중학교 때 서울에 올라와 친구도 없고 해서 외롭기도 했는데, 아마 글을 쓰면서 자기 자신을 찾아보겠다는 마음이 있었던 것 같아요. 글을 쓰는 행위는 자기 자신을 발견해 나가는 것입니다. 그리고 글을 쓰는 것은 자기를 만들어가는 것이에요. 흔히 자기 자신에 무엇이 있는 줄 알지만 사실 아무것도 없어요. 글을 쓰면서 자신을 발견하고 만들어가는 것이지요.

맹문재 시인이 되려고 하셨으면서 국문과가 아니라 철학과로 진학하신 일 또한 궁금하네요. 철학과에서는 어떤 공부를 했는지요. 학창 시절 얘기를 듣고 싶네요.

윤후명 저는 군인 가족으로 자라났어요. 아버님께서는 군법무관이셨어요. 아버님께서는 법조인으로서 자부심이 대단하셨지요. 그래서 제가 문학하는 길을 허락할 리가 없었어요. 아버님께서는 왜 승리자의 길로 가지 않고 패배자의 길로 가려고 하느냐고 저에게 말씀했어요. 왜 법을 공부하지 않고 문학을 공부하려고 하느냐며 막으려고 했던 것이지요. 그래서 타협안으로 철학과에 진학한 거예요. 아버님께서 국문과 대신 철학과에 가서 자신을 좀 생각하다보면 법 쪽으로 돌아올 것이라고 기대했던 것이지요. 그래서 저는 철학과에서 무엇을 공부하는 줄도 모르고 진학했어요. 아버님께서는 돌아가실 때까지도 저에게 법 공부시키는 것을 포기하지 않으셨어요. 저는 시를 쓴다고 철학과 공부를 열심히 하지 않고 겨우 학점만 받을 정도였어요. 그렇지만 지금 생각해보면 참으로 소중한 시기였어요. 플라톤, 장자, 맹자 등 고전 강독이 특히 기억에 남아요. 고전을 읽고 해석해보는 시간이었는데 참으로 좋았어요.

맹문재 선생님께서는 김현 선생님과도 소중한 인연이 있지요. 『문학과 지성』 창간호에 선생님의 시가 재수록된 일이며, 첫 시집 『명궁』을 문학과지성사에서 간행한 일이며, 술집에서의 만남 등이 그러합니다. 김현 선생님과의 일들을 듣고 싶네요.

윤후명　김현 선생이 간암으로 49살에 세상을 떴지요. 대단한 분이었지요. 김현 선생은 글쓰기, 글 읽기, 술 먹기가 생활의 전부였어요. 술을 많이 마신 것이 아니라 술 마시기를 즐겼어요. 저는 술에 원한이 있는 사람처럼 마셨는데, 김현 선생은 그렇지 않았어요. 저에게 청주에 복어 지느러미를 태워서 마시는 술을 처음으로 가르쳐주기도 했지요. 김현 선생은 당시에 인정받는 작가들보다 묻혀 있는 작가들을 발굴해내는 노력이 대단했고 혜안이 있었지요. 참으로 진지한 사람이었어요. 우리 시에 대해서 그만큼 애착을 가지고 천착한 사람이 드물다 싶어요. 문학평론도 문학이어야 한다는 자세는 지금도 본받아야 할 점이겠지요. 『문학과 지성』은 창간호부터 재수록 제도가 있었는데, 정평이 나 있었어요. 그때 제가 시 부문에, 최인호의 「술꾼」이 소설 부문에 재수록되면서 시작되었지요. 저한테는 여러 가지로 고마운 분이었지요. 큰 업적을 남겼는데 일찍 세상을 떠 아쉬움이 커요.

맹문재　근래에 세 번째 시집인 『먼지 같은 사랑』(지식을만드는지식, 2012)을 간행했습니다. 이 시집은 육필 시집이라는 점이 특이합니다. 출간한 계기가 궁금하네요.

윤후명　몇 년 전 육필 시집을 내자고 해서 쓴 것들이에요. 그동안 연락이 없어 안 나오는 줄 알았는데, 올해 갑자기 나오게 되었지요. 세 번째 시집이기는 하지만 육필 시집이라는 차원이 또한 중요해서 신작들을 중심으로 하여 기존 시집에서 기억할 만한 것 몇 편도 기념 삼아 넣어 냈습니다.

맹문재   선생님께서 시를 등단하실 때는 본명(윤상규, 尹常奎)을 썼어요. '윤후명'이란 이름은 언제부터 쓰시기 시작했는지요?

윤후명   윤후명이란 필명은 소설가 되면서 쓴 거예요. 두터울 후(厚) 자에 밝을 명(明) 자예요. 앞으로는 빛을 많이 쌓는 생을 살아야겠다고 생각하고 제가 옥편을 뒤져서 지은 필명이에요.

맹문재   그러면 선생님의 소설 세계로 옮겨볼까요? 선생님께서는 1979년 한국일보 신춘문예에 소설 「산역(山役)」이 당선된 뒤 시 창작과 함께해오고 있습니다. 선생님께서는 1967년 경향신문 신춘문예에 시 「빙하의 새」가 당선되었잖아요. 이미 여러 곳에서 말씀드렸을 것으로 보이는데, 소설을 쓰게 된 이유를 들을 수 있을까요?

윤후명   신춘문예를 통해 시인이 되고 싶어서 1년 동안 시 1편을 썼어요. 그리고 회심의 역작으로 여기고 투고했어요. 그런데 다른 신문사의 마감일이 일주일이 남아 있어 그동안 다시 1편을 써서 투고했어요. 오랫동안 쓴 작품은 예심도 못 올라갔고 일주일 만에 쓴 작품으로 당선된 것이에요. 저도 놀랐어요. 그때는 시인이 참으로 대접받는 시대였어요. 오탁번, 권오운과 함께 『주간한국』의 표지에 나왔을 정도였으니까요.

소설을 쓰게 된 이유는 외면적으로는 경제적인 문제 때문이었지요. 출판사에 한 10년 다녔는데 술을 많이 마셔서인지 더 이상 직장생활을 할 수 없는 상황이었어요. 그리고 내면적으로는 시집을 한 권 내고 보니까 다 안 풀어놓은 것이 있었어요. 앙금 같은 것이 남아 있었던 것이지요. 문학을 했다면 그냥 남겨놓을 수는 없는 것이었어요. 그래서 인생을 바꾸어야겠다고 생각하고 소설을 쓴 것이지요. 그때는 여러 가지로 힘들었는데, 죽지 못할 바에는 인생을 바꾸어야겠다고 생각했어요. 그래서 문학 자체를 버릴 수는 없었고, 살기는 살아야겠고, 과거처럼 시를 써서는 안 되겠고, 그래서 소설을 쓰기로 한 것이지요. 겨울까지 한시적으로 소설을 시도해보기로 하고 죽기로 살기로 썼어요. 죽음 직전까지 갔었는데 다행히 소설가가 되어 지금까지 살 수 있어요. 저를 뽑아준 이어령 선생님께 인사를 갔더니 시 옆에 가지 말게, 이왕 소설가가 되었으니 시를 버려야 살 수 있다고 말씀하셨어요. 이것저것을 하다보면 한 가지도 성공을 이루지 못한다는 것이었어요. 그 당시 저에게는 시가 차지하는 면이 있었기 때문에 버린다는 것이 쉽지 않았어요. 이제는 좀 자유로워요.

맹문재 선생님의 작품 중에서 1995년 제19회 이상문학상을 수상한 「하얀 배」를 언급하지 않을 수 없네요. 이 작품은 개인의 정체성이 민족 차원으로까지 확대한 면이 느껴지기도 하지만, 새로운 환경을 통해 좀 더 자아를 탐구하는 면으로도 느껴집니다. 가령 키르기스스탄에 살고 있는 '류다'라는 여성이 한국어를 배우느라 꺼낸 "안녕하십니까"라는 말이 주인공 자신의 '안녕'과 연결된다고 생각한 것입니다. 자신을 사랑하기 위한, 또는 자신을 구하기 위한 길 찾기라고도 할까요? 이 작품을 쓰시게 된 동기나 의도를 들을 수 있을까요?

윤후명 중앙아시아를 처음 가보고 놀랐어요. 우리 민족이 거기에 살고 있으리라는 생각을 하지 못했거든요. 그때는 여행을 자유롭게 못 가는 시절이었잖아요. 러시아를 가는데 거기를 들러 간다고 해요. 그래서 보니 그곳에 우리 민족이 살고 있더라구요. 저는 일행과 함께 하는 여행에 빠져 거기 남겠다고 했어요. 그리고 한 달 정도 그곳에 머물렀지요. 그때 우리 민족이 쓰는 말을 새삼 발견했다고 할까요. 우리의 말을 잃어버리면 정체성이 없는 것을 깨달았어요.

그런 생각을 하다가 1994년 다시 찾아갔어요. 그리고 '안녕하십니까'를 소설의 제재로 잡았어요. 「하얀 배」는 그 말을 찾아 키르기스스탄의 호수로 가는 여행 소설인 셈이에요. 루카치가 "소설이란 문제적 인간이 자기 자신을 찾아가는 여행"이라고 말한 것을 보고 다시 음미한 적이 있는데, 제 소설이 그래요. 어쨌든 겉으로 큰 사건도 없고 세속적인 재미도 없는 소설이지요. 자기 자신을 탐구하는 소설이니까요. 이 소설이 작년에 고등학교 교과서에 수록되었어요. 소설에 사건이 없으니까 과거의 소설 기준으로 보면 가르치는 데 어려움을 가질 수밖에 없겠지요. 그렇지만 이 소설이 도입됨으로써 어떤 전환점을 줄 수 있다고 생각해요. 사건이 없는 것도 소설이 될 수 있다고 말이에요. 사실 소설의 개념이 달라져야 해요. 이러한 상황에 조금이나마 환기력을 주기를 기대하고 있어요.

맹문재 이 작품의 제목 「하얀 배」는 『백년보다 긴 하루』를 쓴 아이뜨마또프의 작품 제목이기도 합니다. 저는 특히 철도 노동자로서 44년간 함께 일해온 까잔갑과 예지게이의 동료애를 그린 『백년보다 긴 하루」를 좋아합니다. 아이뜨마또프의 「하얀 배」와는 어떤 영향관계가 있는지요?

윤후명 아이뜨마또프는 키르기스스탄에서 태어나 러시아어로 글을 쓴 작가이지요. 그의 「하얀 배」는 헤어진 부모를 물고기가 되어 만나러 가는 것을 꿈꾸는 소설이지요. 저는 그 소설에서 큰 도움을 받은 건 없어도 이식쿨 호수를 배경으로 하는 이미지를 떠올릴 수는 있었지요. 이와 같은 수법은 흔히 있는 것이지만요.

맹문재 다음으로는 선생님의 대표작으로 일컬어지는 「둔황의 사랑」에 대해서 여쭈어보겠습니다. 이 소설에는 현대를 살아가는 두 남녀의 사랑 이야기를 하면서 북청사자놀이, 강령 탈춤, 금옥, 공후(箜篌), 비천상, 혜초, 석굴암, 둔황(敦煌) 등등 옛날의 인물이나 벽화나 악기나 놀이나 지명 등의 소재를 많이 사용하고 있는데, 특별히 의도한 바가 있는지요?

윤후명 처음에는 「돈황의 사랑」이었어요. 돈황은 실크로드의 중심 도시예요. 지금은 많이 알려져 있지만 제가 소설을 쓸 때만 해도 잘 모르던 곳이었지요. 제가 돈황을 찾은 것은 의도가 있었어요. 흔히 작가로 데뷔할 때까지는 좋은 소설을 써야 하는데, 데뷔하고 나서 살아남기 위해서는 잘 쓰는 것만으로는 힘들어요. 따라서 다른 사람이 쓰는 것과는 달라야 해요. 달라야 존재 가치가 있는 거예요. 이것은 그림의 경우에도 마찬가지예요. 뒤샹이 전시회를 할 때 기존의 작품이 아니라 변기를 갖다놓은 것이 그 한 모습이지요. 달라야 한다는 것, 이것이 매우 어려운 점이지요.

소설가가 되고 나니 우리 문학의 무대가 좁다는 생각이 들었어요. 그때는 외국 여행을 자유롭게 할 수 없는 시대였잖아요. 그래서 일단 무대를 넓혀야겠다고 생각했지요. 그런데 무조건 넓혀서는 안 되고 한국 문화와 연결시켜야 한다고 생각했어요. 그래서 실크로드를 연결 고리로 잡은 것이에요. 지금도 신라의 무덤에서 실크로드를 통해 들여온 유물이 나오지요. 혜초가 거기에 갔다는 기록도 나와 있어요. 신라의 혜초 스님이 쓴 『왕오천축국전』은 돈황에서 발견되었어요. 세계 3대 여행기 중 하나라고 일컬어질 정도로 중요한 기록이지요. 그래서 우리나라와 연결 고리를 가지고 있는 장소로 실크로드를 잡은 것이에요.

제가 출판사에 다닐 때 실크로드 등 역사서 전집을 담당했기 때문에 여러 가지를 읽어봐서 연결시킬 수도 있었어요. 지금 우리나라의 국립박물관에 돈황의 유적이 상당히 있어요. 돈황의 유적을 가지고 있는 나라가 세계에서 많지 않아요. 일제 강점기 시대에 일본인 탐험대가 가서 뜯어온 것이에요. 그런데 일본이 망하면서 못 가지고 간 것이지요. 정말 세계적인 보고입니다. 이러한 면들로 제 소설의 꼬투리가 될 수 있다고 생각했어요. 우리나라에는 사자가 없는데 북청사자놀음이 있잖아요. 인도에서 들어온 것이에요. 이처럼 실크로드는 문화의 원류예요. 그 여러 사례들을 모아 한 편의 문화인류학적 소설을 쓰고자 했지요. 소설의 무대를 넓히고 또 과거의 소설과는 분명히 다른 것을 쓰자는 저의 의도가 들어 있는 작품이에요.

맹문재 둔황을 다녀오신 걸로 알고 있습니다. 둔황은 중국 서역 쪽에 있는 고대 불교 유적지로 굴을 파서 만들어놓은 절이 1,000개가 넘는다고 알려져 있는데, 어떤 인상을 받으셨는지요. 유적 중에서 특히 소개해주시고 싶은 것이 있는지요?

윤후명 다 공개는 안 되었어요. 불교의 유적뿐만 아니라 동양과 서양이 무역을 하던 곳의 가운데 있는 도시이기 때문에 여러 문화, 여러 요소가 다 있어요. 옛날의 문화를 합쳐놓은 것으로 연구의 대상이 되지요.

맹문재 앞으로의 계획은 어떤 것이 있는지요?

윤후명 우선 서정시학에서 시집이 나올 예정이고, 러시아어로 번역된『둔황의 사랑』이 6월 즈음에 나와요. 올해는 이번 미술 전시회 하느라고 화집도 냈고, 육필 시집도 냈고, 그리고 소설집『꽃의 말을 듣다』도 냈네요. 이전의 소설집이『새의 말을 듣다』였는데, 다음 소설집은『돌의 말을 듣다』로 할 생각이에요. 그게 언제일는지 모르지만요.

맹문재 여러 가지로 귀한 말씀 잘 들었습니다. 내내 건강하시고 좋은 시와 소설과 그림을 많이 보여주세요.

(서정시학, 2012년 여름호)

선을 위한 선적인 시 쓰기

송준영 시인

1947년 경북 영주에서 태어나 1995년 『월간문학』으로 작품 활동을 시작했다. 18세에 초발심하여 선문에 든 후, 탄허, 고송, 성철, 서옹, 설악 등 제 선장들을 참문하였다. 시집으로는 『눈 속에 핀 하늘 보았니』 『습득』 『조실』, 연구서로 『선으로 읽는 반야심경』 『황금털사자의 미미소』 『현대 언어로 읽는 선시의 세계』 『선, 언어로 읽다』 등이 있다. 박인환문학상, 현대불교문학상을 수상했다.

선을 위한 선적인 시 쓰기

— 송준영 시인

맹문재 선생님, 오랜만에 인사드립니다. 제가 초창기에 박인환문학상 운영위원으로 활동을 한 적이 있었는데, 그때 선생님을 처음 뵌 것으로 기억이 되네요. 요즘 선생님께서 선시에 관한 글을 잡지들에 열심히 발표하는 것이 눈에 띄는데, 근황은 어떠하신지요?

송준영 날마다 쪼들리고 힘들고 지친 날일수록 좋은 날입니다. 절대로 편치 않는 그런 날의 연속이지요.

맹문재 이번 『서정시학』에 발표하는 「설악, 귀엣말하다」 연작시를 보면서 이러저러한 생각이 들었는데, 우선 실험적인 시 형식이 궁금하지 않을 수 없었네요. 이와 같은 시를 어떻게 명명하는 것이 좋을까요? 시도하는 의도가 궁금합니다.

송준영 군이 이 시편들에 이름을 붙이자면 평설시(評說詩)라고 말하고 싶어요. 이를테면 설악의 현대선시와 경허의 고전선시는 상호텍스트적이면서도 서로 상승작용을 일으키지요. 곧 반상합도(反常合道)됨으로 새로운 수승(殊勝)한 세계를 보이게 되며, 이 결과물이 바로 「설악, 귀엣말하다」의 시편들입니다. 다시 말해 두 선사의 선시를 인용하여 병치시켜 다른 한 통일된 작품인 「설악, 귀엣말하다」가 만들어진 것입니다. 서양식으로 말하면 혼성모방인 페스티쉬 시라고 말할 수 있지 않을까요?

이런 의도는 「설악, 귀엣말하다 · 4」에서 보듯이 한 편으로 보면 해독하기 극히 어려운 효봉 선사의 오도송과 단순(單純)하고 명징(明澄)하며 무사(無事)한 설악 스님의 시를 같이 보여주므로 상호작용이 되어 회감회통(回感回通)되는 낙처(落處)가 더 잘 보이지 않을까? 하는 생각이 들었기 때문입니다.

맹문재 설악 무산의 시를 대상으로 삼는 이유도 궁금합니다. 이번 기회에 독자들에게 설악 무산 시의 의의 내지는 주목해야 될 점을 말씀해주시지요. 우선 「설악, 귀엣말하다 · 1」을 소개해보겠습니다.

> 어떤 사람이 나를 만나 뵙고 싶다고 부처님 말씀을 듣고 깨달음을 얻고 싶다고 전화를 했다. 나는 참 잘난 놈이라고 속으로 웃고는 큰소리로 "나는 지금 여행 중이다" 했더니 그 사람이 "언제 돌아오십니까" 하고 묻기에 "그건 나도 몰라 어쩜 영원히 돌아오지 않을지도 몰라" 하고 전화를 끊어버렸다.
>
> 사실 나는 영원히 돌아오지 않을 길을 평생 나로부터 떠나고 떠나고 있다.
> ― 설악 무산, 「여행」

설악 큰스님의 시를 읽다가 나는 문득 서산 스님의 「삼몽사(三夢詞)」가 떠올랐다.

주인은 손님에게 제 꿈 이야기 하고	主人夢說客
손님은 주인에게 제 꿈 이야기 하네	客夢說主人
이 꿈 이야기 하는 두 나그네	今說二夢客
역시 모두 꿈속 사람이리라	亦是夢中人

꿈과 지금이 이어지지 않을 때는 환각이나 이것이 현실일 때는 진실로 꿈이다. 그렇다. 이것이 지금일 때는 함이 없는 진인(眞人)의 삶이 아닌가. 역시 설악 선사의 시, 평이(平易)하듯 하나 그대로 여시(如是)하여서 평자가 무얼 더 보태고 무얼 더 깎을 일이 아니다. 「여행」에서는 '깨달음을 얻기 위해 참문하겠다는 사람', 여행 중인 노승, 어디선가 들려오는 '언제 돌아오십니까?' 하는 소리, 노 선사는 '돌아오지 않으므로 돌아왔기에 영원히 떠나지 않을 거'다.

그럼 여행 중인 사람은 누구인가? 평생 나에게서 떠나고 또 떠나고 하는 이놈은 누군가.

서산 스님의 꿈이 꿈으로만 존재하는 것이 아니라 현실로 존재하듯이, 설악 큰스님의 여행이란 여행만을 말하는 것이 아니라 늘 여행 중인, 절대 현재의 이 찰나를 보라 한다.

— 「설악, 귀엣말하다 · 1」 전문

송준영 제가 이즘 설악 스님의 8순 기념문집을 편저하고 있습니다. 제 방에 흩어진 설악 스님에 대한 글들을 모으다 보니 1,000쪽이나 되었습니다. 교정을 보고 윤문을 하며 색인을 찾다가 보니 나도 모르게 스님의 글에 침잠하게 되고 매료되었습니다. 그리고 이런 글들은 모두 제가 소싯적부터 오늘에 이르기까지 찾아보고 익혀왔던 글들이라 고개를 끄덕이며 점두(點頭)하기도 하고 소리 내어 줄줄이 읽기도 하며 환희용약하기도 하였습니다. 스님의 「무산심우도」나 「달마십면목」은 시절 인연을 맞은 수자(修者)들에게는 단도직입(單刀直入)적이며, 또한 돈오(頓悟)적인 계기를 만나면 일초직입여래지(一超直入如來地)로 성큼 뛰어들어가는 무서운 힘을 지니고 있는 시편들이라 생각합니다. 그리고 「만인고칙(萬人古則)」의 연작들은 『벽암록』이나 옛 선화(禪話)에서 스님 특유의 선안(禪眼)으로 발췌한 공안에다 뜻을 열어주기 위해 게송을 붙인 것이기에 선장들이 아니고는 감히 어리대지 못하는 통증(通證)된 글이라는 느낌을 갖게 되었지요. 이런 연유로 해서 설악 스님이 한글로 쓴 현대 선시의 비조인 한용운의 맥을 이어가는 분이라고 감히 말할 수 있겠다는 확신을 갖게 되었습니다.

저는 설악 스님의 시, 특히 한글로 쓴 현대 선시에서 오는 에너지가 한글이 상용화되기 전, 옛 조사들이 한문으로 쓴 심오한 고전 선시의 에너지와 같음을 느꼈습니다.

그래서 오래전부터 한문으로 된 어려운 고전 선시를 더 쉽게 이해하고 더 널리 읽힐 수 있는 방안은 없을까? 한글로 작시된 현대 선시도 더 쉽게 더 널리 보급되고 대중화되는 방안은 없을까? 고민해 오면서 다양한 방안을 시도해 보았습니다. 이런 시도 속에서 한문으로 쓴 고전 선시와 한글로 쓴 현대 선시를 대비, 병치시켜 상호작용을 함으로써 선장들의 낙초자비심절(落草慈悲心切)을 읽도록 해야 하겠다는 생각이, 새로운 반상합도(反常合道)된 평설시로 나타나기에 이르렀습니다. 굳이 명명하자면 포스트모더니즘 글쓰기의 한 형태로 나타나는 혼성모방인 패스티쉬 시를 쓰게 된 것이지요.

맹문재 「설악, 귀엣말하다 · 2」의 평설에는 『벽암록』이 소개되고 있습니다. 저도 이 책을 읽어보았고 가끔씩 뒤적이고 있는데, 선생님께서는 시를 쓰거나 선시를 공부하는 데 어떠한 영향을 받았는지 궁금합니다. 시를 소개해보겠습니다.

> 진작 찾아야 할 부처는 보이지 않고
> 허공에 떨어지는 저 살인도 저 활인검
> 한 사람 살아가는데 만 사람이 죽었구나
>
> ─ 설악 무산,「萬人古則 · 1 : 조주대사(趙州大死)」

조주의 대사저인(大死底人)은 『벽암록』 41칙에 나타나는 공안이다. 우리는 사실 본칙인 공안의 기록보다 우리를 더 창망한 선의 세계로 몰고 가는 것은 이 고칙을 있게 하는 선화(禪話)다. 그럼 고칙*을 읽어보자.

> 여기 참구할 말머리[話頭]가 있다. 조주화상이 투자화상에게 "아주 철저히 죽은 자가 갑자기 살아난다면 어떻게 하겠소" 투자가 대답했다. "밤에 쏘다니면 안 되지요. 내일 아침에 다시 오십시오."
> (擧 趙州問投子 大死底人 却活時是如何 投子云 不許夜行投明須到)**

이 뒤죽박죽인 화두, 고칙은 우리를 천 길 낭떠러지로 떨어지는 느낌을 주고 있다. 우리의 오랜 관습과 지식의 바탕을 철저히 빼앗아 간다. 속지 말라. 이것이 선장(禪丈)들이 우리에게 들이대는 적기법문(賊機法門)이다. 그러나 천길만길 빠져들면 들수록 점점 뒤풀이가 푸짐함을 알게 된다. 투자가 말하듯이 깨달은 사람은 '밤에 쏘다니면 안 된단다. 그럼 평시에 해 뜨는 아침에 평상심으로 오라'[不許夜行投明須到]한다. 그렇다. 선의 요체 역시 평상의 일상사를 빼고는 아무런 말도 할 수 없다.

이 선화에 나오는 인물은 조주(趙州從諗, 778~897) 선사와 투자(投子 大同, 819~914) 선사다. 조주는 마조의 제자인 남전보원의 법제자며, 그의 행장에 의하면 120년 살다간 선장 중에 대종장이다. 특히 그의 세 치의 혀로 학인을 꼼짝 못하게 적기해버리는 조주(趙州)의 구순피선(口脣皮禪)을, 선문에서는 덕산의 방, 임제의 할과 더불어 오늘날까지 존중되어 온다. 당시 제방에서는 조주를 고불(古佛)이라 불렀다 한다. 투자는 단하 천연의 법제자인 취미 무학의 사법제자다. 이 고칙을 좀 더 가까이 가자면 『전등록』 실린, 고칙 앞에 있는 문장을 읽어보는 것이 좋다.

어느 날 조주가 투자산에 가까이 갔을 때, 路中에서 만났다. 서로 일면식이 없지만 조주는 이내 투자란 것을 짐작하고 묻는다. "혹 당신이 대동 스님이 아니시오?" 투자는 대답 대신 "나는 저자에 장보려 가는데 돈이 있으면 보시 좀 하시오." 얼마 동안 조주는 홀로 투자를 기다렸다. 이윽고 투자가 기름 단지를 들고 돌아왔다. 조주가 불쑥 말했다. "투자, 투자하더니 하찮은 기름장수 중이군 그려" "그래요, 스님은 기름 단지에 정신이 팔려 나를 못 보는군요" 투자가 응수했다. 이어 "그럼 투자의 본색을 보여 보시오" 조주가 말하자, 바로 기름 단지를 불쑥 내밀며, "기름 사시오, 기름, 기름 안 사겠소" 투자는 당시 기름을 짜서 생활을 하고 있었다. 기름장수로 즉시 돌변한다.

— 「서주투자산대동선사」, 『전등록』, 15권

그리고 두 선장이 진검승부로 펼쳐 보이는 『벽암록』 본칙으로 이어진다.

살인도(殺人刀)와 활인검(活人劍)에 목숨을 잃은 대사저인의 참모습 보라고 귀엣말하는 설악노인의 자태 좀 보소.

설악의 시 1행은 그곳에 이르러도 찾을 것이 없고 그 자리에 그대로 있어도 그 자리조차 없으니 부처 어디 있느냐? 되묻는다. 그래 우린 원래 부처다. 오직 칼은 칼일 따름인데, 굳이 마음 내어 살인도니 활인도니 분별치 말라 한다. 그대로가 일체가 반야의 현현(顯現)이라고 귀엣말한다.

2행 "허공에 떨어지는 저 살인도 저 활인검"에서 우린 단박에 살인도와 활인검을 잉태한 허공이, 바로 허공이 아닐진대, 살인도라 활인검이라 하지 말고 그냥 허공으로 막든지 끌어안든지 해야 당연하다. 허공이

라는 당체를 무엇으로 사량할 것인가. 악(嚁)! 이어

3행에서 우리가 보아야 할 것은, 거적 덮은 만 사람이 진짜로 죽은 발가숭이 사람에게 딸려가고 있다고 보는 안목이다. 안목을 가진 대사저인을 보라고 그 옆에는 귀엣말하는 설악 노인도 있다.

살짝 조주의 얘기를 하나 곁들이면 산사의 한 날은 이런 일도 있었다.

조주의 문하의 한 스님이 입적을 하자, 조주고불이 장례 행렬에 참가하여 말한다.

"수많은 죽은 사람이 단 하나의 산 사람을 쫓아가는군!"(許多死漢 送一個活漢)

반어(反語)하여 보아도 마찬가지다.

수많은 산 사람들이 죽은 사람 하나 쫓아가는군. 보라, 찬 서리 어린 지혜란 놈이 눈을 살며시 깔고 있다.

아니, 불같은 금모사왕의 한 백년 굶주린, 포효하는 설악의 고함을 들어보자. 암, 필히, 귀랑 귀는 꼭 막아야 되지.

> 놈이라고 다 중놈이냐
> 중놈 소리 들을라면
>
> 취모검 날 끝에서
> 그 몇 번은 죽어야
>
> 그 물론 손발톱 눈썹도
> 짓물러 다 빠져야
>
> — 설악, 「일색변 · 6」

* 고칙(古則) - 화두, 공안, 본칙에 해당하며, 선사상사 대표적이 선덕(先德)과 선사들의 선리(禪理)와 실화(實話)를 말한다.
** 거(擧) - 선문(禪門) 제1서라 할 수 있는 『벽암록』엔 선사상, 선문학을 여법하게 기록하는 선문(禪文)의 5대 강목이 있다. 즉 수시(垂示), 본칙(本

則), 평창(評唱), 착어(着語), 게송(偈頌)이다. 앞의 수시는 본칙에 들기 전
전언(前言)과 같이 미리 자리를 펴는 것이고, 거(擧)는 공안을 들어 보이는
것을 말한다. 단지 공안을 거기(擧記)하여 기재할 때만 쓴다. 좌상에서 공
안을 창(唱)할 때는 기득(記得)이라 한다.

대사저인(大死底人) - 일체의 알음알이를 잠재운 이. 안이비설신의(眼耳
鼻舌身意)의 여섯 가지 기관[六根]이 색성향미촉법(色聲香味觸法)의 여섯
가지 경계[六境]를 만나 자유로운 사람이나, 다시 대긍정의 여시한 깨달음
에는 이르지 못한 사람을 일컫는다.

각활(却活) - 반드시 대사저인이 되어야 각활한다. 대사각활(大死却活)은
크게 한 번 죽어야 만 곧 활활발발(活活潑潑)한 경지에 이른다. 이것은 입
전수수(入廛垂手)의 경지다.

투명(投明) - 날이 새는 것을 기다려서.

송준영 사실 이 중요한 문제, 선문(禪門)에서는 '대장부의 가장 큰
일[大丈夫一大事]'의 인연이라 불리는데, 저는 이 문제를 풀기 위해 오직
한 길을 곧게 갔습니다. 대학교 입시생이었던 젊은 제가, 어느 겨울밤
산사의 골방에서 책을 보던 제가, 강하고 선연한 느낌에 몸을 떨다가
보니, 책상 위에 켜놓은 촛불이 자기 자신을 태우며 세상을 밝게 하고
있다는, 초등학생도 아는 이 사실을 체험하고, 세상에 이런 일들도 있
구나, 하며 눈물을 흘리고 있는 저를 발견하게 되었습니다. 우리가 알
지 못하던 세상에 대한 강한 체험에서 비롯되는 심신(心身) 변화의 강
한 힘을 다시 한 번 만나겠다는 생각이 쌓여, 일념이 된 저는 그 일에
몰두하게 되었습니다. 목숨과 바꾸겠다는 이 맛이 저를 돌려볼 수 없
는 막바지에 헤매게 했습니다.

그 후 제가 즐겨보는 책을 들라 하면 『벽암록』과 『선문염송』이라 하
겠습니다. 잘 아시다시피 이 두 선서는 말로는 다한 깨달음의 내용이
글로 적혀 있습니다. 『벽암록』 가운데 〈송고백칙〉의 저자는 설두 중현

(雪竇 重顯, 990~1052) 선사이며, 설두 선사는 운문종의 4대 손에 해당됩니다. 이 고칙과 게송에다가 수시와 착어와 평창을 붙여 『벽암록』을 편찬한 사람이 원오 극근(圓悟 克勤, 1063~1135)입니다. 원오 선사는 임제종 양기파의 적손입니다. 곧 『벽암록』은 설두 선사가 『전등록』이나 그 외 선서에서 선화(禪話) 100편을 뽑아 고칙에다 게송을 부친 〈송고백칙〉으로 선문학의 빼어난 고전으로 평가받고 있습니다. 송고(頌古)란 말은 게송과 고칙을 말합니다. 선화는 고칙이라 불리는 화두, 공안이 만들어지는 에피소드를 말합니다. 칙(則)은 모범(模範), 귀감(龜鑑) 전형(典型)을 말합니다.

『벽암록』을 공부하면서 진리를 추구함에 있어 동서양의 글쓰기가 전혀 다르다는 것을 느꼈습니다. 아마 그것은 서구의 물심이원론(物心二元論)에 기초를 둔 논설문과 불이사유(不二思惟)에 뿌리를 둔 선어록이나 법문이 서로 극명하게 다르기 때문일 것입니다. 서구의 분석과 논증에 의해 연역(演繹)하여 얻어지는 논설문의 글쓰기는 결국 그 결론은 '나' 밖으로 추구하여 얻어지는 지식과 자기 자신을 들여다보아 얻어지는 체달(體達)의 지혜와는 서로 전혀 다른 결과를 가져 온다고 보아집니다. 따라서 논설문으로는 선을 담을 수가 없다는 것을 알게 되었습니다.

『벽암록』에서 보다시피 선화(禪話)인 염(拈)의 본칙(本則)에다 본칙을 드러내기 위해 게송(偈頌)을 붙이고, 또 전문(前文)에 해당하는 수시(垂示)를 더하고, 이어 할주(割註)라 할 수 있는 착어(着語)를 붙이고, 총평인 평창(評唱)을 붙여 학인으로 하여금 스스로 체달하도록 북돋아주고 있습니다. 곧 실사구시(實事求是)의 지혜를 체득시키고 있음을 알 수 있습니다. 사실 천변만화하는 시간과 공간 속에 진리란 똥막대기에 불과한 것이 아닐까요?

그리고 덧붙이고 싶은 말은 『벽암록』을 찬술한 원오 선사의 수제자인 대혜 종고(大慧 宗杲)에 의해서 『벽암록』이 불태워졌다는 것입니다. 그것은 『벽암록』을 암송할 정도로 익힌 참학도가 꼭 깨달은 것 같은 언사로 농(弄)하는 것을 보고, 제일의(第一義)의 화두 간화선(看話禪)이 구두선(口頭禪)으로 떨어질 것을 우려하여 태웠다는 기록(구판, 『벽암록』, 경산휘능의 후서)이 있는 것을 보아, 임제선의 실참실수(實參實修)를 위해 편저자 원오의 수제자 대혜에 의해서 소각되었음을 알 수 있습니다.

저는 『벽암록』을 지금도 재미있게 읽고 있습니다. 하지만 제가 정말로 지극한 영향을 받은 것은 선문 존숙(尊宿)들의 일거수 일투족, 선행(禪行)에 의한 것입니다. 제가 석가세존을 스승으로 모시는 것도 『아함경』에 나타나는 문구 하나에 있습니다. '80세의 노걸사가 제자에게 어깨가 아프니 주물러 달라'는 말씀을 읽고 그를 진짜 스승으로 존경하게 되었고, 선문에 든 후 제가 참문한 탄허, 고송, 성철, 서옹, 설악 등의 선장들과 많은 수행납자들이 그대로 저의 스승이었습니다. 또 부처님의 마음을 사자상승(師資相承)한 조사(祖師)들에게 신심을 내는 까닭이기도 합니다.

맹문재 「설악, 귀엣말하다 · 3」에는 '적기법문'이라는 용어가 나옵니다. 선생님께서 간행하신 『선, 언어로 읽다』(2010, 소명출판)에서는 '적기수사법'이라고 명명하고 있지요. 설명을 부탁드려볼까요?

송준영   선은, 선사들은 고달픔에 갇혀 허덕이는 중생을 미망(迷妄)에서 벗어나게 하려는 선불교 고유의 본분(本分)이 있습니다. 그래서 그들은 상당(上堂)하여 설법을 할 때 가장 상승법문(上乘法門)인 적기법문(賊機法門)을 합니다.

적기란 우리를 한 순간 깨달음의 세계로 돈입시키는 선문에서 쓰는 최상승 법문입니다. 이미 선이 중국화되기 이전 석가세존이 그의 제자들에게 수시한 삼처전심(三處傳心) 선화에서 근원을 찾을 수 있습니다. 삼처전심이란 세존이 세 곳에서 대중들에게 수시한 밀지(密旨)인데, 우리에게 알려진 '염화시중의 미소'가 그중 하나입니다. 영축산에서 법을 설하던 세존이 언어가 없는 곳에 이르러 갑자기 연꽃을 들었고, 일체 대중들이 적기되어 어리둥절하였는데, 오직 가섭만이 세존의 비밀한 뜻을 알고 빙그레 웃었습니다. 이에 세존은 가섭에게 밀지를 이심전심(以心傳心)했다는 데서 유래를 찾을 수 있습니다. 그리고 달마가 서래(西來)하여 중국 선의 초조가 되어 이조 혜가(二祖慧可)를 깨닫게 하는 선화가 있는데 이 역시 적기에 의해 깨달음으로 인도합니다. 그 후 선불교는 가풍에 따라 5가 7종(五家七宗)으로 황금기를 맞았고, 적기어법에 의한 법문 역시 번창하게 됩니다. 오늘날 1,700공안이라 부르는 화두가 바로 적기법문, 적기어법을 쓰고 있습니다.(송준영, 『선, 언어로 읽다』, 15쪽, 116~121쪽 참조)

적기란 정상적이라고 생각하는 바탕을 빼앗아 감으로 오는 정신적 공황을 말합니다. 우리는 선문답이라든가, 선화를 접하면 얼떨떨해 합니다. 이런 내용을 처음 접한 분들은 한동안 어쩔 수 없이 캄캄해짐을 느낄 수밖에 없습니다. 그 내용에 있어 진기한 일화, 정상을 뒤집는 언설, 엉뚱한 사건들, 여러 가지 모순당착, 신비하고 은밀한 발언들, 어긋남에서 오는 위트와 유머의 사태, 비논리적인 횡설수설, 알고도 시침을 떼는 것 같은 천연덕스러움 등은 서구적인 논리에 길들여진 우리로서는 어리둥절할 수밖에 없지요. 분명히, 확연한 이해에 닿지 못하게 하는, 다른 하나의 암호로 나타나게 되지요. 바로 이것은 선이 우리에게 전하고자 하는 밀의적인 목적이 있기 때문입니다.

이 선의 목적에 가장 가까이 다가갈 수 있게 하려는 선장들의 언술과 행위와 상황은 우리에게 보이고자 하는 본질을 그대로 우리 스스로 체득하게 하려는 간절노파심절(懇切老婆心切)이 있기 때문입니다. 그리고 우리는 그들의 마음에 영회(領會)하면 그로써 선은 얼굴을 환히 드러내는 것입니다.

선은 인위적인 생각이나 논리적인 이해 차원을 넘어서서 있습니다. 그렇습니다. 생각이나 이해, 분석이나 논증 밖에 덤덤히 자존(自存)해 있기 때문입니다. 또 선은 우리가 이해하고 만들어진 어떤 철학적 종교적 범주에 맞추어도 적합하지 않습니다. 그러기에 선의 알맹이를 드러내기 위한 선적 글쓰기가 오랜 세월을 통하여 다듬어져 내려왔습니다.

선가에서는 그 뜻을 체득(體得)시키기 위해 선문 특유의 글쓰기인 어록이나 법문집을 통해 기록되어 왔습니다. 특히 선의 진수요, 선문학의 제1호라 불리워지는 『벽암록』과 선시의 백과사전이라 불리는 『선문염송』을 보아도 알 수 있습니다. 『벽암록』에 대해서는 앞 질문에서 말씀드렸고, 우리나라 고려 중기에 보조국사 제자인 진각 혜심 선사에 의해 찬술된 『선문염송』에는 약 1,700가지의 공안(칙, 화두)이 기록되어 있습니다. 이 공안들은 하나 같이 지식적인 차원으로 답을 낼 수 없는 풀리지 않는 명제로 이루어진 것들이고, 이 문제를 해결하기 위해 끊임없이 자기를 되돌아보아야 하는 수행이 전제되어야 합니다. 또한, 이 문제를 푼 명확한 답도 다시 의문을 일으키게 됩니다. 이런 까닭으로 깨달음에 이르고자 하는 선의 특성이, 선적인 글쓰기 방법에도 많은 영향을 미쳤고, 학인 스스로를 체달시키려고 수시(垂示), 념(拈), 게송(偈頌), 착어(着語), 평창(評唱) 등을 써서, 선장들은 학인을 깨달음에 이르게 합니다. 『선문염송』은 본칙(공안)에 대한 염[拈]이나 게송(偈頌)으로 학인을 북돋고자 하지요. 게송은 오늘날 우리가 일컫는 운문시이고 염은 산문시에 해당한다고 볼 수 있습니다.

선시의 수사법에 대해 말씀 드리겠습니다. 선시를 읽다보면 아방가르드 시에서 많이 나타나는 환유, 병치은유, 유추, 아이러니, 패러디, 패스티쉬 등의 수사법으로 풀리지 않는 근접할 수 없는 선게(禪偈)들이 있습니다. 이처럼 극도로 발전된 문화의 산물인 아방가르드의 주요 수사법으로도 읽을 수 없는 선시들이 1,500년 전부터 줄곧 이어오고 있지만, 이 시들이 깨끗하게 풀리지 않는 것은 아직 그들의 생각이 그 경지에 이르지 못하기 때문이고, 현금의 수사법이 가볼 수 없는 곳에 있기 때문이라는 생각을 떨칠 수가 없습니다. 우리가 보지 않고 사유하지 않았던 사회나 세계에 대해서는 언어가 없고 그 수사법도 없다는, 곧 한 생각이 한 수사법을 만들고 있다는 생각 말입니다.

제가 그동안 1,000여 수의 고전선시들을 번역하고 읽어본 결과 이 모든 공안이나 공안을 드러내기 위한 각종 덧붙인 글들은 결국 선이 목적으로 하는 우리를 절대자유인, 자아의 본래면목으로 환지본처(還至本處)하기 위해 장치한 기관임을 알 수 있었고, 또 이곳은 선장들이 자유롭게 쓰고 있는 적기에 의해서만 깨달음에 이르게 된다는 것을 확신하게 되었습니다.

선장들이 우리를 깨달음으로 들게 하는 말씀이 적기방편법문(賊機方便法門)이고, 그 법문에는 적기어법(賊機語法)이 쓰였고, 또 운문시인 게송(偈頌)이나 산문시라 할 수 있는 염(拈), 공안인 본칙은 모두 적기수사법(賊機修辭法)으로 씌어졌음을 알게 되었습니다.

불교의 대승경전인 『반야심경』이나 『금강경』, 도처에 주요 수사법으로 등장할 뿐만 아니라, 선시의 백과사전 『선문염송』의 주요 수사법입니다(송준영, 『선, 언어로 읽다』, 소명출판, 27~41쪽 참조).

선시의 적기수사법에서 나타나는 그 하위 단위의 비유법으로는 선시의 반상합도(反常合道), 선시의 초월은유(超越隱喻), 선시의 무한실상(無限實相)을 도출할 수 있었습니다. 사실 선시의 계승과 대중화를 위해 노력해 오면서 서양 시론에 편제되지 않는 '선시론'의 연구는 너무 힘든 일이었습니다. 선을 정의하고 선시를 아방가르드 시와 비교한 글들을 본 적이 있지만, 선의 알맹이 선시를 해독할 수 있는 수사법의 연구자는 거의 없었습니다. 적기법문인 적기어법에 의한 깨달음, 그 것을 언어로 기술한 글들은 당연히 '적기수사법'에 의한 문장들입니다. 이것을 제가 선시의 적기수사법이라 명명하였습니다. 최근 이 분야에 관심을 갖는 분들이 있어서 매우 고무적인 일이라 여겨집니다.

맹문재　「설악, 귀엣말하다 · 4」에는 '두두물물'이란 용어를 쓰고 있습니다. 다른 글들에서도 많이 쓰고 있습니다. 강조하는 바가 있는지요?

송준영　두두물물(頭頭物物)은 두두시도 물물전진(頭頭是道 物物全眞)이라는 선게(禪偈)에서 나온 말입니다. '두두시도'에서 두두란 정신적인 측면, 도(道)적인 면을 이릅니다. 절대 현재 이 찰나에 보는 그대로가 도란 말입니다. 그러나 우리가 처음 어떤 사물을 볼 때 미리 눈, 귀, 코, 혀, 몸[眼耳鼻舌身]이라는 기관들에 의해 전달되어 6식인 의식으로 가고, 이것은 제7식인 말나식인 무의식을 거쳐 일체를 갈무리하는 8식인 아뢰야식[含藏識]으로 전달됩니다. 불멸의 식인 함장식(아뢰야식)에는 우리가 생명을 갖게 된, 무시이래(無始以來) 온갖 정보가 갈무리 되어 있다고 『유식론』에서 말합니다.

우리가 어떤 사물을 보는 그대로가 함장식(8식·아뢰야식)의 정보와 관계없이 있는, 여시(如是)하게 보는 것, 이것이 도(道)라는 뜻입니다. 그 정보가 함장식에서 갈무리하고 있던 정보와 부딪힘으로 판별하는 정신작용은 두두가 아닙니다. 이렇게 여시(如是)하게 알고 받아들이는 실재의 물물들 전체가 참[眞]이라는 것입니다. 곧 물물 그대로가 모두 진여(眞如)라는 말입니다. 두두물물은 천하에 존재하는 유정무정의 일체를 가리키고 있습니다. 그런데 미리 갈무리해 있던, 8식 함장식에는 각 개인에 따라 서로 다른 정보를 가지고 있기 마련입니다. 따라서 이런 관계로 순수 그대로 사물을 보지 못하고 정상화(定相化)된 정보가 각 개인의 상황에 따라 기쁘고, 성내고, 슬프고, 즐겁고, 사랑하고, 미워하고, 하고자[喜怒哀樂愛惡欲] 하는, 우리의 심신(心身)에 나 자신도 모르게 감싸이게 됩니다. 이것은 두두물물이 아닙니다. 오랜 관습이나 정보를 지니고 있는 8식 작용에 의해 여시하게 보지 못한 까닭으로 생긴 것입니다.

맹문재 이번 『서정시학』에 발표하신 작품들에 대한 말씀은 이 정도로 듣고 좀 더 영역을 넓혀보기로 하겠습니다. 선생님께서는 우리 시단에서 알려져 있듯이 선시에 대한 연구를 강구하셔서 여러 권의 저서를 간행했고, 지금도 논문들을 발표하고 있습니다. 선시란 어떤 것이고, 왜 연구를 하시는지요?

송준영 선시란 내용상으로는 선사상을 시적으로 표현한 언어 양식을 말하겠지요. 곧 선수행자들의 선적 체험, 선수행으로 체득된 오도의 경지를 표현한 시입니다.

우선 선은 불교의 삼학(三學)인 계(戒)·정(定)·혜(慧) 가운데, 정에 해당합니다. 정은 산스크리트어 'Dhyana'가 선나(禪那)로 음역되었고 줄여서 선이라 불리게 된 것입니다. 정려(靜慮), 사유수(思惟修), 정(定)으로 의역되기도 하였습니다. 의역에서 보다시피 '생각을 고요에 들게 한다', '생각을 닦는다'라고 말할 수 있지요. 이러한 선(禪) 자에 시가 합쳐져 선시가 된 것입니다. 곧 고요에 든, 생각을 닦는 또는 닦은 이런 노래가 게송, 선시입니다.

오늘날 선시, 아니 선의 뿌리는 인도의 불교에서 잉태되었지만, 인도에는 오늘날과 같은 선은 없다고 학자들은 말합니다. 물론 내용상 말입니다. 현금 선은 깨달음을 닦는 데 적극 동참하여 견성(見性)을 목적으로 하고 있는 수레이며, 체와 같은 역할을 하고 있지요. 선종은 불교가 중국에 뿌린 종자가 발아하여 중국, 우리나라, 일본을 포함한 동북아에 전래되고 전 세계로 퍼진 것입니다. 이런 의미에서 보면 지구상에 가장 오래되었지만, 오늘날 새로운 사상으로 정신세계를 강타

하고 있는 선은 우리 민족 고유의 정신세계의 한 부분입니다. 따라서 선은 우리가 세계에 내놓을 수 있는 분명한 소식이며 큰 물건입니다.

맹문재 선시와 불교시의 유사점과 차이점을 들려주실 수 있는지요? 『현대 언어로 읽는 선시의 세계』(2006)에 밝히시기는 했는데, 중요하다고 여겨 다시 질문을 드려봅니다.

송준영 선시(禪詩)를 불교시라는 범주에 두고 볼 때, 교시(敎詩)와 선시로 크게 나눌 수 있습니다. 교시는 불교의 현상적 교리를 노래하고 교리를 전도하기 위해 작시된 시라고 말할 수 있겠지요. 그러나 이 교시는 다른 종교의 종교시와 마찬가지로 그다지 현금 시단에 논의 대상이 미미한 것은 다 잘 알고 있는 사실입니다. 이것은 선시가 생명 그 자체를 움직이는 그대로 포착하려고 하는 데 비해, 교시는 움직임의 흔적을 지적으로 추상화하여 일반화하려고 하기 때문이라는 생각이 듭니다.

곧 선시는 생명의 최고를 구체적인 것, 실제적인 것 가운데 구현하려 하고, 교시는 그 움직임으로부터 벗어나 상대적으로 대상화하여 눈앞에 세계를 고착화하고자 애쓰기 때문일 것입니다. 이것이 일반적인 집단화된 종교의 정신세계와 선사상과의 차이에도 해당하는 내용입니다.

맹문재 선생님께서는 많은 글에서 선시를 서구의 아방가르드 시와 같고도 다르다는 주장을 피력하고 있습니다. 어떤 면에서 그렇다는 것인지요?

송준영 선시와 서구의 아방가르드 시는 상호 시에서 표현되는 수사가 식별되지 않을 정도로 거의 같다는 느낌을 받을 수 있으나, 사실 그 속내를 파헤쳐보면 전혀 다릅니다.

선과 다다이즘이나 쉬르리얼리즘과 같은 점은 표현 형태상 기존의 모든 것을 일단 부정한다는 것에는 같다고 볼 수 있으나, 깊이 들어가면 이런 행위, 글쓰기 후에 우리가 느낄 수 있는 느낌, 그리고 그 영향이 다를 뿐만 아니라, 그 행위자의 근본 마음 자세 역시 판이하다는 데 있습니다.

다다이즘은 모든 현실적인 것을 부정하고 있고, 쉬르리얼리즘은 정상적 합리에서 오는 모든 관습과 지성들은 부정했지만, 꿈이나 무의식 세계는 부정하지 않았습니다. 그러나 선은 무의식 세계를 혼침(昏沈) 무기(無記)라 하여 선의 스승들은 학인들에게 극도로 경계해야 하는 8마계(魔界)라 하였습니다. 무의식에서 진일보한 툭 터진 것, 이를테면 초의식의 세계라고 규정지을 수 없는 초의식마저 깨뜨린 것을 깨침의 세계라고 말할 수 있습니다. 이것을 『무문관』에서는 '백 척의 낭떠러지에서 한 발 내디뎌라 그러면 시방세계의 전신이 바로 현재다'(百尺竿頭進一步 十方世界現全身)라고 말합니다. 그러니까 초현실주의자들은 꿈과 무의식을 통하여 인간의 정신적 정점(頂點)에 도달하고자 한 것입니다. 초현실자들이 추구한 꿈, 무의식과 상상력은 명징한 본래의 자아에다 덧붙인 옥상옥(屋上屋)과 같을 뿐입니다. 선에서 현실도 무의식도 초의식도 일체 비움으로 본래의 자아로 돌아가고자 하는 것과는 근본적으로 다르다고 할 수 있습니다. 결론적으로 선은 원래 있던 곳, 본지(本地)로 환처(還處)하는 것이지 새로운 집을, 고향을 마련하는 것이 아닙니다.

이와 같은 것을 시에다 대입하여도 마찬가지입니다.

일례를 들면 서구의 다다이즘 시나 쉬르리얼리즘 시들은 거의 무의식 상태에서 자동기술법에 의해 작시하고 있습니다. 그러나 아방가르드와 선과의 관계를 살펴볼 때 속내를 잘 모르는 일반적인 시각으로 볼 것 같으면 거의 같은 행위나 표현이라 할 수 있습니다. 또한 선시를 짓는 선장들은 깨달음에 들어 확연하고 명징함 속에서 깨달음의 세계, 혹은 미혹한 사람들을 깨달음으로 이르게 하려고 작시합니다. 그들의 글을 간절노파심절(懇切老婆心切), 낙초자비(落草慈悲)라고 하는 까닭이 여기에 있습다.

제가 제시하는 적기수사법의 주 어법은 초기 선의 소의경인 『능가경』이나 돈오의 남종선의 소의경이라 할 수 있는 『금강경』과 기본 경전이라 할 수 있는 『반야심경』, 그리고 세존의 마지막 가르침인 『열반경』 등 여러 경전에 무수히 나타나는 법문입니다. 그중 『금강경』의 한 경구를 뽑아 사상적 근거로 제시하고자 합니다.

> 결정된 내용이 없음을 여래께서 말씀하셨습니다. 왜냐? 여래가 말씀하신 진리는 취할 수도 없고 말할 수도 없고, 진리도 아니고, 진리 아닌 것도 아니기 때문입니다. 왜냐? 모든 깨달은 현인과 성인은 상대의 세계를 빼어난 면이 없는 절대법 가운데 차별이 있기 때문입니다.
>
> 無有定法 如來可說 何以故 如來所說法 皆不可取 不可說 非法 非非法 所以者何 一切賢聖 皆以 無爲法 而有差別 (『금강경』「무득무설분」. 제7)

불설 반야바라밀은 곧 반야바라밀이 아니라 그 이름이 반야바라밀이다.
佛說般若波羅蜜 卽非般若波羅蜜 是名般若波羅蜜(『금강경』「여법수지
분」 제13)

이른바 불법이란 곧 불법이 아니다.
所謂佛法者 卽非佛法(『금강경』「의법출생분」 제8)

위의 예문 중 『금강경』 제7분의 예문은 일체의 현상의 자성이 무자
성임을 설파합니다. 일체의 두두물물은 스스로의 고유한 성품이 없다
고 하는 것은 우리가 보고 있는 모든 것은 현재의 이름으로 가유(假有)
해 있지 실제로는 진공묘유(眞空妙有)로 있다는 것입니다. 이것을 선적
어법으로 제8분, 제13분과 같이 'A는 곧 A가 아니다 그 이름이 A이
다' 하는 A=Ā의 세계며, 적기에 의한 본래의 근원지에 돈입(頓入)하기
위한 가르침이 됩니다. 그리고 본래의 실상자리로 합일됨은 적기에
의해서만 가능한 것입니다. 오랜 관습에 의해 누적된 우리들의 정상
성(定相性)을 해체시키려는 방편법문이 적기법문이며 적기어법입니다.
적기의 세계인 공(空)은 우리가 떠나온 본래의 세계임을 천명하고 있
습니다.

제가 「설악, 귀엣말하다·4」에서 상호 병치하여 설악 선사의 현대
선시와 효봉 선사의 오도송을 위의 적기수사법에 의해 풀어서 보인
결과, 두 선장의 시가 서로 반상합도되어 빼어난 경지를 보여주는 한
편의 '평설시'로 보여준 것입니다.

맹문재 선생님께서는 선시에 관한 연구에 비해서는 창작한 작품이

많지는 않습니다. 지금까지 간행한 시집이 『눈 속에 핀 하늘을 보았니』 『습득』 『조실』 등 세 권입니다. 약력을 살펴보니 1995년부터 작품 활동을 한 데서 볼 수 있듯이 뒤늦은 나이에 창작 활동을 시작했기 때문이라고 여겨지네요. 『습득』에 실린 '연보'에 선생님의 삶이 재미있게 정리되어 있는데, 본격적으로 작품 활동을 하기 이전의 삶과 왜 시를 쓰시기 시작했는지 궁금합니다.

송준영 예, 저는 18세 청년기에 선(禪)에 관한 강한 의문을 품고 처음 발심을 하게 되었습니다. 그리고 꾸준히 '이게 무엇인가?' 하는 떨칠 수 없는 의심을 하게 되었고, 결국은 이것을 푸는 것이 저의 전 생애에 제일 명제가 되었습니다. 그리고 마흔이 되는 해에야 비로소 희미하게나마 저 밑에서 올라오는 덩어리를 풀게 되었습니다. 그리고 오랜 기간 동안 선의 스승들을 찾아 참문을 하며 보림[保任] 기간을 거쳤고 마침내 47세가 되는 해에 서옹 상순(西翁 尚純, 1912~2003) 선사로부터 전법게(傳法偈)를 받게 되었습니다.

이후 강원도 영동 지역에서 시민 선방을 열고 강원도 각 사찰을 다니며 선에 대한 법회를 개최하였고 강릉포교당에서 10여 년간 선에 관한 설법도 하였지만, 삭발치의(削髮緇衣)를 하지 않는 법사로서 많은 문제에 부딪치게 되었습니다. 이런 와중에서 끝내는 제가 심신을 기울여 맛을 보게 된 선이 우리에게 주는 자유(自由), 안심(安心), 무애(无碍)에 대한 염원을 보여주기 위한 직접 설법을 거두게 되었지요. 그런 후, 젊은 날에 한때 침잠했던 시 공부를 하게 되었습니다. 이때 친구였던 이외수, 최돈선을 자주 만나 문학 토론을 하며 시(詩)로서 선(禪)

을 대중에게 알려야겠다는 결심을 하게 되었습니다.

원래 저는 대학 재학 시절에 박동규, 이승훈 선생님을 만나게 되어, 시를 습작하게 되었지만 선에서 추구하는 깨달음이라는 것에 대한 강한 의구심 때문에 시는 그저 심드렁한 것이었습니다.

사실 우리나라 고전문학을 말하려 하면 더듬어볼 만한 민족의 혼이 비상된 글이 극히 적습니다. 이것은 그것을 읽어내야 하는 문자가 없기 때문일 것입니다. 향찰로 된 몇몇 향가, 속요 등 극히 제한되어 있습니다. 결국 우리 민족의 정서나 사상적 깊이는 어쩔 수 없이 한자를 빌려 쓰일 수밖에 없었기 때문입니다.

특히 우리 민족에 지대한 영향을 끼쳤던 선불교의 선은, 선시(禪詩)는 오늘날 우리 민족의 정서와 혼을 더 할 수 없이 보여준 지혜의 보고입니다. 빈약한 향가나 속요와 비교할 때, 고려 중엽 송광사 16국사로 이어지는 선승들의 어록은 참으로 놀라운 것입니다. 제1대인 보조국사 지눌의 직전 제자인 진각국사 혜심이 출현하여 당시 세상에 다시 없는 선시 사전인 『선문염송』을 편찬하였고, 또 혜심의 선시집인 『무의자시집』에는 그의 자작 선시 408수가 남아 오늘날 전해지고 있습니다. 그리고 고려 말엽에 돌출한 태고 보우, 나옹 혜근, 백운 경한 선사와 조선 중기 서산대사나 그의 제자 소요 태능의 선시, 한말의 경허 선사의 선시는 당시 세계에서 가장 문화국이고 강국이며 선의 황금시대였던 당(唐)과 송(宋)의 선사들의 선시와 어깨를 나란히 하는 고준한 정신의 수정체라 할 수 있습니다.

그럼 이렇게 심원한 정신세계의 노작을, 그것도 한자로 씌어진 선시들을 오늘날 누가 어떻게 풀어내고 그 향을 만끽하고 즐길 수 있을까.

이것은 개인의 문제가 아니라 우리 민족 전체의 문제라는 생각을 갖게 되었습니다. 위의 「설악, 귀엣말 하다」 연작에 제가 많은 말을 한 것이 그 답이라 할 수 있습니다.

근자에 이 풀어야 할 문제를 저의 대(代)에서 꼭 해결되어야 한다는 발원, 아니 조그마한 소로(小路)라도 열어야 하겠다는 발원이 이 무모한 짓을 하는 것인지도 모릅니다. 이 문제를 풀기 위해 오늘날 서양편제에 의한 글쓰기를 한 10여년 매진하게 되었습니다. 그것은 〈만해시인학교〉가 열리고 있는, 정확하게 2000년 여름 설악산 백담산장에서 오랜만에 대학 은사인 이승훈 선생님을 만나게 되었고, 선(禪)에 관한 이야기와 현대 서양의 이론에 관해 밤늦도록 얘기를 나누었으며, 그 후 매주 목요일 저는 서울로 올라갔고, 빠짐없이 이승훈 선생님을 만나 깊은 밤까지 선과 선시, 서양의 포스트모더니즘과 시적 사상을 듣고 배우고 선을 말하기를 10년이 되었습니다. 이로 인해 「설악, 귀엣말 하다」의 연재시가 만들어지는 계기가 되었습니다.

맹문재　『습득』『조실』을 비롯해 선생님의 여러 글에 서옹 선사가 등장하는데, 그만큼 큰 영향을 받은 것이겠지요. 독자들에게 서옹 선사를 소개해주실 수 있는지요?

송준영　눈물이 앞을 가립니다. 시님에게 받은 은혜는 백골이 난망(難忘)하여도 갚을 길이 없습니다. 저를 낳아준 분이 어버이라면 저를 바른 자리에 앉게 한 분이 서옹 스님입니다. 삶에 찌든 저를, 저의 일천한 살림살이를 7년 동안 일곱 번이나 점검해주셔서, 오늘날 무탈하게 삶의 맛을 보게 한 은혜에 감읍합니다.

　서옹(1912~2003) 스님의 법명은 상순이며 석가모니 부촉, 76대 법
손인 근래 대선장입니다. 제5대 조계종 종정을 역임하였으며, 무문관
조실, 만년엔 백양사 방장으로 선법을 일으키기 위해 무차법회를 개
최하기도 하였습니다. 저서로는 『임제록 연의』가 있으며, 2003년 12월
91세 일기로 백양사에서 좌탈입망하였습니다.

　서옹 선사의 법계를 더듬어보면 석가세존으로부터 76대에 이릅니다.

　　　　　　　　　　　　　　　　　　　┌백장회해┐
　세존…달마(28대)…혜능(33대)…마조도일(35대)→서당지장→도의…
태고보우
　└염관제안→범일…보조지눌…나옹혜근

　세존…달마(28대)…혜능(33대)…남악회양(34대)…마조도일(35대)…
임제의현(38대)…양기방회(45대)…석옥청공(56대)…**태고보우**(57대)…
청허휴정(63대)…편양언기(64대)…환성지안(67대)…연담유일(69대)…
취운도진(74대)→만암종헌(75대)→**서옹상순**(76대)

　위의 법계도를 살펴보면 서당지장과 백장회해의 인가를 받은 도의
선사가 신라 구산선문인 가지산문을 최초로 개산한 이래 그의 후손인
고려 말 태고보우에 이르러, 중국에 들어가 임제종 양기파의 법손인
석옥청공으로부터 인가를 받으므로 태고는 우리나라 양쪽의 선맥을
아우르게 됩니다. 서옹 선법사께서는 만암 선사의 법계를 이으니 청
허의 13대 법손이 됩니다.

맹문재　앞으로의 연구 계획이나 창작 계획을 들을 수 있는지요? 혹시 선시의 대중화를 위한 계획도 가지고 계신지요?

송준영　제가 주간으로 있는 계간 시전문지 『시와 세계』가 지령 40호이고 꼭 10년이 되었습니다. 그간 선시와 아방가르드 시를 병치하고 반상합도하는 새로운 문학운동을 전개하고자 고심하여 왔습니다. 선이나 선시라는 글과 서구의 아방가르드 시와 상호 격의(格義)하므로 보다 발전된 새로운 글을 보이고자 애써 왔습니다. 이제 겨우 바탕이 서고 있다는 생각이 듭니다. 다음으로 이어질 새로운 10년은 선시의 활성화와 대중화에 노력하겠습니다. 그 일환으로 선과 선시를 알겠다는 동호인을 맞이하여 학당을 운영했으면 합니다.

맹문재　여러 가지로 귀한 말씀 잘 들었습니다. 내내 건강하시고 좋은 선시와 선시 연구가 나오길 기대하고 응원합니다.

(서정시학, 2012 겨울호)

대구(對句)를 몸에 들이다

송재학 시인

1955년 경북 영천에서 태어나 1986년 『세계의 문학』으로 작품 활동을 시작했다. 시집으로 『얼음시집』 『살레시오네 집』 『푸른빛과 싸우다』 『그가 내 얼굴을 만지네』 『기억들』 『진흙얼굴』 『내간체를 얻다』, 산문집으로 『풍경의 비밀』이 있다.

대구(對句)를 몸에 들이다

— 송재학 시인

맹문재 선생님, 안녕하세요. 이렇게 대담을 나눌 수 있어 기쁩니다. 곧 '서정시학'에서 『날짜들』이라는 시집과 『삶과 꿈의 길, 실크로드』라는 산문집이 나온다는 것을 들었습니다. 근황은 어떠하신지요?

송재학 맹 선생님과 이야기를 나누게 되어 저도 즐겁습니다. 말씀대로 곧 시집과 함께 산문집 출간이 예정되어 있습니다. 『날짜들』은 제 여덟 번째 시집입니다. 시집 서문에 "이 시들을 발표할 무렵만 해도 이 속에 세상을 전부 구겨넣었으나, 혹은 구겨넣기로 작심했지만, 퇴고를 거치면서 다시 그 모두를 억지로 끄집어내었다. 무엇이 어떻게 얼마나 바깥으로 나왔을까, 나부터 궁금하다"라고 적었습니다. 이왕에 발표된 시들을 단순하고 범박한 노래처럼 퇴고했는데, 결과물이 어떨지 두근거립니다.

산문집은 『서정시학』에 연재한 실크로드에 대한 산문을 묶은 것으로, 『삶과 꿈의 길, 실크로드』라는 긴 제목을 가졌습니다. 제 평생의 화두 중 하나인 실크로드가 드디어 현실이 되는 것이지요.

요즘의 내 생활은 더욱 단순해졌습니다. 퇴근 후 저녁 먹고 〈내간채〉라는 지하 작업실에 가서 몇 시간 머물고, 일요일에 등산, 매일 한 시간 산책과 운동하는 것 등 아주 양식화되어 있습니다. 생활을 단순화시키는 것은 반드시 필요하다고 자각하고 있습니다. 생활 자체를 아예 무미건조하게 만들고 있습니다. 낯가림이 심하니까 사람들과의 교류도 한정되어 있습니다. 계속 시 작업을 할 수 있게 만드는 원동력이 이러한 삶의 단순화와 양식화 덕분이라고 생각합니다.

맹문재　오늘의 대담 방향은 선생님께서 지금까지 간행한 시집이 일곱 권이니 차례로 들어보는 것으로 하지요. 산문집 『풍경의 비밀』(랜덤하우스, 2006)은 필요할 때 꺼내보지요. 첫 시집인 『얼음시집』(문학과지성사, 1988)에서는 「얼음시」 「먼 길」 「섬」 「수련의 날짜」 등의 연작시들이 관심을 끄는데 특히 「얼음시」가 그러합니다. 연산석물공장에 입사한 지 3년 만에 호흡 곤란으로 입원한 김형모 씨 이야기, 조선 사회의 모순을 극복하기 위해 비판과 개혁을 제시한 다산 정약용 이야기, 그리고 흉곽 엑스레이와 불면증 등을 그렸는데 의도를 들을 수 있을까요?

송재학　「얼음시」 연작을 쓸 무렵이 이십대였으니까, 당대의 번뇌와 개인의 번뇌가 오버랩하던 무렵의 심한 감정적 파편들이었지요.

당시 심하게 아파서 죽음의 문턱까지 다녀온 생생함이 『얼음시집』 전체에 깔린 분위기입니다. 이미지의 중층구조라는 희미하게 자각한 방법론으로 작업한 것이었는데, 오해도 많이 받은 부분입니다. 나 자신은 첫 시집 『얼음시집』을 좌절된 사랑의 감정이라고 생각했는데, 첨언하자면 세상에 대한 좌절과 세상에 대한 사랑이 서로 뒤엉킨 양면성을 염두에 둔 감정이었습니다. 지인이자 평론가인 김양헌이 이를 두고 "좌절과 사랑의 이율배반적 이미지가 결합하면서 감춤과 드러냄, 얼음과 불, 감각과 정신, 삶과 죽음이 뒤얽혀, 오직 울음만 남은 젊은 영혼이 짐승과 드잡이질하며 낮과 밤을 핏빛으로 적시는 격렬한 세계가 창조되었다고 평가"해주었습니다. 젊음이라는 통과의례의 의식이 강하게 드러난 시절이었습니다.

맹문재 김양헌 선생님의 평가가 와 닿네요. 첫 시집에 들어 있는 「시론」이란 작품을 주목했습니다. "내 말의 은유는 삶을 위한 표현, 그 표현의 뜻을 날카롭게 갈아보고픈 막막한 그리움뿐입니다"라고 하셨는데, 지향하는 면을 좀 더 듣고 싶네요.

송재학 스무 살 무렵에 평생 작업해야 할 시의 방향을 정한다는 건 굉장히 매력적인 일이었습니다. 삶과 표현, 이것이 당시 나를 지배하던 개념들이었습니다. 삶을 위해서 표현이 더 날카로워지고, 표현을 위해서 삶이 더 진지해지는 것, 서로가 서로를 길항한다는 인식론에 닿았기에, 시와 삶의 일치와 비슷한 관념이겠지만, 무엇보다 시 작업을 오래도록 진지하게 하겠다는 마음다짐 같은 것이겠지요. 하지만 그

방법론은 풍경과 몸의 인식에 도달하면서 전환점을 가지게 되었어요.

맹문재　두 번째 시집이 『살레시오네 집』(세계사, 1992)이네요. 이 시집에서는 죽음, 무덤, 괴로움, 어둠, 쓰라림, 불안, 슬픔, 폐허, 비명, 병, 상처, 탄식, 울음 등의 시어들이 많이 나오네요. 그러면서도 붉은(다), 햇빛, 욕망, 희망 등의 시어들도 함께 나오고 있어요. 이와 같은 면은 첫 시집부터 이후의 시작품들에서도 나타나고 있지요. 선생님의 어떠한 내면이 반영된 것일까요?

송재학　통과의례적인 첫 시집 이후 만난 두 번째 시집의 세계는 감각과 욕망이 서로 조우하는 현상들이라고 단정적으로 말할 수 있습니다. 욕망은 절망의 대척점이기도 한 갈증인데, 인간의 적나라한 내면이자, 가장 매혹적인 오브제이기도 합니다. 그 욕망이 내 속에 또아리를 틀고 있다고 생각하자 『살레시오네 집』의 대부분 시편들은 억누르기 힘들 정도로 분출하며 쏟아져 나왔습니다. 그때 아마 감각의 소용돌이에 휩싸인 것이 아닌가 싶네요. 언어는 욕망을 만나서 더 격렬해지고, 욕망은 감각에 의지하여 더 역동적인 무늬를 만든 날들이었습니다.

맹문재　이 시집에서는 세바스찬 폴, 윌리암 고드윈, 조지 우드코크, 피엘 조세프 프루동, 미하일 바쿠닌, 피터 크로포트킨 등 아나키스트를 노래하고 있는데 의도한 바를 듣고 싶네요.

송재학　아나키즘을 정치적 시각인 무정부주의로 읽지 말고 탈권위라는 개념으로 이해하자는 건 사회학자인 김성국 교수의 견해인데, 저도 여기에 전적으로 동의합니다. "일왕(日王)을 암살하려 했다는 이른바 박열·가네코 후미코의 대역사건에 연루되었다가 석방된 서동성(徐東星)은 25년 9월 대구에서 진우연맹(眞友聯盟)을 결성하는데 진우연맹은 기로틴사와 관계를 맺고 있었다"라는 1925년의 『동아일보』 기사에 〈진우연맹〉이 처음 등장합니다. 〈진우연맹〉은 진리와 우정의 앞글자를 따왔던 대구의 아나키즘 단체였습니다. 대구는 아나키즘과 연관이 깊은 지역입니다. 대구의 철학자 하기락 선생이 아나키즘 관련 도서를 꾸준히 발간하기도 했었고, 이후 젊은 학자들 사이에서 아나키즘 열풍이 일어난 곳도 부산과 대구였습니다. 아나키즘은 젊은 날의 제가 아주 깊이 빠졌던 사상이었습니다. 현실에 대한 의문들이 그러한 시로 발현되었던 것입니다. 『살레시오네 집』속의 아나키 관련 시들은 긴 주석을 달고 있는데, 그러한 방법론 역시 아나키즘의 세계관에서 나온 것입니다. 돌이켜보면 너무 현학적이라고 반성하고 있습니다.

맹문재　아나키즘에 대한 말씀을 들으니 저도 공부를 해보고 싶네요. 세 번째 시집인 『푸른빛과 싸우다』(문학과지성사, 1994)에서 눈에 띄는 제재는 아버지와 어머니, 적천사나 은해사나 기림사를 비롯한 사찰, 철아쟁이나 해금이나 피리 등의 악기와 노래 등이네요. 아버지, 어머니를 비롯한 가족 소개를 부탁드려볼까요? 어머니와 관계된 시를 한 편 소개해보겠습니다.

식구들을 잠재우고 어머니는 화초마다 물을 뿌린다 서늘한 기분으로 나무들은 편안하고 어머니는 쓸데없는 텔레비전과 카세트의 전원을 뽑는다 자주 헐거워지는 수도꼭지를 잠그고 바깥의 어수선한 어둠을 커튼으로 가린다

그리고 자리에 누우면 어머니 몸 안팎으로 밀려오는 것들, 비가 몸을 적시고 늘 축축한 머리맡엔 장마가 이어진다, 돌아가신 아버지를 기억하는 방마다 향을 피운다 죽은 사람과 향냄새를 피해 뱀은 어머니 아랫도리를 파고든다 구더기는 허벅지 살 속에 알을 슨다 거미들은 잇몸을 물어뜯고 새는 흰 머리를 쪼아댄다 누군가 피를 토하고 노래를 부르고 미쳐 날뛰는 밤은 아, 하고 입을 벌린다 날마다 파헤쳐지는 절개지는 넓거나 붉고 감당하지 못할 밤은 길고긴 소맷자락을 갖추고

아버지는 어머니를 잊어버렸다 어머니는 아버지를 천리향이나 침묵으로 떠올린다 어머니는 아버지 이야기 대신 아이들 옷을 빨거나 새삼스레 흰고무신을 한 켤레 산다 아이들이 제 할아버지를 궁금해하면 스님 이마 씻은 물맛 같은 사람이야, 둘러대고 햇빛 끝에 혹 벌초를 핑계 삼아 버스를 탄다

어머니는 향을 다시 피우고 뱀에게 살을 베어주고 구더기 새끼들을 키운다 거미들은 어머니 잠그늘마다 거미줄을 친다 새는 그 위에 둥지를 튼다 짐승의 마음들이 고이 잠들고 나면 밤은 천수경처럼 환하다
— 「어머니는 무엇이든 잠재우신다」 전문

송재학 『푸른빛과 싸우다』는 제 문학의 전환점이었지요. 드디어 풍경이 등장합니다. 어둠과 싸우는 것이 아니라 어둠을 껴안는 세계의 입구였습니다. "아버지는 서른여덟에 위암으로 돌아가셨다"고 졸

시 「소래 포구에서」에서 적었습니다. 아버지는 참으로 제 시의 여기저기 많이 등장하는데, 현실의 아버지와 상상의 아버지가 겹쳐지지요. 「먼 길」 연작의 아버지는 상상과 문학의 현현이었습니다. 최근의 작품인 「죽은 사람도 늙어간다」에 보면 아버지는 이제 산사람의 옆에서 편안하게 같이 늙어가는 중입니다. 아버지는 돌아가시기 전 당신의 무덤을 집 대청마루에서 바로 보이는 곳에 미리 지정하셨습니다. 청소년 시절 저는 늘 아버지의 시선과 부하를 심하게 느껴야 했습니다. 따지고 보면 제 속에 내면이라는 화염과 소용돌이를 만들어주시면서 아버지가 저를 문학의 길로 인도한 셈입니다.

맹문재 이 시집에는 김현 선생님, 기형도 시인을 노래한 시가 있는데 인연을 듣고 싶네요. 산문집 『풍경의 비밀』에 들어 있는 「재능을 탓하다」에서도 김현 선생님을 언급하고 있네요.

송재학 김현 선생님은 한 번도 뵙지 못했습니다. 시집을 낼 무렵 이미 투병생활 중이었고, 첫 시집을 내고 편지를 보냈는데, 몸이 좋아지면 만날 수 있을 것이라는 답신만 받았어요. 김현 선생님의 저작(모두 읽었습니다)으로부터 저는 겨우 감각이란 무엇인가라는 것만 배웠을 뿐입니다. 김현의 말단에 매달려 그가 성찰한 문학에 내려가기보다는 그의 겉멋에만 사로잡혔던 것이지요. 수사와 더불어 내 시적 목표가 긴장인 것은 김현 선생님의 영향이었습니다.

기형도 시인도 만나질 못했습니다. 첫 시집을 내고 소위 '시운동' 청문회에서 성석제와 원재길을 만났는데, 뒷풀이할 때 그 두 사람이 죽은 기형도를 이야기했지요. 이후 성석제와 원재길 시인의 시선으로 기형도의 추모시를 쓰게 된 셈입니다.

맹문재　네 번째 시집인 『그가 내 얼굴을 만지네』(민음사, 1997)에서는 불교적 정서를 바탕으로 한 서정시들이 촉촉하게 젖어드네요. 제주도 여행도 하셨군요. 김양헌 선생님께서 해설을 열성적으로 쓰셨네요. 표제작(2007년 개정판)에서 추구한 면을 들어보고 싶습니다.

> 그가 내 얼굴을 만지네
> 홑치마 같은 풋잠에 기대었는데
> 치자향이 수로를 따라왔네
> 그는 돌아올 수 있는 사람이 아니지만
> 무덤가 술패랭이 분홍색처럼
> 저녁의 입구를 휘파람으로 막아주네
> 결코 눈뜨지 말라
> 지금 한쪽마저 봉인되어 밝음과 어둠이 뒤섞이는 이 숲은
> 나비 떼 가득 찬 옛날이 틀림없으니
> 나비 날개의 무늬 따라간다네
> 햇빛이 세운 기둥의 숫자만큼 미리 등불이 걸리네
> 눈뜨면 여느 나비와 다름없이
> 그는 소리 내지 않고도 운다네
> 그가 내 얼굴 만질 때
> 나는 내 순과 닮아서 그에게 발돋움하네
> 때로 뾰루지처럼 때로 갯버들처럼
> 　　　　　　　　　　　　　── 「그가 내 얼굴을 만지네」 전문

송재학 내 시를 스스로 들여다보면, 한 문단 자체가 하나의 이미지로 사용되는 경우가 많습니다. 다른 시인들의 경우 한 단어로 생성하는 이미지가 나에게는 한 문장으로 이루어진다는 거죠. 당연히 한 문장이 만들어낸 이미지란 복잡하고 중층적인 경우가 많지요. 그것으로 내 시의 애매성을 설명할 수 있을지……. 내가 체험하는 우리말의 감성적 구조도 내 문장과 비슷하지 않나 싶네요.

내 시는 전체가 복잡한 덩어리지만 단일 이미지로 묘사된 경우가 많아요. 내 시의 복잡성이나 애매모호성의 측면과 연관된 이 묘사 방법에 대해서 너무 사적(私的) 장치가 아니냐, 또는 논리적인 차단을 노린 듯한 이중적 이미지, 언어의 과다한 폭력성이 아니냐, 이런 공격을 많이 받지요. 내가 비논리적인가 아니면 내 시의 방법론이 독자들에게 온전하게 전달되지 못한 것인가, 고민이 없을 수 없지요. 어떻게 보면 내 경우도 시를 과중한 의도 아래 쓰는 것이 아니라 감성에 따르는 것인데, 다만 하나의 문장으로써 하나의 이미지를 생성하려 하니까 그러한 시의 외적 구조에서 문제가 파생되지 않는가 싶네요. 그러한 의미에서 졸시 「그가 내 얼굴을 만지네」는 시적 의미만이 아닌 소리와 빛깔이라는 내 감각의 방법론으로 독자를 설득하고 공감시킨 작품인 것 같습니다. 감각의 방법론이란 소리와 색이 서로 공명하면서 형성한 공간 감각을 극도로 밀고 나간 것입니다.

맹문재 다섯 번째 시집이 『기억들』(세계사, 2001)입니다. 이 시집을 보니 중국을 여행하셨네요. 백두산도 올라가신 것 같습니다. 「글자」라는 시에서 "〈가벼움과 무거움, 빠르고 늦음, 가울고 바름, 곡선과 직선)의 아름다운 균형들"을 보셨다고 했는데, 좀 더 설명을 들어볼 수 있을까요?

송재학 「알(牙)」이라는 시처럼, 언어 자체에 관심을 둔 작품도 있는데, 말 자체가 풍기는 이미지의 매혹도 풍광이나 극단의 삶만큼 시적인 감각을 자극하는 것 같습니다. 그러니까 텍스트 혹은 텍스트의 프리퀄 같은 인문학적인 요소들이 감각을 건드리는 게 분명합니다.

맹문재 이하석, 장옥관 등 대구에서 활동하는 시인들을 제재로 한 작품들도 들어 있네요. 산문집의 글들에서도 그렇고요. 선생님의 약력에는 '오늘의 시' 동인을 쓴 것도 있는데, 동인 소개를 좀 해주시지요.

송재학 '오늘의 시' 동인은 1983년부터 시작하여 1994년까지 7권의 동인지를 내고, 2003년 『오늘의 시 자선집』을 마지막으로 해체되었습니다. 주로 대구에서 문청 시절부터 얼굴을 서로 익혀오던 김재진, 배창환, 장옥관, 엄원태, 정화진, 박진형, 손진은, 노태맹, 송재학 등이었습니다. 바로 윗세대인 '자유시' 동인의 극복이 첫 과제였고, 이후 몇몇 동인들은 자신만의 세계를 진지하고 열정적으로 열었던 성과를 남겼습니다. 무엇보다 동인들의 우정이 지속되어 지금도 서로 자주 만나는 편입니다.

맹문재 여섯 번째 시집이 『진흙 얼굴』(랜덤하우스, 2005년)입니다. 2011년 '문예중앙'에서 다시 복간되었지요. 이 시집에서는 위구르, 몽골 등을 여행한 시편들에 관심이 갑니다. 산문집에서도 꽤 많이 소개했는데, 서역(西域)의 여행에서 느낀 점을 들어볼 수 있을까요?

송재학 이번에 실크로드 산문집이 나옵니다만, 저로서는 서쪽에 대한 감회가 남다릅니다. 고교 시절 만난 파키스탄 훈자 마을의 화사한 살구나무 사진 한 장은 제 평생의 화두이기도 했습니다. 여행도 거의 실크로드 쪽으로 제한되었습니다. 수많은 유목 시편들은 그러한 제 편애의 산물입니다. 실크로드 풍경은 내 삶과 연대한 상태입니다. 과거의 시간과 낯선 풍경들은 어떤 의미에서 제 몸의 일부처럼 여겨집니다. 그러한 시공간의 공감각은 제 사유의 방향과 일치하는 바 있습니다. 풍경과 몸의 연대라는 자의식도 서쪽의 서역에서 시작되었고 이후 다시 서역에서 확인한 사유입니다. 대상의 객관적 실체, 주관적 인식 과정, 시로 이행하는 비밀의 문, 이런 것들이 풍경과 얽혀서 내 시의 밑그림을 이루었다고 생각합니다.

고려의 산문을 비롯한 한문학의 사륙병려체를 좋아하는 것도 같은 맥락이겠지요. 결국 제가 추구한 것은 일종의 고전적 미학이 분명한데, 다만 그 외피와 접근 경로는 모더니즘인 것 같습니다.

맹문재 일곱 번째 시집이 『내간체를 얻다』(문학동네, 2011)인데 「모래장(葬)」「소금장(葬)」「붉은장(葬)」「나무장(葬)」 등에서 보이듯이 '죽음'에 대한 인식이 눈에 띄네요. 이전의 시집들에서도 보인 면이기는 하지만, 이 시집에서 특히 집중되어 있는데 의도가 있는지요.

송재학　모래장이니, 소금장이니 하면서 제가 사용한 장(葬)은 기실 죽음의 직접적 이미지보다는 죽음이라기보다는 소멸에 가까운 이미지에 더 많이 기대었습니다. 죽음과 소멸은 다른 개념으로 정치하게 가름해야 하겠지만, 장(葬)의 이미지를 풍경의 현현을 빌려서 노래했기에 밝음이나 어둠이 주검의 내용으로 나타나진 않은 것 같아요. 이것을 권혁웅은 해설을 통해 "송재학의 시가 품은 네 가지 죽음의 형식을 말"하자면, "현전의 존재론으로서의 죽음, 존재 변환의 문턱으로서의 죽음, 문자학으로서의 죽음, 사랑의 방법론으로서의 죽음—이렇게 넷이다. 그것들은 각각 생생지변(生生之變)의 기호, 만상의 물활론, 비문으로서의 시, 몸에 대한 사유를 숨기고 있다. 시인에게서 죽음은 생생한 현전을 보장하는 장치이자, 제물(諸物)들의 생물성을 드러내는 방법이며, 정지로 운동을 대표하는 것이자, 늙음을 역동성의 표현으로 읽는 것이다. 한마디로 말해서 그것은 삶의 다른 표현이다."라고 설명했습니다. 대체로 죽음/장(葬)을 어떤 틀에서 읽으려 한 것 같네요. 그런데 과연 내가 장(葬)의 의미를 저렇게 사용했는지 의문이 생깁니다. 그냥 내 속과 사물들 사이에서 운동하던 장(葬)을 베낀 것에 지나지 않았던 게 아닌가라는 의심 말입니다. 운동하던 장(葬)이기에 심하게 브라운 운동을 했던 장(葬)일터이고, 여기저기 촉수를 내밀어보던 장(葬)일 겁니다. 그러한 장(葬)들은 장(葬)이 내게 손 내민 경우도 있고 내가 장(葬)의 손목을 잡아준 측면도 많습니다. 그것이 이론화되기 전의 활발한 원형이 감각일 겁니다. 첨언하자면 장(葬)의 이미지 내지는 물질화라는 게 더 정확할 겁니다.

앞에서도 이야기했지만 확실히 감각에 의존하는 표현을 많이 빌립니다. 감각이야말로—제 자신을 정의하자면 모더니스트입니다만—사물의 본질에 가장 가깝게 다가가는 방식이라고 생각합니다. 사물의 외형은 사물의 내면이라는 생각. 흔히 우리가 외연과 내포라고 시의 구조를 거칠게 규정할 때 외연과 내포도 직유하자면, 같은 본질이 빚어낸 일란성 쌍생아라고 할 수 있지요. 시의 비밀은 모두 사물에 내재해 있다는 점에서 시의 출발점은 사물에 관한 철저한 인식에 있을 겁니다. 그 통로로 저는 감각을 찾은 것입니다.

예를 든다면 색채를 저는 언어적인 요소로 받아들입니다. 감각의 한 유형으로요. 소리라든가, 빛이라든가, 색깔이라든가 하는 것. 이 감각들을 기초로 전략적으로 쓴 첫 번째 시가 「흰색과 분홍의 차이」라는 시였어요. "흰색은 햇빛을 따라간 질서이지만, 그 무채색마저 분홍과의 망설임에 속한다 분홍은 흰색을 벗어나려는 격렬함이다"라고 노래했지요. 분홍을 흰색에서 나온 하위 갈래로 본 거죠. 분홍과 흰색은 색이라기보다는 감각에 가까운 것이었습니다. 감각이 이미지 체계로 작용했습니다. 색이라는 것이 굉장히 번지기 쉽고 섞이기 쉽다는 그런 요소가 있잖아요. 기표와 기의가 좀 다른 거예요. '희다'라는 기표를 받는 기의가 그것을 포함하고 있기도 하지만, 굉장히 많은 것을 끌어안고 있는 거예요. 흰색이 그냥 흰색이 아니게 돼버리는 겁니다.

맹문재 아주 사색이 깊은 면을 알 수 있네요. 그런데 선생님의 시들에는 악기나 음악, 조각이나 미술 분야에도 많은 관심을 보이는데 시 쓰기에 어떤 도움이 되는지요?

송재학 조각가 자코메티를 아주 좋아했습니다. 대학 일학년 때 복사한 자코메티 화집은 스무 살의 저를 사로잡던 오브제였습니다. 더불어 세잔, 모네, 뭉크 등을 편애했지요. 자코메티 조각에 사로잡힌 건 무엇보다 표현 방법이었습니다. 자코메티의 철사에 가까운 조각의 몸은 처음부터 가냘픈 육신이 아니라 차츰 살을 발라버린 의식처럼 보였습니다. 그것도 그냥 발라버린 것이 아니라 거칠고 힘들게 살을 제거한 의식입니다. 임제록의 봉불살불, 봉부살부라는 구절과 겹치는 모습입니다.

실크로드의 쿠차 키질 동굴에 가서 가장 오래 머물렀던 곳이 바로 소위 음악동굴이라고 불리는 38굴입니다. 그곳에는 서역 음악의 일종인 구자악의 대편성 벽화가 있습니다. 공후, 피리, 북, 비파 등의 악기를 든 기악 비천이 연주하는 그림이죠. 음악 동굴은 푸른색으로 덮혀 있습니다. 푸른색 벽화의 재료는 코발트인데 페르시아산의 고급 안료입니다. 음악 동굴 악천도 아래에서 내가 들었던 소리는 현악기, 타악기, 피리의 역동적인 화음이었습니다. 그 소리들은 부여박물관에서 보았던 백제금동대향로의 음악과 자꾸 겹치고 있었지요. 그러한 텍스트들의 감각이 제 시와 사유에 깊이 들어왔던 것 같습니다.

맹문재 음악 분야에도 남다른 깊이가 있으시네요. 이번 『서정시학』에 발표하는 「취산화서(聚散花序)」라는 작품을 보니 동양의 인문학적 지식과 현대적 감각이 함께하는 모습을 볼 수 있습니다. 지금까지의 작품들에서 나타난 면이기도 하지요. 한자를 활용하는 면도 그러합니다. 이와 같은 시작법은 의도가 있는 것으로 보이는데, 들려주실 수 있는지요.

송재학 한시의 대구(對句)는 질서에 대한 인문학적 세계관의 발로
입니다. 그것은 정중동의 정신과도 상응하는데, 대구는 서로 길항하
거나 간섭하면서 서로를 수식해준다고 볼 수 있지요. 그 길항·간섭
이란 자연/인간, 어둔 것/밝은 것의 대비이면서 동시에 자연/자연처럼
같은 것들의 짝입니다. "대립항만 대(對)가 아니라, 반의어도 동의어도
유사어도 대가 되며, 상위 범주와 하위 범주의 관계도 대가 된다"는
대구의 정의가 있습니다. 대구는 서로 마주보는 세계입니다. 이와 기
의 마주침이기도 하며 상호보완이기도 합니다. 천하의 외양이면서 동
시에 사물의 원리이기도 한 대구의 이론은 제 시의 방법론이기도 합
니다만 이미 존재했던 것이지요. 세상을 아름답게 만드는 짝짓기가
시문에도 살아왔던 것이지요.

맹문재 「만어사」 「하늘 거울」 등의 시작품이며 산문집의 글들에서
볼 수 있듯이 『삼국유사』에 많은 관심을 가지고 있네요. 어떤 면에서
영향을 받았는지요?

송재학 『삼국유사』의 어떤 세계는 우리와 멸절된 시공간이기도 하
지만 어떤 세계는 우리네 삶과 이음새 없이 연결되어 있습니다. 멸절
된 부분은 이적의 현상들인데 실제로 그 공간마저 우리의 상상력 속
에 여러 갈래로 온전하게 유전되어 왔다고 보여집니다. 우리와 곧장
연결된 부분은 『삼국유사』 인물들의 심리적 묘사인 희노애락이겠지

요. 내가 찾는 유사의 세계는 후자를 생성시킨 정서의 유적입니다. 그리고 무엇보다 『삼국유사』의 서사는 단순한 서사가 아니라 겹쳐진 메타텍스트입니다. 그러한 서사의 구조가 저를 『삼국유사』를 되풀이 읽게 했던 것입니다.

맹문재 앞으로 어떤 계획을 가지고 계신지요?

송재학 지금 생업을 마치고 은퇴하는 시간을 간절히 기다리고 있습니다. 그 이후 그토록 간절하게 가고 싶었던 곳에 몇 달씩 기거할 생각을 하고 있습니다. 이제까진 늘 시간에 쫓겨 겨우 며칠 주마간산으로 머물렀던 곳이지요. 목록과 상상만으로도 즐겁습니다. 지겨울 정도로 머물고 나면 그곳이 내 몸에 들어오지 않을까 싶네요. 그곳이 몸으로 들어온다면 사유와 글은 저절로 이루어지니까, 정말 그 시간을 기다리고 있습니다. 황하의 발원지, 부탄과 네팔의 호수, 티벳의 우정공로 주변, 천산북로 이녕으로 가는 햇빛, 이식쿨 호수의 침엽수림, 성수해, 어링호와 쟈링호의 물결, 탈레스 강 주변, 안데스 산맥의 바람 등이 제가 꿈꾸는 순간들입니다.

맹문재 부럽기도 하고 기대도 되네요. 소중한 말씀 잘 들었습니다. 좋은 시집과 산문집을 기대해보겠습니다. 내내 건강하세요.

(서정시학, 2013년 가을호)

시절의 노래를 탐하다

정수자 시인

1957년 경기도 용인에서 태어나 1984년 세종대왕숭모제전 전국 시조백일장 장원으로 작품 활동을 시작했다. 시조집으로 『저물 녘 길을 떠나다』『저녁의 뒷모습』『허공 우물』『탐하다』가 있다. 중앙시조대상, 현대불교문학상, 이영도시조문학상, 한국시조작품상 등을 수상했다.

시절의 노래를 탐하다

— 정수자 시인

맹문재 선생님, 안녕하세요. 근래에 네 번째 시조집 『탐하다』(서정 시학)를 간행하셨는데, 근황은 어떠하신지요?

정수자 출간 직후는 이런저런 일로 좀 바빴지요. 하지만 곧 허탈해 지고 새로운 뭔가를 갈망하다, 방랑 같은 먼 탈출을 꿈꾸다, 글빚에 다시 갇히는 무미한 반복이 되죠. 그래도 나름대로 애쓰며 산다고 눈 여겨봐주는 따뜻한 마음들에 힘입어 큰 탈은 없이 나날을 살아내고 있어요.

맹문재 이번 시조집의 제목이 『탐하다』인데 어떤 상징성을 담고 있는지요?

정수자 좀 도발적인가요? 산문으로 쓴 「탐하다」(『현대시학』, 2012. 12)가 반응이 좋아 시집에 다시 썼어요. 그때 '탐'의 다른 뜻('貪', '探', '眈', '耽' 등)을 파보는 재미가 새로웠거든요. 아픈 후 가을 햇살이 너무 좋아 맛있게 탐닉하던 때였는데, 시 쓰기도 삶이며 기와 색을 탐하는 것이지 싶었지요. 일상에서는 쉽지 않은 도발 같은 탐미의 아찔한 매혹이 슬쩍 끼치는 맛도 좋고요.

맹문재 이번 시조집에서는 사회적 관심을 나타낸 작품들이 눈에 띄네요. 무료 급식을 받는 초로의 노숙자를 그린 「겨울 효원공원」, 소외된 삶을 살아가는 맹인을 그린 「점자 명함」, 학자금 이자라는 사슬에 매여서 시급 아르바이트에 젊음을 바치는 「개뿔 청춘」, 평택항과 중국 위해항을 오고 가는 배 위의 노숙 보따리상을 그린 「선숙자(船宿者)」 등이 그러하네요. 물론 이전의 시조집에서도 사회적 관심을 나타냈는데, 이와 같은 면을 근거로 선생님의 시조관을 들을 수 있을까요? 우선 시조 한 편을 소개해보겠습니다.

> 그녀는 비(非)의 나라 유민이자 난민이니
> 비몽사몽 비혼족(非婚族)에 비주류의 비정규족
>
> 난분분 비 속에 서면
> 비상이 필요하지
>
> 비상을 나눠먹듯 알코올들과 비약할 때
> 비로소 주류 문턱 발을 걸친 주민으로

난분분 빛 속에 서면
비애가 또 응시하지

응시하면 어둠길도 조금은 환해진다고
메마른 혀끝으로 굴려본 적 있었지

한번은 비장의 칼을
날리리라, 난분분

            —「비의 나그네」 전문

정수자 질문과 성찰과 모색 같은 문학의 힘은 삶을 바탕으로 삼는
데서 나온다고 생각합니다. 물론 삶에의 함몰도 삶의 탈각도 경계해
야겠지요. "리얼리스트가 아닌 시인은 죽은 시인이다. 그러나 리얼리
스트에 불과한 시인도 죽은 시인이다"(네루다)라는 말을 가끔 생각하
는데, 전 진정한 리얼리스트도 못 되면서 사회적 약자 쪽으로 기우는
편이에요. 시조를 음풍농월로 치부하는 편견에 대한 반발도 있지요.
그러면서도 '시절의 노래(時調)'라는 이름으로 '당대에 대한, 당대를
위한, 당대의' 시를 쓰고 있는지, 현대시로서의 시조를 얼마나 치열하
게 썼으며 문학적 실천은 하고 있는지 등의 물음 앞에는 궁색해집니
다. 그런 지향과 모색이 제 시조관의 일면인데, 욕심으로는 당대 삶의
노래이자 한국 미학의 한 정수로 시조를 세우고 싶어요. 작품은 늘 못
미치지만요.

맹문재 이번 시조집에 '세한도 시편'을 부제로 삼은 네 편의 시가
수록되어 있습니다. 앞으로 계속 쓰시려는 것인지요?

정수자 「세한도」는 문인들이 제일 좋아하는 그림이라죠? 저도 세상의 끝만 같은 황량함과 그 속에서도 꼿꼿한 정신성의 높이며 고적의 깊이 등을 사랑해요. '세한도 시편'은 이 년 전 겨울 『세한도』(박철상)에 빠져 지내며 얻은 건데 더 쓰기는 조심스럽네요. 높푸른 정신성의 미학보다 삶의 바닥을 더 파고들어야 하지 않나, 현실의 구체적 현장과 함께 더 깊이 고투해야 하지 않나, 그런 생각이 들어서요. 하지만 한국 미학의 진경이라고 문에 걸어둔 세한도는 보고 또 봐도 좋아요.

맹문재 이번 시조집의 해설을 쓴 장경렬 교수님께서 정 선생님의 언어에 대한 실험을 주목하셨습니다. 중의적 의미를 갖는 어휘들을 반복 사용하여 시적 여운을 심화시키고 있고, 의성어나 의태어를 사용하여 리듬감을 강화한다는 것이었습니다. 저는 덧붙여 선생님께서는 '~같은' '~처럼' '~듯이' 같은 직유를 많이 사용하고 있는데, 의도하는 바가 있는지요?

정수자 시조는 4음보 즉 15자 내외의 짧은 시행을 의미 단위로 하는 구조죠. 그 안에 가장 맞춤한 표현은 물론 구(句)에도 맞아야 장(章) 맛이 살아요. 언어의 중의성이나 다의성 활용은 압축 효과를 높이면서 언어 안팎에 여운을 다층적으로 두고 싶어 시도하지요. 정형이라 작위성이 더 드러날까 조심스럽긴 합니다. 맹 선생님의 날카로운 지적처럼 제 작품에는 직유가 많은 편인데, 그것도 짧은 정형에 자연스럽게 어울리는 율격을 고르다 생긴 특성이죠. 직유는 두 음절의 추가('~같은' '~처럼' '~듯이')로 율격을 더 부드럽게 하는 면이 있어요.

알레고리가 상징에 처지지 않듯 직유가 은유만 못하지 않지만, 은유와 직유의 역할은 좀 다른 듯합니다. 은유가 긴장미를 높인다면 직유는 율격 구조에 더 편하다고 할까요. 예컨대 "조락 이후 충천하는 개골의 결기 같은/팔을 다 잘라낸 후 건져 올린 골법 같은/붉은 저! 금강 직필들! 허공이 움찔 솟는다(「금강송」)"에는 직유와 은유를 적소에 넣기 위해 고심한 흔적이 있죠. 은유로 쓸 경우 뒤 음보가 두 음절로 되며 다소 허전해지지만, 직유를 쓰면 '~같은'이 추가되며 율격을 더 받쳐주는 게 있어요. 고도의 압축에서 오는 긴장과 율격 문제를 같이 해결하는 방법으로 직유를 더 자주 쓴 셈이죠.

맹문재 세 번째 시조집인 『허공 우물』(천년의 시작, 2009)에는 금강산, 소련의 연해주, 중국의 만주벌이며 차마고도 등을 작품의 대상으로 삼고 있습니다. 나름대로 역사의식을 나타내고 있는데, 다녀오신 소감을 좀 더 들을 수 있을까요.

정수자 답사 수준의 여행이었지만 연해주의 고려인, 만주벌의 조선족, 중국 운남성의 소수 민족 같은 이들의 삶을 조금 봤어요. 라즈돌노예(중앙아시아에 버리기 위해 고려인들을 짐짝처럼 실은 첫 역)나 빨치산스크(빨치산 활동에 따라 지명이 바뀐 곳), 조국 독립을 위해 몸 바친 투사들의 자취에서 느낀 만감은 시조에 담기가 버거웠어요. 조선족문학연구(한국연구재단 프로젝트)에서도 중국이라는 오랜 제국의 변방에서 끈질기게 이어온 조선족의 삶을 더 보긴 했지요. 그래도 여행시는 낭만화하거나 타자화하기 쉬운 점이 있어 조심스러워요. 한때 기행시조 경계령을 들었는데, 시조에 기행이 너무 흔해서였죠. 그래서 피상적 인식에 대한 경계를 늘 주문하죠.

맹문재 세 번째 시조집에서는 「김밥에 대한 기억」 「안의 여자, 밖의 여자」 등의 작품에서 보듯이 여성의식을 드러내고 있습니다. 페미니즘을 지향하는지요?

정수자 페미니즘은 특별히 의식하지 않아도 여성으로 살며 느끼고 쓰고 하는 중에 자연스럽게 나오네요. 현실이든 여성 문제든 지금 이곳에는 늘 많은 문제가 들끓고 있으니 문제적 상황을 외면하지는 않으려 합니다. 사람들 앞에 나서는 차원의 큰일은 못하지만, 지역의 소박한 운동 같은 것들은 함께하며 살자는 생각이에요. 위안부 돕기 공연에 시로 참여했듯 거드는 정도라도 힘닿는 만큼은 실천하려고 해요.

맹문재 두 번째 시조집인 『저녁의 뒷모습』(고요아침, 2004)의 해설에서 유성호 교수가 발견한 사실이기도 한데, 정 선생님의 시조에서는 '저녁'의 이미지가 많이 등장합니다. 특별히 의도한 것은 아니더라도 큰 특성이므로 말씀을 좀 들을 수 있을까요? 시조를 한 편 소개해볼게요.

   1
오체투지 아니면 무릎이 해지도록
한 마리 벌레로 신을 향해 가는 길
버리는 허울만큼씩 허공에 꽃이 핀다

그 뒤를 오래 걸어 무화된 바람의 발
설산(雪山)을 넘는 건 사라지는 것뿐이지
경계가 아득할수록 노을 꽃 장엄하다

　2
저물 무렵 저자에도 장엄한 꽃이 핀다
집을 향해 포복하는 차들의 긴 행렬
저저이 강을 타넘는 누 떼인 양 뜨겁다

저리 힘껏 닫다 보면 경계가 꽃이건만
오래 두고 걸어도 못 닿은 집이 있어
또 하루 늪을 건넌다, 순례듯 답청(踏靑)이듯

　　　　　　　　　　　　　　─ 「장엄한 꽃밭」 전문

　　정수자　스러져가는 것에 물드는 마음의 그늘 같은 게 있습니다. 산
그늘이 늘 먼저 내리던 시골 응달집에서 생긴 버릇인지도 모르겠네
요. 만상이 흐릿해지며 먹의 농담처럼 음영이 어렴풋하게 드러나는
저녁의 그 어스름이 좋았어요. 딴짓하고 놀아도 된다는 느슨함도 좋
았고, 뭔가 더 깊어지는 우묵함도 좋았고, 죽음 그림자가 어른거리는
무덤 같은 쓸쓸함도 좋았고, 그렇게 저녁이 마냥 계속되길 바라는 이
상한 마음도 있었어요. 뒤란에서 혼자 만화책에 빠져 있다 슬슬 몰려
드는 어둠 앞에 서면, 저녁연기 스미는 고샅길의 풍경과 거뭇해진 능
선과 지붕들이 참 그윽하게 안아주곤 했어요. 하지만 저녁은 온전히
고독해지는 시간이기도 하지요. 일찍부터 겉늙었는지 모든 곳의 존재
들이 자기 안으로 더 깊이 들어가는 저녁의 고적함에 끌리곤 했어요.

그러면서 저녁은 아침이라는 새로운 시작의 잉태이기도 하지요. 그런데 그 어간의 오묘한 무늬나 소리나 깊이 등은 제대로 담아내지 못하니, 쏠림이 좀 무색하네요.

맹문재 아울러 계절 중에 봄과 관련된 작품들이 눈에 띄는데, 실제로 봄을 좋아하시는지요?

정수자 봄을 좋아하기보다 앓는 편이었어요. 뭔가 시작해야지 하는 조바심(3월)과 등단(5월)이 있어 그런지 봄이 자주 아팠어요. 꽃들과 잎들은 저리도 새롭게 눈부신데, 난 왜 제자리에서 허우적대고만 있는지 봄이면 자괴감이 더 깊어졌어요. 자아비판의 거리가 많아 봄을 더 그렸던 셈이지요.

맹문재 두 번째 시조집에 실린 「華城으로 가는 길」부터 이후의 시집들에는 수원을 제재로 한 작품들이 꽤 있습니다. 수원의 생활에 대해 들을 수 있을까요?

정수자 화성은 세계문화유산 등재로 더 알려졌지만, '조선 시대 성곽 예술의 꽃'으로 불릴 만큼 아름다운 유산이지요. 건축, 과학, 군사 등 조선 문화예술의 미학적 결정체 같습니다. 정조의 야심찬 근대 기획이 담긴 신도시이기도 하고요. 화성 속에 저수지 축조로 도모한 중농(中農), '팔부자거리' 조성으로 꾀한 중상(中商), 아버지 사도세자 묘를 옮긴 현륭원 원행에서의 민원 해결 등 정조의 정치적 실현이 많앉던 도시이지요. 이런 도시에 살다 보니 문화유산의 보존과 향유 같은 활동에 눈도 마음도 틔우며 소소한 즐거움을 함께 만들어가고 있어요. 요즘은 새로운 마을 만들기와 더불어 시(市)의 구호로 내세운 인문학을 생활 속에서 실현하려는 움직임들이 활발해지고 있어요. 시 창작 교실, 박물관 강좌, 좋은 영화 보기 모임, 골목 이야기를 묶어내는 골목 잡지 등에 제가 할 수 있는 일을 함께하면서 수원에서의 삶에 윤기를 조금씩 얹고 있답니다.

맹문재 첫 시조집인 『저물 녘 길을 떠나다』(태학사, 2000)에서는 '길'을 제재로 삼거나 시어로 쓴 작품들이 압도적으로 많습니다. 특별한 의도가 있는지요.

정수자 길에 대한 생각이나 고민이 많았지요. 어떻게 살아야 하는지, 근본적인 질문에 쏠렸던 시간이 '길'로 더 많이 나타난 것 같습니다. 원하는 것은 늘 멀리 있고, 길은 막힌 상태고, 갈수록 뭔가 더 멀어지는 막막함이 길을 더 되작이게 했어요. 형이상학 같은 뜬구름 비슷한 것에 턱없이 끌리는 '먼 눈'의 버릇도 있었고요.

맹문재 첫 시조집에 수록된 「길 밖을 오래 걷다」를 관심 깊게 읽었습니다. 집 밖에서 걷고 있는 화자의 모습에서 고민을 안고 헤매던 젊은 날의 제 모습을 떠올렸습니다. 선생님께서는 젊은 날에 무슨 고민을 하셨는지요. 작품의 전문을 소개해보겠습니다.

그 어떤 길에도 나, 깃들이지 못하여
길들이는 길의 손을 선뜻 잡지 아니해
길 밖을 오래 걸었네
털만 잔뜩 세운 채

무한 질주 대로에서 살내 나는 골목으로
결국은 집으로 수굿 드는 길을 보면
그 끝의 여원 등불이 신생의 꽃인 것을

그 꽃에 깃들이면 꿀 같은 잠을 먹고
굽었던 하루의 목도 한껏 피는 것을
일용할 희망의 곳간 거느릴 길을 잊고

겨운 사랑 하나 내려놓지 아니해
밟고 가라, 꽃잎처럼 저물도록 눕지 못해
집 밖에 아직 서 있네
옛길이 매우 치네

정수자 「길 밖을 오래 걷다」를 시집 제목으로 하려다 때를 놓쳤지요. 가제란 말을 안 해서 해설이 「저물 녘 길을 떠나다」에 맞춰져 있었거든요. 저는 길의 바깥에 서 있는 느낌을 늘 되씹고 있었어요. 가문도 학벌도 별다른 줄도 없고, 그 모두를 뛰어넘을 능력도 모자라는 젊음이란 출구 없는 감옥이었죠. 그래서 시대 문제 같은 큰일은커녕 진학 좌절만으로도 생을 좀먹고 있었는데, '전망 없음'의 벼랑이 자주 닥쳤어요. 방외인이라는 자조를 꿍쳐놓고도 거칠 것 없는 자유나 일탈 같은 건 감행도 못하는 나약함으로 자학도 꽤 있었지요.

맹문재 언제부터 시조를 써야겠다고 다짐했는지요. 우리나라가 서구의 영향을 받은 근대사회로 진입하면서 그동안 시문학의 영역을 지배해온 시조가 자유시로 넘어갈 수밖에 없었습니다. 그렇기 때문에 남다른 생각을 가져야 시조를 쓸 수 있는 것이잖아요.

정수자 시조는 우연히 만났어요. 『샘터』며 『중앙일보』의 시조란을 보다 아직도 시조를 쓰나 신기해서 써본 게 평생 낚이는 연이 됐지요. 석간신문이 다음날 배달되는 시골에서 웅크려 지내던 터라 시조에 더 몰입할 수 있었어요. 공부도 놓쳤고, 딱히 보이는 것도 없고, 그저 막막하던 시절에 시조가 색다른 출구로 온 거죠. 그러다 백일장에서 덜컥 장원을 하고 시조의 묘미에 빠졌지만, 약간의 주목을 받다 고갈이 두려워 숨기도 했어요. 7년 정도 밀쳐두었다 다시 잡았는데, 이제는 시조가 제 성정에 더 맞지 싶네요. 자유시와 다른 정형의 제약을 넘어야 하고, 변방의 쓸쓸함도 견뎌야 하지만, 그래서 더 깊은 결핍에 처하지만, 시조라서 더 아름다운 게 무언지 거듭 찾고 있습니다.

맹문재 우리나라의 시조가 발전하려면 어떠한 노력이 필요하다고 생각하시는지요?

정수자 무엇보다 세계를 당겨올 작품이 많아야죠. 한국 특유의 정서나 미학적 깊이와 높이와 넓이를 아우른 시조라면 국내는 물론 세계도 매혹당하겠지요. 하이쿠를 봐도 그렇고요. 또 문학 전반에 필요한 번역과 지원 같은 장기적 안목의 제도적 뒷받침이 시조에도 긴요하다고 봅니다. 그리고 시조만 아니라 우리의 문화예술에 대한 소양을 길러줄 인문 교육이 절실합니다. 그런 소양과 자긍을 바탕에 지니고 세계로 나아갈 때 이른바 '한류'도 지속적인 힘을 발휘하겠지요. 하지만 시조에서 민족을 너무 앞세우는 국수주의적 신념이나 사명감에 불타는 지사풍의 충정은 경계합니다.

그런데 서구 지향 교육의 폐해를 숱하게 겪고도 우리는 여전히 서구를 따라 하기에 바쁘죠. 모든 게 수입에 급급한 판이니 이런 바람 자체가 무력한 되풀이 같아 답답해요. 영상에 밀린 문학의 위축에서 종이책까지 위기가 닥치는 상황이고, 그 속에서 시조 위상은 더 옹색하니까요. 그럴수록 시조며 문학을 즐길 수 있는 풍토를 만들어가야 한다고 생각합니다. '구석구석 도서관'처럼 사람들 사이로 찾아가 시낭독회나 고전 읽기 등을 같이 하는 일상 속의 더불어 즐김으로요. 문화복지가 앞선 나라에선 악기 한둘쯤 누구나 즐기며 살듯, 시조는 물론 해금도 피아노처럼 누구든 배우고 즐기길 바라거든요.

맹문재 앞으로의 계획을 들을 수 있을까요?

정수자 요즘 '덜'에 대한 생각을 많이 합니다. '덜'의 힘이 글에서도 일상에서도 크게 다가오네요. '더'가 낳은 과잉의 거품들처럼 시에도 과잉에 따른 피로감이나 소화불량이 는 데다, 시조에선 특히 '덜'이 중요하니까요. '덜'은 적당한 데서 그치는 것이기도 한데, '적당'과 '그침'이 실은 어렵지 않습니까. 그런 생각과 함께 글로컬리즘을 '지금 이곳'의 삶이나 글에서는 또 어떻게 실현할지 찾아보며 가려

합니다.

맹문재 여러 가지로 귀한 말씀 잘 들었습니다. 내내 건강하시고 좋은 시조를 많이 보여주세요.

(서정시학, 2013년 여름호)

삶의 조건과 시

신덕룡 시인

경기도 용문에서 출생해 경희대 국문과 및 동 대학원을 졸업했다. 1985년 『현대문학』에 평론으로, 2002년 『시와 시학』에 시로 작품 활동을 시작했다. 시집으로 『소리의 감옥』 『아주 잠깐』 『아름다운 도둑』, 저서로 『환경위기와 생태학적 상상력』 『생명시학의 전제』 등이 있다. 김달진문학상을 수상했으며, 광주대 문창과 교수로 있다.

삶의 조건과 시

— 신덕룡 시인

맹문재 잘 지내시지요. 선배님과 1년에 한두 번은 뵙는 것 같은데, 이런 대담을 가질 날이 오리라고는 생각하지 못했네요. 그렇지만 우연 같은 일들도 모두 필연의 관계가 있다고 생각해요. 그러므로 이 대담도 큰 의의가 있겠지요. 먼저 건강에 대해 여쭙지 않을 수 없네요. 이명 때문에 고생이 많다고 들었는데, 요즘은 어떤지요?

신덕룡 참 여러 사람에게 걱정을 끼치네요. 벌써 한 10년 되는데 이제는 친구가 되었습니다. 깨복쟁이 친구처럼 받아들이기까지 한 7년 정도 걸렸네요. 친구가 되면 아무리 미워도 떼버릴 수 없지 않습니까. 어쩔 수 없으니 성가시고 귀찮아도 같이 살자고 생각하니까 이젠 좀 견딜만 합니다. 한편으로는 욕심 좀 버리라고 끊임없이 귀에 대고 잔소리를 해대니 도움이 되기도 합니다.

맹문재 선배님의 문학세계에서 가장 궁금한 점은 장르의 전환이라고 볼 수 있습니다. 선배님께서는 1985년 『현대문학』에 평론으로 등단한 후 활발하게 활동해 1998년에는 김달진문학상도 수상했습니다. 그러던 선배님께서 2002년 『시와 시학』을 통해 시인으로 등단하셨고, 『소리의 감옥』(천년의 시작, 2006)이라는 시집을 간행하셨습니다. 그리고 곧 두 번째 시집이 '서정시학'에서 간행될 예정에 있습니다. 어떤 계기나 동기로 평론에서 시작 활동으로 전환했는지 궁금하네요.

신덕룡 언젠가 「조명희론」을 쓰면서 장르 전환의 문제를 집중적으로 이야기한 바 있습니다. 조명희의 경우 시를 쓰다가 소설로, 러시아로 간 뒤에는 시와 소설을 썼습니다. 이런 장르 전환의 계기는 사상의 변화에 있었지요. 세계관의 변화에 따라 현실을 인식하고 드러내는 데 가장 적합한 형식을 찾았던 셈입니다. 드러내고자 하는 내용에 따라 형식이 바뀐다는 것이지요. 그러나 저의 경우, 세계관의 변화와 같은 거창한 이유는 없습니다. 단지 있다면 삶의 조건 변화에 따른 적응이라 할 수 있겠습니다.

10여 년 전, 어느 날 갑자기 귀에서 소리가 나기 시작했는데, 예삿소리가 아니었습니다. 어지럼증과 함께 밤낮으로 계속되면서 생활을 할 수 없게 만들었습니다. 잠을 잘 수 없는 상황에서 낮 생활이 제대로 될 리 없었지요. 장시간의 집중력을 요하는 평론을 쓴다는 것은 물론 일상적인 생활도 어려웠지요. 내 몸과 영혼이 온통 소리에 시달리면서, '나'라는 사람의 존재 이유가 없어진 듯한 외로움과 절망감에 휩싸였습니다. 이런 상황이 지속되면서 내 삶 전체를 되돌아볼 수 있었고, 소리에서 잠시라도 벗어날 수 있는 방법을 모색하게 되었는데, 그 과정에서 자연스럽게 시 쓰기가 시작된 것이지요. 외로움에서 벗어나기 위한 몸부림이었습니다.

맹문재 그렇군요. 온몸을 괴롭히는 소리에서 벗어나려고 시를 쓰기 시작했다는 사실은 가슴이 뭉클합니다. 그렇게 시를 써서 첫 시집을 간행했을 때의 기분은 어떠했나요. 누구나 첫 시집을 낼 때는 설레는데, 선배님께서는 남달랐을 것 같네요.

신덕룡 첫 시집 이야기가 나오니 부끄러워집니다. 한마디로 두려움이었습니다. 제가 시비평을 해왔지만 내 시에 대해서는 도저히 판단이 되지 않더군요. 몇 번을 망설이다가 그래도 내 삶의 솔직한 기록이니 시집으로 엮자고 결심했습니다. 또 주위에서 많이 격려를 해주었구요. 언감생심, 독자들의 반응은 기대할 수도 없었고, 나를 잘 아는 시인이나 평론가들에게 무시만 당하지 않았으면 좋겠다는 것이 솔직한 심정이었습니다. 시집을 내고는 어디로 도망가고 싶었지요. 다행히 『소리의 감옥』이 문화예술위에 우수도서로 선정되면서, 두려움에서 벗어났습니다. 그 당시 심사위원들께 두고두고 감사할 일이지요.

맹문재 잘 들었습니다. 그러면 작품 세계로 이야기의 방향을 돌려보지요. 첫 시집에서 내세우고자 한 주제 혹은 특별히 관심을 가졌던

면이 있는지요. 이 질문은 범위가 큰 것이어서 대답하기 어려울 수 있다고 여겨지기도 하는데, 독자들에게 선배님의 중심적인 시세계를 소개해보려고 합니다.

신덕룡 시세계라 할 것은 없고…… 지금도 마찬가지입니다만 그당시, 제가 관심을 가진 것은 소리의 성격이었습니다. 제가 소리 때문에 너무 힘들어서 시작된 관심이기도 한데, 반복적으로 몸에서 나는 소리는 몸과 마음을 고통스럽게 하지요. 그러나 소리의 진경은 침묵에 있다는 생각을 하게 되었습니다. 아무리 고통스러워도, 내면에서 아우성으로 들끓어도, 입을 꾹 닫고 있는 침묵이야 말로 진정한 소리의 모습이 아니냐는 것이지요. 가만히 살펴보니 어떤 것은 가시가 돋혀 있고, 터지기 직전의 풍선처럼 팽팽해져 있고, 화살촉처럼 눈빛을 번뜩이고, 칼날처럼 날카로워 제 가슴을 베고 있고 …… 참 다양합니다. 이건 누구와도 나눌 수 없는 존재의 외로움과 같은 것입니다. 첫시집의 대부분은 소리의 다양한 모습을 구체화시키는 작업이 아니었나 싶습니다.

맹문재 잘 들었습니다. 그러면 두 번째 시집에서는 첫 시집과는 달리 어떤 면에 관심을 혹은 중점을 두고 있는지요.

신덕룡 남의 시에 대해 이러니저러니 하는 게 나의 일이었는데, 제시에 대한 이야기를 하려니 쑥스럽습니다. 소박하게 말씀드리면, 생에 대한 연민이라고 할까요. 잘 아시겠지만 연민은 끌어안으려는 노력이지요. 생명을 지닌 것들끼리의 동류의식이니 여기엔 위계가 아닌 수평적 관계만 있지요. 또한 삶과 죽음을 하나의 리듬으로 본다면, 삶은 꼭 틀어쥐고 매달릴 것도, 대단할 것도, 내세울 것도 없습니다. 그렇지만 사는 동안은 고통과 기쁨을 짊어지고 나가는 것이 생명을 지닌 모든 존재의 운명이지요. 또 그 자체의 율동이기도 하고⋯⋯ 나 역시 예외일 수는 없지요. 한 생애란 잠깐의 시간이지만, 비록 비루해 보일지라도 너나 할 것 없이 온 힘을 다해 자신을 실현해가는 모습이야말로 생명의 가치가 아닐까 싶습니다. 이런 소중한 생명의 모습을 드러내고 싶었습니다만, 제대로 되었는지 모르겠네요.

맹문재 「만월」에서는 달빛을 차지고 질긴 면발로 비유하면서 가난한 가족의 상황을 잘 그려내고 있습니다. 어머니가 돌리는 재봉틀 소리가 들려오기도 하지만 환한 달빛의 결로 보이기도 합니다. 작품을 읽고 있자니 선배님의 가족이 궁금해지네요. 분가하기 전의 가족 상황을 소개해주실 수 있는지요. 작품을 소개해보겠습니다.

밀반죽 한 덩이로
팔천 가닥의 면발을 뽑아내는 사내가 있다.
반죽을 치대고 늘이고 꼬고 두들기며
가업을 이은 지 이십여 년,
투박한 손끝에선 거미줄 같은 면발이 흘러나왔다.
차지고 질긴 면발 가닥 가닥엔
엉겨 붙은 삶의 옹이를, 오이의 속살까지 보듬고 걸어온 이의 담담한
눈빛이

이른 봄의 달빛처럼 환하게 찰랑거렸다.

풀치재 터널을 빠져나오는, 순간
눈이 부셨다. 처음부터 투명한
맑은 빛이 잘랑잘랑 따라왔던 셈인데
터널을 지나서야 알아챈 것이다.
누가 이 고요를 흩뜨리는가
문틈으로 들어온 달빛 한 가닥씩 물고 쩝쩝거리던 우리 사남매
주린 배를 달래주던 꿈속 같구나.
흔흔해서 눈감으니
젊은 어머니, 밤새워 돌리는 재봉틀 소리 결마다 곱다.

                                         ─ 「만월」 전문

신덕룡 시를 쓰면서 저 자신이나 가족에 관한 이야기를 될 수 있으면 하지 않으려고 했는데, 그게 쉽게 되지 않는군요. 맹 선생 이야기를 들으니 서너 편이 떠오르는데, 「동해반점」도 그렇지만 이 시에서는 추억에 대해 말하고 싶었습니다. 저는 기억과 추억은 다른 것이라고 생각하고 있습니다. 추억에는 더 직접적인 체험이 결부되어 있다는 생각이지요.

제 유년 체험의 특징은 천국과 지옥을 한꺼번에 맛본 것이었지요. 집안 사정이 급전하면서, 어느 날 갑자기 배고픔에 시달리기 시작했기 때문이지요. 어린 나이에 이렇게 굶주릴 바에는 아예 죽어버리는 게 어떨까, 하는 생각을 하기도 했습니다. 또 앞으로 살면서 지금보다 더한 고통은 없을 것이다, 어떤 상황도 이보다 나쁠 수는 없다는 오기가 뻗치기도 했습니다. 물론 나름대로 극복했습니다만, 이런 것이 제

가 지닌 인격의 한 부분을 형성하지 않았는가, 하는 생각도 합니다. 여하튼 이런 지옥을 빠져나올 수 있었던 것은 어머니의 한결같은 모습이었습니다. 어떤 상황에서도 의연히, 또 묵묵히 가족의 삶을 일구시는 모습이 은연중 큰 힘으로 다가왔던 것이지요. 지금은 제가 모시지는 못하지만, 부모님 두 분 다 고향인 양평에서 친지들과 더불어 즐겁게 보내시고 있습니다. 돌아보니, 고통은 사라지고 아름답게 채색된 추억들이 펼쳐지는군요. 이런 게 그리움이 아닌가 싶습니다. 꼼꼼히 들여다보기까지 많은 시간이 흘렀습니다.

맹문재　잘 들었습니다. 가족을 위해 헌신하신 어머니께 저도 감사드립니다. 다음으로는 학창 시절의 얘기를 들어볼까요. 문학을 하는 데 영향 받은 스승이나 작품이 있는지요. 학창 시절도 중고등학교와 대학 때가 다를 텐데, 작품을 쓰는 데 보다 토대가 되었다고 생각하는 시기를 들려주셨으면 합니다.

신덕룡　제가 문학을 하게 된 동기는 중학교 다닐 때였습니다. 그 당시 국어 선생님이 시를 낭송해주셨는데, 나중에 생각해보니 엘리엇의 「황무지」였습니다. 시의 내용에 자극받은 것은 아니고, 시 낭송하는 모습에 반했습니다. 이후로 시에 대한 관심이 싹텄고, 대학에 진학한 것도 시인이 되기 위해서였습니다. 대학생활을 하다보니 나와 같은 생각을 지녔던 친구나 선후배들과 어울리게 되면서 꿈이 구체화되었습니다.

그러나 시인으로의 꿈을 접는 시기이기도 했습니다. 혼자 다방을 빌려 개인 시화전을 열었던 1970년대 후반으로 기억하는데, 많은 이들이 찾아왔고 선생님들에게 격려도 받아 한껏 고무되어 있었습니다. 여기에 찬물을 끼얹은 후배가 있었지요. 내 작품에서 김수영 냄새가 너무 많이 난다는 말이었습니다. 말을 듣는 순간, "그래?" 하면서 대범한 척 했지만 너무나 혼란스러웠지요. 혼자가 되었을 때, 내 작품들을 찬찬히 살펴보니, 과연 그런 것 같아 얼굴이 확 달아올랐습니다. 그리고는 남의 뒤나 졸졸 따라다녔다는 자괴감에 시달렸지요. 개성이 없는 작품을 남에게 보였다는 것도 그렇고, 열심히 해왔는데 결국 아류에 지나지 않았다는 생각 때문이었습니다. 도저히 시를 쓸 엄두가 나지 않았습니다.

시를 쓰고 싶은데, 시와 더불어 살고는 싶은데 자질이 없다는 절망감에서 도저히 헤어날 수 없었지요. 그러다가 우연히 시에 대한 정밀하고 체계적인 분석이 가능하다는 것과 재미도 있다는 사실을 알게 되었습니다. 시 쓰기만큼 의미 있는 일이란 생각에 평론 쪽으로 방향을 돌리게 되었지요. 그 후 20년이 더 지나서 다시 시를 쓰게 되었으니, 시로 돌아오기까지 꽤 많은 시간이 걸린 셈이지요.

맹문재 「졸정원기」를 읽으니 중국 여행을 다녀온 것으로 보입니다. 2001년 선배님과 저는 최동호 선생님 등을 모시고 네팔 여행을 한 적이 있지요. 비도 많이 맞았지만, 히말라야에 오르기도 하고, 재미있는 이야기도 많이 나누었지요. 되돌아보니 다시 가고 싶을 정도로 그리워지네요. 외국 여행을 한 곳 중에 시인으로서 가볼 만한 데가 있다면 소개를 부탁드릴까요. 그리고 시를 쓰는 데 여행이 어떤 점에서 도움을 준다고 생각하는지요.

신덕룡 편안한 쪽으로 말길을 터주셔서 고맙습니다. 그때, 많은 대화를 나누고 참 좋았지요. 억수같이 쏟아지는 비를 맞고 올라가, 푼힐 전망대에서 보던 일출 광경은 지금도 선합니다. 여행이란 추억을 만들어서 좋은가 싶습니다. 이런 풍광과 관련해서는 유럽에서 차를 빌려 알프스 산맥을 넘으며 본 풍광 역시 제 기억에 새롭습니다만, 풍경이 제게 주는 것은 스쳐간 인상밖에 없습니다. 오히려 내가 길을 물어보던 오토바이족들, 나란히 서서 햇빛을 받아 번쩍이던 오토바이들, 잔디밭에 누워 나를 바라보던 호기심어린 그러나 친절한 눈빛과 털북숭이 얼굴들, 시큼한 땀냄새 같은 것들이 더 생생합니다. 풍경에 이르기까지의 과정이 더 뚜렷하게 떠오르지요.

여행지를 말씀하셨는데, 많이 다녀보지 않아 솔직히 잘 모르겠습니다. 제 개인적으로는 어디든 사람 사는 곳이면 다 가볼 만한 곳이 아닐까 싶습니다. 사람살이의 기쁨과 슬픔, 울고 짜고 시시덕거리는 모습들이 어우러진 곳입니다. 낯선 곳에서 아주 친숙한 나의 얼굴을 발견하는 즐거움이 여행의 참맛이 아닐까 하고요. 이것들이 여행에 관한 전체적인 인상을 만들어내는 것이라 생각합니다.

맹문재 「김씨 이야기」「리플을 달다」는 '원당일기'의 연작으로 쓴 작품입니다. 첫 시집에서도 '소리의 감옥'으로 연작시를 썼습니다. 특별히 연작시를 쓰는 의도가 있는지요. 「김씨 이야기」를 소개해보겠습니다.

겨우내 비어 있던 비탈밭에 거름더미들이 쌓였다.

저건, 한밤중 뒷방에서 혼자

어둠을 벗 삼아 술을 먹는 불목하니 김씨 작품이다.

그가 소주잔을 기울이는 모습은 흡사

우리에 갇혀 치밀어 오른 화를 쥐어뜯는 들짐승 같다.

보이지도 않는 철망을 쥐고 흔들다

서울 부산 제주 목포 멀리 아라비아 사막까지 휘돌아치던

그는, 등걸잠 한숨 자고 나서

언제 그랬느냐는 듯 지게를 지고 밭으로 간다.

여기저기 떠돌아다니는 일이 생업이지만

이제 흙을 골라 씨를 뿌리면 냄새 또 한 번 진동할 게고

잠자던 씨앗들 진저리치며 눈을 뜨지 않겠냐고

그 눈빛이 아른거려 아직은 떠날 때가 아니라고 위로하던

그는, 오늘따라 등허리에 짊어진 거름더미가

목덜미를 움켜쥔 손 같았다며

부드럽고 따뜻해서 뿌리치고 싶지 않았다며

밭둑에 걸터앉아 담배를 피워 문다.

내가 보기에도 그의 탄식은 물기 빠져나간 검불 같은데

헐렁한 등이 부려 놓은 거름더미들이

산비탈의 피폐한 땅에

길을 만든다면 뿌려질 씨앗의 싹을 틔울 양식이라면

봄볕 아래 수많은 생을 한꺼번에 풀어 놓는 큰 손바닥일 터

어떤 손이 이보다 더 크고 따스하랴.

산 아래쪽 세상을 향해 눈빛 반짝이는 꿈들 사이

느닷없는 연민이 끼어들었으니

오늘밤, 주린 배를 움켜쥐고 잠든 새들 바빠지겠다.

                    —「김씨 이야기—원당일기 12」전문

신덕룡 첫 번째 시집에서는 '소리'에 너무 민감해서 또 그놈의 정체를 파헤쳐보려고 연작을 썼습니다만, 이번에는 특별한 의도는 없습니다. 다만, 지지난해 해인사 원당암이란 곳에서 무슨 특수훈련을 하듯 석 달 정도 참선 수련을 했는데, 거기서 씨앗이 된 것들을 모은 것입니다. 그 당시 새벽 3시부터 밤 9시까지 아무것도 하지 않고 마음만 들여다봤습니다. 물론 대책 없이 복잡한 나 외에 본 것이나 깨달은 것이나, 아무것도 없습니다. 오히려 참선 사이사이 산책 중에 여러 가지들이 살갑게 다가오더군요. 그것들이 씨앗이 되었지요. 남들은 참선을 하면서 지니고 있는 것들을 버린다는데 나는 오히려 줍고 건졌으니 공부를 거꾸로 한 셈이지요.

그래도 위안이 되는 것이 있다면, 「김씨 이야기」에서 보듯 끊임없이 밖으로만 떠돌려는 불목하니 김씨가 저보다 작고 여린 생명에 대한 연민 때문에 주저앉듯, 생에 대한 연민이야말로 우리를 포근하게 감싸는 힘이라는 것을 느끼게 된 것이지요. 자신도 모르게 자기 확대가 이루어진 것이지요. 「리플을 달다」 역시 마찬가지입니다. 스님이나 우리 같은 세속인이나 똑같은 처지라는 것이지요. 인간의 특성 중 하나가 자기중심적이라는 것 아닙니까. 자기를 덜어내지 않는 한, 그 입에서 나온 말이나 행동 모두 자유로울 수 없지요. 범박하게 말해서 '나' 아닌 상대에 대한 배려와 이해 없이 같은 길을 추구한다는 것은 무망하기 이를 데 없지요. 이것은 의식적인 노력에서 시작되는 것이고, '무설설'로 이야기하듯 이심전심의 마음이 아니면 힘든 일이지요. 여하튼 많은 것들을 거기서 느꼈는데, 이런 것들을 한데 모았을 뿐입니다.

맹문재   선배님께서는 평론활동이나 학술활동을 하시면서 환경 문제에 많은 관심을 보였습니다. 앞으로 환경 문제를 담는 시를 창작할 계획을 가지고 있는지요.

신덕룡   이 문제는 제가 숙제처럼 안고 있는 것입니다. 그동안 환경 문제와 관련해서 편저까지 4권의 저서가 있습니다만, 제 시는 그렇지 않다는 사실이지요. 우선 소재가 그렇고 주제 역시 환경 문제와 많이 떨어져 있습니다. 제 관심의 방향이 '나'나 '인간'의 존재에 집중되고 있기 때문입니다. 제가 평소에 하던 말 중, 평론이 너무 시류를 타지 않느냐는 것인데, 이즈음 환경이나 생태 문제에 대해 관심을 보이는 글이 많지 않습니다. 더불어 살기 위해 가장 중요하고 시급한, 그러나 서서히 바뀌어야 할 삶의 모습들 역시 눈에 띄지 않습니다. 안타까운 일입니다.

그런데 평론을 쓸 때와 달리, 시를 쓸 때 왜 이런 생각들을 형상화하지 못하는가? 몇 번이고 제 자신에게 물어보는 것입니다. 그 대답은, 능력이 되지 않기 때문입니다. 물론, 이런 주제를 중심으로 한 시편들을 따로 모아두고 있습니다만 아직은 마음에 차지 않습니다. 이와 함께, '의도의 오류'란 말을 실감하고 있습니다. 처음의 의도와는 달리, 쓰다보면 시 자체의 논리가 형성되고 그것이 시를 만들게 하는 듯싶습니다. 이건 아무래도 '나' 자신의 문제가 더 크기 때문이지요. 나를 떠나 외부의 것들까지 눈길을 주기에는 시간이 더 필요한 게 아닌가. 그러나 내 시 쓰기가 더불어 사는 삶에 대한 관심이고, 이런 관심과 태도를 전체론적 사유 속에 구체화하려고 노력하고 있습니다. 점차 생명을 중심으로 인간과 인간, 인간과 사물 사이의 관계에 대한 관심이 어느 한 방향으로 이어질 거라고 믿고 있습니다.

맹문재 선배님께서는 창작자이기도 하지만 오랫동안 학생들을 가르쳐온 교육자이기도 합니다. 창작을 꿈꾸고 있는 학생들에게 당부하고 싶은 말이 있다면 들려주시지요. 그리고 앞으로 어떤 일들을 계획하고 있는지요.

신덕룡 제가 학생들에게 하는 말 중 하나는 즐겁지 않으면 하지 말라는 것입니다. 일정 수준에 오른 학생들 중 너무 힘들고 어려워서 못하겠다는 말을 하고, 실제로 문학과 전혀 무관한 방향으로 나가는 학생이 있습니다. 물론 게으른 학생도 있지요. 그럴 때마다 저는 힘들기만 하냐고 묻습니다. 즐거움이 있는 고통이라면 계속할 것이고, 즐거움이 없다면 빨리 삶의 방향을 틀라고 하지요. 무릇, 창작이란 새로운 진실을 창조하는 일인데 특별한 천재라면 몰라도 힘들지 않을 수가 없지요. 그 고통은 폭 삭은 한숨에서 나는 단내 같은 것이지요. 이 맛이 곧 즐거움이란 생각입니다. 제 개인적인 경험으로 보면, 즐거움이란 시간을 잊는 것입니다. 자신이 하는 일에 집중할 때 나는 시간 밖에 있습니다. 내 의식이 '의식하는 나'와 무관하게 존재하는 것이지요. 즐거움이 없다면 불가능한 일입니다. 앞으로의 계획에 대해 물으셨는데, 앞으로도 이런 즐거움을 더 많이 누리려고 애쓰겠다면 너무성의 없는 대답이 될까요.

맹문재 여러 가지 말씀들 감사합니다. 내내 건강하시고 좋은 작품도 많이 쓰세요. 살아가다 보면 뵙게 될 텐데, 그때 또 인사를 드리지요.

(서정시학, 2009년 가을호)

모순투성이의 삶을 탐구하다

배성희 시인

서울에서 태어나 이화여대 생물학과를 졸업했다. 2009년 『서정시학』으로 작품
활동을 시작해 시집 『악어야 저녁 먹으러 가자』가 있다.

모순투성이의 삶을 탐구하다

— 배성희 시인

맹문재 배 선생님, 안녕하세요. 문단의 행사장에서 한두 번 스쳐지나가며 본 것 같네요. 요즘 어떻게 지내시는지요?

배성희 선생님, 안녕하세요. 여름방학 기간이라서 모처럼 여유를 집에서 즐기고 있어요. 첫 시집 준비를 위해서 원고 정리를 해요. 늘 생각하느라고 외출할 때도 도표로 만든 제목들을 수첩에 붙이고 다니면서 보고 보고 또 본답니다. 저에게 시라는 존재는 마음을 쉽게 열지 않는 도도하고 매혹적인 애인 같아요.

맹문재 누구나 등단을 하고 첫 시집을 내게 되면 기쁘기도 하고 걱정도 되지요. 시를 쓰는 것만이 아니라 독자들로부터 평가를 받아야 하는 처지에 놓이기 때문이지요. 요즘 심정은 어떤지요?

배성희 세상에 유일한 나만의 책을 펴낸다는 기대도 있지만, 두려움이 점점 커지고 있어요. 제 진술은 대부분 어두운 분위기인데 그 속에 깃든 사연들을 발견하고 공감해주는 독자가 단 한 분이라도 있다면, 정말 고맙고 소중할 것 같아요.

맹문재 선생님의 약력을 보니 생물학을 전공했고 현재의 직장도 과학 교사여서 흥미롭네요. 우문이지만 전공이 다른데 왜 시를 쓰고 싶어 하는지요? 물론 국문학이나 문예창작을 전공한 사람만이 시를 쓰는 것은 아니고, 오히려 문학을 전공하지 않은 시인들이 보다 뛰어난 작품을 쓰고 있는 것이 사실이지만 궁금하네요.

배성희 문학에 대한 애착이 많았어요. 사춘기에 접한 전혜린과 토마스 만의 작품들이 저의 문학적 감수성을 자극했어요. 중고등학교 때 주로 문예반에 들었고, 백일장에서 상을 받으면 어머님이 특히 기뻐하시고 그 글을 가족들 앞에서 낭송하시곤 해서 자신감도 생겼지요. 고등학교 2학년 때 부모님 권유에 따라 약대 진학을 목표로 이과 계열을 선택해서 공부를 했는데, 성적도 부진하고 약사 일이 너무 부담스러울 것 같아 입학이 쉬운 생물과로 진학했어요. 다행스럽게 생물학은 호기심과 더불어 세밀한 탐구심이 필요한 학문이라서 시 쓰기에도 많은 도움을 받아요. 시는 저의 갑갑증을 표현할 수 있는 가장 편리한 방식입니다. 글쓰기의 초심은 "자유여 왜 너는 나에게로 오지 않는가, 그 탄식이 나를 시인으로 만들어준다"라고 하신 김춘수 선생님과 일치해요.

맹문재 등단작 중 「환승역」을 다시 읽어보았습니다. 가을비가 내리는 장면을 천 개의 눈을 가진 유리창에 수두 자국을 남긴다거나 보도블록에 낙엽 냄새가 스며든다고 비유한 면이 아주 감각적인데, 비가 오지 않기를 바라는 좌판을 차린 사내의 상황과 직조되면서 서사성도 돋보입니다. 그 사내가 화자인 "내"와 관계된 인물로 유추되기도 합니다. 묘사와 서사가 잘 교합된 이 작품을 쓰신 동기를 듣고 싶네요. 작품을 소개해볼게요.

가을비다 해질 무렵
천 개의 눈을 감고 있는 유리창마다
촘촘하게 수두 자국을 남긴다
보도블록으로 낙엽 냄새가 스며든다

비야 비야 오지 마라
팔 없는 빈 소매 잠바 주머니에 넣고
좌판에 쭈그려 앉은 사내
천 원짜리 나일론 스카프 젖을까
왼손으로만 투명 비닐을 덮어준다

내가 걸친 옷은 젖지 않는다

중력에서 풀려난 몸
오늘 밤 사자(使者)의 손을 잡고
수증기처럼
사라질지 알 수 없는데

끝까지 가져가는 비밀이 있다

불린 쌀 한 줌 입에 머금은 채 쏘다닌

49일 마지막 날

없는 안경테를 만지며

공원묘지행 버스를 기다린다

— 「환승역」 전문

배성희　한동안 집에 있기가 싫어 휴일마다 인사동, 대학로, 광화문 등을 돌아다닌 적이 있어요, 귀가공포증처럼. 그 당시 저에게 집이란 쉬는 공간이 아니고 가족에 대한 의무만 있는 공간이어서 저녁 시간 이면 밥하러 가야 했지요. 좌판의 사내는 장애가 있어도 생계를 위해 장사를 하는데, 무기력증에 시달리는 누군가를 생각하며, 그래도 집 으로 가야 하는 제 현실이 서글퍼서, 내가 차라리 유령이 되면 어떨까 하는 상상으로 쓰게 되었어요.

맹문재　설명을 들으니 좀 더 이해가 되네요. 또 다른 등단작인 「팥 빙수 먹기」도 관심이 갑니다. "젖은 발가락"이며 "벌레 먹은 방" 등의 표현에서 볼 수 있듯이 풍요롭거나 넉넉하지는 않는 상황에 놓인 인 물들의 모습이 보입니다. 그러면서도 "독 오른 도마뱀 한 쌍"이 그 환 경에 적극적으로 대응하고 있습니다. 역시 작품을 쓴 동기가 궁금하 네요.

배성희　타인에게 나의 고단한 삶을 구체적으로 하소연하는 것은 자존심 때문에 어려웠어요. 귀 없는 시체라도 깨워서 시원하게 말하 고 싶은 절박한 마음을 담아서 시적인 형상화를 하는 과정에, 마지막

이 미진해서 고민을 참 오래 했는데 "벌레 먹은 방 갈아 마시러"라는 문장이 스쳤을 때 짜릿했어요. 탁! 쓰니까 통쾌하더군요.

맹문재 잠시 다른 얘기로 돌려볼까요. 배 선생님의 습작기에 대해서 듣고 싶네요. 어떤 식으로 공부를 하셨는지요? 특별히 영향 받은 선생님이나 서적이 있으면 소개를 부탁드립니다.

배성희 본격적인 습작은 일주일에 하루 나가는 시창작 아카데미에서 체계적인 도움을 받았어요. 피폐한 삶을 재산으로 인정해주는 이상한 세계였지요. 그때부터 추천 받은 시집이나 관심 있는 작가의 책들을 정기적으로 읽고, 매주 1편 이상 써갔어요. 창작을 통해서 모순 투성이 인간을 고민하는 소통의 어법을 배워간다고 생각했어요. 느낌이 좋은 작품은 부지런히 필사했고, 저의 작품에 대한 합평시간에는 그 어떤 쓴소리에도 낙담하거나 좌절하지 않았어요. 그 모두가 저에게 약이 되는 유익한 자극이었으니까요. 학교에서 해방된 휴일은 집 안일을 외면하고 졸더라도 도서관에 앉아 있거나 한적한 아트영화관을 찾아다니며 혼자 보냈어요. 현실적으로 살짝 맛이 간 상태였어요. 특히 최하림 선생님께 1년 정도 배웠는데, 마지막 수업시간에 "배성희는 꼭 시인이 될 사람이다"라고 용기를 주셨어요. 지금도 선생님의 다정한 얼굴과 음성이 선명합니다. 첫 시집을 들고 가서 인사드리고 싶었는데…….

서적이나 문인들에게서 구체적인 영향을 받기보다는 스스로 시를 쓴다는 사실을 의식하면서, 제가 접한 다양한 문화들이 양분으로 변해서 혈관을 돌아 나의 언어로 써지는 것 같아요. 훌륭한 시들이 너무 많지만 특히 백석의 「남신의주 유동 박시봉방」, 김수영의 「눈」, 기형도의 「식목제」 등은 그 감동이 깊어서 좋아합니다. 시대를 초월한 인간의 본질적인 고독과 고뇌, 번민, 슬픔이 아름답게 담겨 있다고 봐요.

맹문재 최하림 선생님은 제가 등단할 수 있는 기회를 주신 분입니다. 편찮으시다는 소식은 들었지만 이렇게 일찍 세상을 뜨실 줄을 몰랐습니다. 감사하고 삼가 명복을 빕니다. 그리고 저도 김수영의 「눈」을 좋아합니다. 그 사연에 대해서는 몇 해 전 『나를 매혹시킨 한 편의 시』에서 밝힌 적이 있어요. 이야기의 방향을 돌려보지요. 대학 시절에 문학회 활동을 한 것으로 알고 있습니다. 함께 활동했던 회원들 소개며 재미있는 일화를 좀 들려주시지요.

배성희 문집을 만들거나 가을에 시화전을 했어요. 선배님이 초대해서 이웃 학교의 남학생들이 대여섯 명이 왔는데, 먼발치에서 본 사람 중에 먹색 바지를 입고 머리가 부스스한 사람의 눈빛이 유난히 번뜩여서 인상이 강했어요, 혹시 기형도가 아닌가— 지금 막연히 생각합니다. 그 당시엔 얌전 빼느라고 뒤풀이 술자리엔 어울리지 않았어요. 어리석게 지내서 후회스럽죠. 대학의 낭만을 모르고 산 것 같아요. 가까운 선후배들은 문단 진출은 안하고 언론사 쪽의 일이나 번역 등을 하고 대부분 가정에 충실하게 살아요. 정현종 선생님, 신경림 선생님을 모시고 이야기 들었던 추억도 있어요.

맹문재 다시 작품 얘기를 해볼까요. 이번에 발표하는 작품 중 「니트의 딸」을 읽어보니 "아버지" "어머니"가 등장하고 있습니다. 배 선생님의 가족 상황을 듣고 싶네요. 작품들을 보면 어린 시절의 가족 상황이 시의 배경 혹은 소재에 큰 영향을 끼치고 있는 것으로 보이네요. 작품을 소개해볼게요.

발목 하나만 떨어뜨리고, 도망가는
아버지를 잡으려 했다 쾅 닫힌 문틈에
손가락이 잘린 엄마, 무서워
이게 뭐야 소리 없이 울었다
딸아 세상은 눈감아줄 거다 내가 무슨 짓을 해도
그 자막으로 짜여진 불구의 니트를 벗고 싶었다
거울 앞에서 손거스러미만 물어뜯던 날, 지나고

이 겨울, 너를 찾아낸 곳이
어째서 길게 휘어진 터널인가
밤길만 걷자고 만난 것은 아닌데
멀리 희미한 램프 하나뿐
우리 포옹이 깊을수록 눈사람처럼 녹아
투덜거리는 너, 뜨거운 숨을 거두려 하고
니트 보푸라기에 매달린 루미나리에는
날짜 변경선을 어떻게 스쳐갔을까

풀었다 감았다 되풀이하는 손
언제쯤 녹슨 뜨개바늘을 내던질까

너를 외발로 보내진 않겠어

이 자리에서 끝까지 지켜보기를

내가 반대쪽으로 걸어갈 때

머리부터 발바닥까지 검붉게 풀어지는

외길이 남거든

— 「니트의 딸」 전문

　배성희　작품 속의 아버지, 어머니는 장치적 설정이랍니다. 제가 실업여고에 근무하다 보니까 결손가정이 거의 30% 이상예요. 아버지의 주사, 폭력 등을 피해서 엄마는 가출하거나 애들을 데리고 피해 살거나 하는 경우도 많고요. 대체로 생활력이 강한 모성의 보호 아래 아이들은 독특한 개성이 있어요. 저의 현실적 체험과는 거리가 좀 있지만 가족이라는 이름 아래 행해지는 폭력에 감정이입을 해서 현대 가정의 심리적 불화가 대물림되는 인간의 씁쓸한 내면 이야기를 만들어 봤어요.

　사실, 저의 친정아버님은 자상하고 다정다감하세요. 12월 31일 밤이면 온가족이 조촐한 다과상에 둘러앉아서, 겨울을 이겨내고 꽃을 피우는 매화에 대한 교훈과 덕담을 아버지로부터 듣고 감동을 받고 자랐어요. 지금은 안성 미리내 전원주택에서 5년째 살고 계신데 꽃모종을 나눠주실 때, 터전을 옮기는 어린 생명의 고통을 최소화하기 위해서 애지중지 감싸서 주신답니다. 3남매가 어렸을 때는 그림책을 직접 그려서 이야기를 지어주시곤 했어요. 어머니는 맏며느리의 통솔력을 야무지고 시원하게 갖추신 분이구요. 충무 근처 시골마을에서 네다섯 살 때 잠깐 지낸 적이 있는데 미발표작, 「코의 전성기」에 그 푸근하고 정겨운 추억을 묘사했어요.

부모님과 오빠의 과보호를 받고 자라면서 유독 감수성이 예민하고 여린 심성이 형성된 것 같아요. 5살 어린 남동생은 자립심이 강한 편이구요. 사업의 굴곡으로 부유한 살림은 아니지만 사이좋은 부모님 슬하에서 화목하게 자란 아름다운 추억과 그렇지 못한 지금을 무의식적으로 비교하면서, 현실적인 저의 고통을 더 견디기 힘들게 느끼는 것은 아닌가 하는 생각도 들어요. 비슷한 경험으로 내성을 갖춘 사람보다 두 세계의 간격을 극복하기가 어려운 것처럼. 그래서 아직도 저는 부모님께 유일한 걱정거리랍니다. 작년 5월 8일 '서정시학'의 축하 전보를 받고 들떠서 전화를 드렸을 때 "시인의 엄마가 되었다"고 울먹이며 기뻐하셨어요.

맹문재 어머님의 모습이 눈에 선하네요. 좀 더 작품 얘기를 해보지요. 배 선생님의 대부분 작품에는 "나(내)"가 주어이자 화자의 역할자로서 등장하고 있습니다. "나(내)"가 반복되고 있는 것은 자아 인식이 강하다고 볼 수 있지요. 자아의 어떤 면을 인식하는지 궁금하네요.

배성희 과거의 어떤 시련을 견디면서, 의식적으로 "나는 어떤 일도 감당할 수 있는 착한 여자다"라는 자기암시를 계속 하면서 살았어요. 그 한계를 깨닫는데 세월이 길었지요. 갈등과 고민으로 지쳐갈 즈음, 멀 쉐인의 문장이 제 머리를 치더군요, "삶에 대한 접근 방법은 희생자의 길과 용감한 투사의 길 두 가지뿐이다. 당신은 행동할 것인지 반응할 것인지 선택해야 한다." 열악한 환경에 휘둘리는 수동적인 존재를 깨고 나와서, 자아를 진심으로 돌보는 주체적인 행위로 저의 유일한 선택은, 바로 시에 매달리는 것입니다. 신화적 모성의 실천은 저에게 불가능한 것이었지요. 자아 발견과 쓰기가 함께 출발한 것입니다.

시에서 화자가 되거나, 내가 창조한 화자와 교감을 하기도 하고, 어느 경우에 화자는 현실의 나보다 당연히 더 드라마틱하게 시세계에서 분열하고 자유스럽지요. 애초의 의도대로 써내려갈 때도 있지만, 시가 시를 끌고 가는 야릇한 체험도 종종 합니다. 나와 시 속의 화자를 교환하고 투사해서 자의식을 확립해가는 이 작업이 흥미진진한데, 어려운 문제는 바로 외부와의 소통이지요.

맹문재　뿐만 아니라 배 선생님의 작품에는 "너"라는 호칭이 "그"를 비롯한 다른 호칭보다 많이 쓰이고 있습니다. 작품마다 "너"라고 호칭되는 대상은 다를 수 있지만, 중복되기에 궁금한 것도 사실입니다. 시 쓰기에서 어떤 의도가 있는 것인지요?

배성희　각각의 작품마다 경우가 다른데요. 해설이 되면 곤란하지만, 「니트의 딸」에서 고단한 삶의 와중에 우연히 의지하고 싶은 대상을 만났는데, 그 "너"마저 어느 순간 도망치려는 존재로 그렸어요. 너도 나도 결국은 나약한 인간이니까요.

「리듬의 발견」에서는 이성적이고 유순해 보이는 나의 내면에 도사리고 있는 성급한 야성성을 "너"로 놓고 묘사했어요. 독자가 순수하게 작품만을 읽고 스스로 개인적인 고유한 느낌을 가지고 음미하면 좋은데, 시인의 의도가 오히려 걸림돌이 될까봐 조심스럽네요. 다른 작품에서는 제가 갈망하는 예술적인 완성도가 있는 품격을 갖춘 시를 "너"

아니면 "그"라고 설정해서 연시 같은 분위기도 나지요.

맹문재　배 선생님의 작품들은 상상력을 통해 뛰어난 이미지를 만들고 있습니다. 그렇지만 내용을 이해하기가 쉽지 않은 면도 있습니다. 시를 쓰는 데 주안점을 두는 면이 있는지요?

배성희　모순투성이의 삶을 살아가는 인간을 탐구하는 것입니다. 그럴듯한 포장 아래 미추의 양면을 끌어안고 몸부림치며 사는 인간은 여러 가면을 감추고 있으면서 자기 필요에 따라 극단적인 이기심을 드러냅니다. 그런 경우는 특수할 때도 있지만 놀랍게도 일상적으로도 많아요. 어떤 위기에 부딪쳤을 때 적응하거나 좌절하거나 극복하는 과정에서 우리 삶은 대부분 너절하고 어둡고 절망스러운데, 기묘하게 약자를 괴롭히는 가해자의 심리도 알고 보면 불쌍해요. 이러한 측은지심이 생명을 옹호하는 시정신과 근본적으로 이어진다고 봐요. 인간의 삶은 유전자를 전달하기 위해서 DNA라는 물질의 이기적인 흐름이라고 보는 연구 결과도 있지만, 그런 단순 논리에 동의하지 않고 개개인의 경우, 경우마다 시시각각 상대적이라고 봐요. 탐구하면 할수록 무궁무진한 것이 사람이라는 수수께끼 같아요.

맹문재　얼마 전까지만 해도 한국 시단에는 소위 '미래파'라고 지칭되는 젊은 시인이 대거 등장해서 활동했습니다. 배 선생님의 작품도 주관적인 상상력 혹은 상징성, 문장 간의 유기적 관계 부족, 외국어의 빈번한 사용 등 그와 같은 성향을 띠는 면이 있습니다. 새로운 시 경향에 대해서 어떻게 생각하는지요?

배성희 다양한 시 경향에 대해 긍정적입니다. 문화적 정보가 매우 다채로운 현실을 볼 때 신세대 특유의 유연함으로 소화시켜서 개성적인 발성을 하는 것은 표현의 자유니까요. 어떤 영역으로 제한해서 경계선을 긋지 않고, 한 권의 시집에서 저의 통점을 자극하는 몇 편의 시가 있으면 오래 붙들고, 음미하는 그 순간을 소중하게 느끼는 것이 저의 독법입니다. 생김새가 다른 새들이 제각기 서로 다른 소리로 노래하는 것이 이상적인 생태 평형인 것처럼 다채로운 표현 방식을 서로 존중해주는 분위기가 바람직한 것 같아요. 새로운 시도를 통해서 어차피 조금씩 변화해가는 움직임이 역동적으로 살아 있는 사회의 특징 아닌가요. 세대를 넘나드는 시인의 본질적인 고민거리를 열린 마음으로 수용하니까, 제가 낯선 방식으로 내면의 움직임을 표현하는데 다소 모험적일 수 있는 언어 사용이 유기적 관계의 부족으로 보일 수 있겠네요. 독특한 이미지만큼 작품 전체를 짜임새 있게 통어하는 힘을 키우는 것이 저의 과제라고 생각합니다.

맹문재 배 선생님의 작품에서는 "리듬"이라는 시어가 주목됩니다. 이번에 발표하는 「리듬의 발견」이란 작품의 제목도 있고, 「댄싱 하트」에서는 "헤비메탈 리듬"이란 구절도 있습니다. 이밖에도 「토파즈」에서는 "토파즈의 힘, 달이 차오르고 기우는/리듬에 따라 생겼다는데", 「코러스」에서는 "높고 낮은 음표와/강약의 리듬으로 호응한다" 등의 구절이 보입니다. 리듬에 대한 특별한 의도가 있는지요?

배성희 저에게 리듬은 불완전한 생명체의 에너지입니다. 다이아몬드처럼 완벽한 고체는 너무 경직된 것이고, 완전한 해체는 멍하고 지루한 상태지요. 자연스러운 조화를 향해 가면서 사람이라는 신비로운 우주 내부의 입자가 이리저리 부딪히는 리듬, 또는 그런 사람끼리 자극과 반응을 주고받을 때 느끼는 긴장감, 생동감 넘치는 리듬이 발생하니까요. 인공낙원처럼 평화로운 수도원에서 근심 걱정 없이 사는 것은 얼마나 무료할까요. 고통을 잉크 삼아 창작하는 일에 의미를 두면서 이런 생각을 하게 되었어요. 못난 인간끼리 상처를 주고받고 치열하게 살아가는 과정을 무시할 수 없어서 리듬이라는 단어나 리듬의 본질을 애용합니다.

맹문재 배 선생님의 작품들은 "울다" "상처" "깨부수다" "부러지다" 등의 시어들에서 보듯이 다소 어두운 배경이 있습니다. 그러면서도 그와 같은 상황에 적극적으로 대항 내지 극복하려는 면도 보이고 있습니다. 추구하는 시세계의 모습으로 보이기도 합니다. 배 선생님께 시는 어떠한 가치를 갖는 것인지요?

배성희 이야기가 연결되는데요. 미완의 아름다움에 의미 부여를 하고 싶어요. 무라카미 하루키 소설에서 "어떤 종류의 완전함이란 불완전함의 한없는 축적이 아니고서는 실현할 수 없다"라는 문장에 공감합니다. 불완전함에서도 치밀하게 질을 높이려고 애쓰는 정신을 시에서 추구합니다. 「잠수종」에 등장한 산세베리아는 음지에서도 광합성을 하지요. 그 식물의 의지력이 시를 쓰고 사는 저의 모습이고 쓸쓸한 현실에서 단순히 상처만 받는 수동적인 자세가 아니라, 더 나아가서 풍요로운 내일을 희망하는 가느다란 싹을 키우니까요. 독서나 여행이나 저의 모든 심신의 활동이 시 창작에 연결되어야 비로소 진정하게 가치 있다고 생각합니다.

맹문재 조금은 어려운 질문일 수 있는데, 어떤 작품을 좋은 시라고 생각하시는지요? 좋은 시에 대한 기준이 있는지요?

배성희 좋은 시에 대한 이상적 기준이 있어요. 늘 곁에 두고 영감을 받는 책 『영혼의 자서전』 작가, 니코스 카잔차키스의 말로 대신할게요. "예술은 육체가 아니라 육체를 창조한 힘의 재현이다." 그 힘을 재현하는 능력을 키우고 싶어요. 이 문장에 공감하는 사람에게서 사람들에게로 시사랑이 이어진다고 봐요. 반면에, 누군가의 절실한 고통을 섣불리 위로하면서 이겨내라고 충고하는 방식은 공허하고 설득력이 다소 부족하다고 생각해요. 이것은 너무 관념적인 대답일까요. 좀 다른 각도에서 말하자면, 우리 사회를 통제하기 편리하게 조직적으로 움직이게 하려는 윤리 도덕의 영역과, 근본적으로 생명체의 다양한 본질을 존중하는 심성 사이에 생기는 미묘한 갈등이나 긴장감이 있는데, 그 문제를 감각적으로 형상화해보고, 그 간격을 어루만지는 손길을 독자가 시에서 느낄 수 있다면 좋은 작품이라고 생각합니다.

맹문재 어떤 취미 활동을 하시는지요?

배성희 현실 도피 수단으로 한동안 영화에 미쳐 다녔는데, 돈이 궁할 때 혼수로 마련한 은수저를 들고 금은방까지 간 적이 있어요. 팔면 얼마 안 되지만, 칠보장식이 귀한 물건이니까 대를 물려 쓰라는 충고를 듣고 정신 차리고 되돌아오긴 했는데, 생각하면 참 재미있어요. 비밀 카페에 영화 감상을 짧게 남겼는데 그 1년 동안 100번까지 일련 번호가 있어요. 공허한 마음을 그런 식으로 보충했어요. 다른 취미로는 악보만 있으면 피아노 연주를 좀 해요. 대중 팝송부터 쇼팽이나 모차르트의 쉬운 소품도 종종 즐겨 하지요, 물론 자랑할 수준은 아니구요.

맹문재 요즘 관심 있게 읽은 책이나 관람한 영화나 공연 등이 있으면 소개해주실까요?

배성희 카뮈의 『작가 수첩』을 다시 읽고 있어요. 참 쫀쫀하고 매력적인 문장이 많아서 밑줄을 그으며 봐요. 최근 소설로는 헤르타 뮐러의 시적인 산문 『저지대』, 시도니 가브리엘 콜레트의 『여명』도 질투하면서 읽었어요. 유려한 번역이 원작을 잘 살린 듯해서 좋아요. 가장 여성적인 것이 가장 인간적인 감정을 대변한다는 느낌이 들어요. 영화로는 미카엘 하네케의 작품 〈하얀 리본〉을 감상했어요. 그 감독의 예전 영화 〈피아니스트〉도 감동적인데, 억압 받는 인격체의 심리가 저의 현실과 겹쳐지면서 생생하게 와 닿았어요. 저의 가장 큰 관심사인 억압과 폭력이라는 공포, 그토록 다루기 어려운 주제를 흑백의 건조한 영상으로 음악도 거의 없이 섬세하게 다루는 솜씨에서 시적인 영감을 받았어요.

맹문재 여러 가지로 소중하고 재미있는 이야기를 들었습니다. 내내 건강하시고, 좋은 시를 많이 쓰시길 기대해요. 언제 또 남은 얘기들을 나누어보지요.

(서정시학, 2010년 가을호)

이민 생활을 노래하다

한혜영 시인
신지혜 시인
임혜신 시인

한혜영　1994년 『현대시학』 및 1996년 『중앙일보』 신춘문예로 작품 활동을 시작했다. 시집 『태평양을 다리는 세탁소』 『뱀 잡는 여자』 『올랜도 간다』, 동시집 『닭장 옆 탱자나무』, 장편소설 『된장 끓이는 여자』, 장편동화 『팽이꽃』 등이 있다. 현재 미국 플로리다에 거주하고 있다.

임혜신　1995년 『워싱턴문학』 및 1997년 『미주 한국일보』로 작품 활동을 시작했다. 시집 『환각의 숲』, 시론집 『오늘의 미국 현대시』가 있다. 현재 미국 플로리다에 거주하고 있다.

신지혜　2000년 『미주 중앙일보』 및 2002년 『현대시학』으로 작품 활동을 시작했다. 시집으로 『밑줄』이 있다. 현재 『시와 뉴욕』 편집위원, 뉴욕예술인협회 회장이다.

한혜영 시인

신지혜 시인

임혜신 시인

이민 생활을 노래하다

— 한혜영, 신지혜, 임혜신 시인

맹문재 한혜영, 임혜신, 신지혜 선생님 안녕하세요. 『시와시』 창간
호에 세 분 선생님과 대담을 나눌 수 있어 반갑기도 하고 기대되기도
합니다. 이번 대담은 『시와시』가 적극적으로 재외동포 시인들을 발굴
하는 차원에서 기획되었는데, 그 첫 번째입니다. 앞으로 많은 관심을
가져주시고 또 도와주세요. 요즘 한국의 날씨는 여름 끝자락이어서
낮에는 꽤 덥지만 아침저녁으로는 선선하네요. 플로리다에 거주하시
는 한혜영 선생, 그리고 뉴욕에 거주하시는 신지혜 선생님, 미국의
날씨는 어떤지요?

한혜영 먼저 『시와시』 창간을 진심으로 축하합니다. 이처럼 귀한
지면을 미주 지역의 시인들에게 주신 것에 대하여 감사하고요. 작품
을 써도 발표할 지면이 제대로 없어 많이 위축되어 있는 것이 이곳 시

인들의 실정인데, 이보다 감사한 일은 없지요. 『시와시』는 필시 잘될 거예요. 지금 이곳의 날씨는 한국으로 치자면 초가을 정도 됩니다. 플로리다는 10월부터 이듬해 3월까지는 온화한 날씨가 계속된다고 보면 되지요.

신지혜 지면으로나마 이렇게 만나 뵙게 되어 매우 반갑습니다. 뉴욕 날씨는 대체적으로 한국의 기온과 비슷합니다. 하지만 환경 재앙이라고 말할 수 있는 지구 온난화 현상으로 인하여 이곳도 예외가 아닌 것 같습니다. 올해는 덥지 않은 저온의 날씨가 계속되고 있습니다.

맹문재 그렇군요. 지구의 환경에 모두들 영향을 받으며 살아가고 있다는 생각이 드네요. 이야기의 방향을 돌려보지요. 얼마 전 양용은 선수가 미국 프로골프 챔피언십에서 우승해서 언론에서 대대적으로 보도하고 있습니다. 또 며칠 전에는 아이큐 176으로 MIT에 입학한 레이첼에 대한 기사도 크게 실렸습니다. 이외에도 동포들에 관한 뉴스를 자주 듣게 되는데, 무척 열심히 살고 있다는 인상을 갖습니다. 동포들의 삶을 다 말할 수는 없겠지만, 시인들의 경우 어떻게 활동하고 있는지 좀 들려주실 수 있는지요.

임혜신 우리나라 사람들은 재능이 많고 또 목표를 위해 열심히 노력하기 때문에 여러 방면에서 두각을 나타내고 있습니다. 하지만 스포츠나 음악이나 미술과 달리 문학은, 특히 시는 언어라는 매체의 한계성 때문에 한국인으로서 미국에서 두각을 나타내기는 참으로 힘든 일이라 할 수 있어요. 언어권을 옮길 경우에 누구에게나 생기는 벽이죠. 미국에서 활동하는 잘 알려진 한국계 시인으로는 캐시 홍, 김명미, 수지 곽, 샌드라 림 등 이민 2세들인데 하와이, 캘리포니아, 뉴욕을 중심으로 활동하고 있어요. 말하자면 한국계 미국 시인인 셈이죠. 이들과 달리 한국어로 시를 쓰는 1세대 시인들은 주로 한국 문학단체를 통해 활동하고 있고, 한국어로 쓰인 시의 영역과 앤솔로지 형태의 영시 출판에 점점 관심과 열정을 높여가고 있습니다. 루마니아 태생 독일 작가인 헤르타 뮐러가 노벨 문학상을 받은 올해 특히 이민문학에 대한 관심이 높아지고 있습니다. 유배 혹은 이민 문학은 두 개의 언어와 그 안에 농축된 둘 혹은 다중의 문화를 표현해낼 수 있다는 데서 여러 가지 제약에도 불구하고 풍요로울 수 있다는 장점도 있습니다. 디아스포라 문학은 작가 내면세계에 자리 잡은 모국의 정서를 타문화 속으로 표출해냄으로써, 말하자면 의도하지 않은 문화사절 노릇을 할 수도 있지요. 한국어로 쓰인 시의 가장 큰 문제는 좋은 번역이 필요하다는 것이죠. 시의 번역은 힘든 작업입니다. 번역이 불가능한 경우도 참 많습니다. 그렇다고 번역하기 좋은 시를 쓰자고 할 수는 없는 일이죠. 좋은 시인만큼 좋은 번역가, 문학적 소양과 언어 능력을 가진 진지한 번역가가 미주 한국 문학뿐 아니라 본국의 문학을 위해서도 절실하게 필요한 것 같습니다.

맹문재 한국 문학의 번역 문제를 다시금 인식시키는 말씀이네요. 이야기의 방향을 다시 돌려보지요. 고국에서는 노무현, 김대중 전 대통령 두 분이 서거하는 슬픈 일이 일어났습니다. 동포들도 이 사실을 잘 알고 있겠지요. 어떠한 반응들을 보였는지 궁금하네요.

신지혜 그렇습니다. 한 해에 두 분이 서거하시다니 말입니다. 특히 노무현 대통령의 서거는 동포 및 전 세계인에게 충격을 안겨준 일이었습니다. 전원생활로 돌아가 한 서민의 소박한 꿈을 일구고자 한, 그저 보통 사람의 작은 소망이 무참히 짓밟힌 안타까운 일은 모두에게 경천동지할 일이었어요. 역사가 명명백백 판가름해주리라 생각합니다. 역사의 거울이 잠시 안개에 가려진다고 하여 그저 덮여버리지는 않으리라 봅니다. 많은 한인들이 이곳에서도 분향소를 설치하고 삼삼오오 조문의 띠를 이었지요. 모두들 가슴에 검은 리본을 달며 애도의 물결을 이루었습니다. 참 안타까운 일인 것 같습니다.

맹문재 다시 생각해도 참으로 가슴 아픈 일입니다. 이제부터는 선생님들과 개별적으로 이야기를 나누어보려고 합니다. 먼저 한혜영 선생님과 해보지요. 저와 선생님과는 첫 시집 『태평양을 다리는 세탁소』(천년의시작, 2002)와 두 번째 시집 『뱀 잡는 여자』(서정시학, 2006)를 비롯해 저의 대담집 『행복한 시인 읽기』(서정시학, 2009)에 함께한 인연이 있을 정도로 가까운 사이이지요. 선생님의 『뱀 잡는 여자』에 실려 있는 가족 이야기며, 나이 듦에 대한 인식이며, 이국에서의 삶의 모습이며, 여성성을 추구한 시들이 선명하게 떠오릅니다. 그만큼 작품들이 구체성을 가져 힘이 있는 것이지요. 「뱀 잡는 여자」나 「두런대며 여름은 지나가고」는 많이 알려져 있으므로, 이번에는 「똥끝」을 소개해보겠습니다. 요즈음에는 어떠한 데 관심을 가지고 시를 쓰고 있는지요. 작품을 소개해볼께요.

임종이 가까워지면 제일 먼저 활짝 열리는 것이
항문이라 하네 열고 채우기를 반복했던
둥근 괄약근의 열쇠를 찾을 수 없는
세상 바깥으로, 아주 던져버리는 일이라 하네
어머니의 똥끝은 왜 그리 자주 탔는지
다급한 일 겨우겨우 해결을 보고 나면
어느 틈에 불씨 되살아나 바짝바짝 타들어갔던
'당신의 항문을 폐쇄합니다'
의사는 매정하게도 각께를 땅땅! 쳐버렸다네
캄캄한 절망 곳곳을 다 뒤져가며 암(癌), 암, 암
전부 캐내고 말 거라고, 날카로운 불면 끝으로
후벼 파낸 것들을 들고 달려갔지만 턱 하니
가로막는 각께 앞에서 울부짖다가 도리 없이
급하게 벽을 뚫어서 만든 인공 문으로
울컥울컥, 그 서러운 것들을 내놓았다네
둥근 손잡이도 자존심도 없이 활짝 열려 있던
무시로 죽음이 들락거렸던 비닐 항문
그 중심에 기정사실로 꽂혀 있던
저승의 빨대는 참말이지 입심 한번 무서웠네
누구나 산다는 것은 똥끝 태우는 일의 연속이겠지만
어쩌다 똥끝을 다 태워먹고 자신의 몸속에 갇혀
전전긍긍하며 절규했던, 아아 내 어머니!
똥끝이 땅끝과 같다는 말임을 그때 나는 깨달았네

— 한혜영, 「똥끝」 전문

한혜영 생활이 여전해서 그런지, 제 시 역시 어떤 변화라든지 전환의 계기를 맞지 못하고 있습니다. 그러나 최근 들어 조금씩 다른 곳으로 관심이 가고 있습니다. 생태계 문제라든지, 이민자들의 애환 문제에 보다 들여다봐야 한다는 책임감을 비로소 느끼고 있습니다. 특히 이민자들의 문제에 대해 그동안 직무유기를 한 것만 같은 괴로움이 들어요. 그런 반성 때문에 근래 들어 책임의식을 강하게 느끼는데, 정작 접근하려면 실어증에 걸린 것처럼 가슴만 먹먹해요. 제가 이민 생활의 어려움을 절실하게 겪어보지 못한 것에서 오는 것일 수 있겠지요. 그리고 또 다른 이유를 들자면 갱년기의 터널에 아직까지 갇혀 있다고 할 수 있겠고요.

맹문재 다음으로 임혜신 선생님과 얘기를 나누어보지요. 아직 뵙지는 못했지만, 지난번에 간행한 『오늘의 미국 현대시』(바보새, 2005)를 잘 읽었다는 인사를 드려야겠네요. 실비아 플라스나 알렌 긴즈버그 같은 시인의 해석도 재미있었지만, 저는 찰스 브코브스키 같은 노동자 시인의 소개에 더욱 관심을 가졌습니다. 미국의 대표적인 현대 시인들의 작품을 번역하고 또 소개해주는 일이 결코 만만하지 않을 텐데 애를 많이 쓰셨습니다. 이와 같은 일을 하게 된 동기를 좀 들려주실까요?

임혜신 몇 해 전 월간 『현대시』로부터 미국의 현대시를 소개하는 칼럼을 맡아달라는 청탁을 받았습니다. 한국을 떠난 후 오래 평문은 물론 수필조차 거의 써본 일이 없어 처음에는 망설였습니다. 자신이 없었으니까요. 또 저는 학자가 아니기 때문에 미국 시의 문학성을 논하기가 쉽지 않았지요. 그래서 아주 단순하게 '내 영혼에 투영되는 미국 시와 시인의 생을 이야기하자'는 생각을 했어요. 2년 동안 연재했는데 주로 현재 활동하고 있는 시인들, 그리고 서로 경향과 나이, 배경이 조금씩 다른 시인들을 골라서 소개했습니다. 시인으로서의 명망보다는 문학적 인간사에 초점이 갔던 것 같습니다. 이 외에도 좋은 시인, 좋은 시는 너무나 많을 것입니다. 미국인들도 "좋은 시는 읽히지 않고 사라진다"고, 좋은 시가 빛을 보지 못하는 것을 염려하고 있습니다. 세상 어느 곳에서 드러나는 아름다움이 있고 숨어 있는 아름다움이 있듯이 문학작품도 그러할 것입니다. 결국 기회와 발굴의 문제이겠지요.

맹문재 『오늘의 미국 현대시』에는 스물다섯 명의 시인들이 소개되고 있습니다. 이외에도 소개할 만한 시인들이 더 있겠지요. 어떤 시인들이 있을까요? 신지혜 선생님의 말씀도 들어보고 싶네요.

임혜신 소개하고 싶은 시인이 많습니다. 『오늘의 미국 현대시』를 쓰면서 저는 오히려 너무 잘 알려진 시인은 소개하지 않으려고 했습니다. 클린턴 대통령 취임식에서 시를 읽은 마야 앤젤루, 유명한 흑인 시인 휴 랭스턴 등도 그런 이유로 소개하지 않았습니다. 앞으로 존 애쉬베리, 찰스 라잇, 스테판 던, 리 영리, 그리고 브렌다 샤우겐시 등 새로운 것을 찾아다니는 젊은 시인들을 아무 제한 없이 자유롭게 소개하고 싶습니다. 정기적으로는 하지 못하고 청탁이 오는 대로 쓰고 있는데 시간이 허락하는 대로 이 작업을 계속하고자 합니다.

신지혜 미국 시인 몇 분을 추천 드린다면, 아무래도 2000년 퓰리처상 수상 시인인 윌리엄스(Charles Kenneth Williams)와 2002년 퓰리처상 수상 시인인 데니스(Carl Dennis), 그리고 여류 시인인 스톤(Ruth Stone)과 그레그(Linda Gregg)를 들 수 있겠네요. 이 시인들의 작품은 깊은 사유에서 우러난 인간적인 면모가 두드러집니다. 특히 윌리엄스와 데니스 시인은 단순히 사물의 존재를 묘파한 것에 그치지 않고 대륙적인 사유와 상상력으로 확장시킨 점이 돋보여 대단히 인상적입니다. 스톤은 지구를 작은 항아리로 비유한 시인으로 조선시대의 진묵 대사와 같은 호방함을 연상케 합니다. 초기에는 미국이라는 다양한 스펙트럼 안에서 서구문화의 다의성을 지닌 새로운 문화적 양식들이 서로 충돌하기도 하였지만, 이제는 문화적 정신분열(Cultural Schizophrenia)의 소용돌이에서 벗어나, 시대의 완충적 역할을 하는 작품들이 많아졌다고 봅니다. 즉 자연 철학적이라든가, 인생을 탐미하고 조용히 관조하는 명상적 사유라든가, 휴머니티를 갈망하는 현대인의 모습을 많이 담아내고 있습니다. 부조리한 현실세계를 화해의 몸짓으로, 자아의 정신 가치로 나타내고 있는 것이지요.

맹문재 잘 들었습니다. 선생님들께서 소개한 시인들의 작품을 어서 보고 싶네요. 임 선생님께서는 『오늘의 미국 현대시』 외에도 시집 『환각의 숲』(한국문연, 2001)을 간행했습니다. 이 시집에서 추구하고자 한 면이 있을 텐데 좀 들려주시지요.

임혜신　저는 문단과의 교류가 거의 없이 글쓰기를 하고 있는 셈인데, 『환각의 숲』을 쓸 때는 더 혼자였습니다. 외딴 섬에서 쓴 시들이라고 해도 좋을 만큼 저만의 방에서 쓴 시들이지요. 혼자 쓴다는 것에는 단점도 있지만 장점도 있는 것 같아요. 빠른 피드백이 없는 느린 글쓰기는 실컷 고뇌할 시간을 주는 장점이 있는 것이지요. 요즘 같은 시대에 좀 뒤떨어진 생각이겠으나 제 성격은 느린 것에 맞는 것 같습니다. 『환각의 숲』을 통해 제가 굳이 전하고 싶은 것이 있었다면, 불모의 땅에서도 피어나는 생명의 신비로움이었습니다. 모두가 동질화되어가는 현대사회, 휩쓸려가는 인파 속에서 알게 모르게 잊혀지고 무시되고 마는 사람들의 삶에 의미를 붙이고 싶었던 것입니다. 가만히 응시하면 개개인의 방은 모두 깊고 감각적이고 아름답습니다. 그리고 그것을 느끼는 순간 행복해집니다. 저의 고독한 외딴 섬에서 자라난 생명의, 어쩌면 터무니없이 환각일, 그 신비와 행복을 세상과 나누고 싶었던 것입니다.

맹문재　이 시집에서 독자들에게 보여주고 싶은 작품은 무엇인지 궁금하네요. 한 편을 선정해서 소개해주시고 간단한 해설도 부탁드립니다.

임혜신　시집의 첫 번째로 실린 「하얀 난」이라는 시입니다. 작품의 전문은 다음과 같습니다.

　　편애하였다, 나는 들꽃을
　　사람의 발길이 뜸한 곳에

덤불덤불 피어 있는 패랭이 제비꽃 싸리꽃을
여느 욕망에도 매달리지 않을 듯이 작고
터져버린 번뇌처럼 가벼운 야생의 꽃을

그리하여 그들이 있을 법한
거친 들길을 헤매었다
짐승처럼
바람처럼
그것이 욕망이며
그것이 번뇌임을 알지 못한 채,

꿈꾸었다
깊은 강을 사이에 두고 흐르는
수십 년 어둡고 좁은 골짜기에서
그 향기를,
그 빛깔을,

그러나 어느 날 나를 깨운 것은
커피테이블 위의 분(盆),
분 속의 하얀 난이었다
한 줌의 먼지와 몇 가지 화학약품으로
입술과 어깨와 턱을 빚어 올린
냉혈의 꽃
그가 한 번
첫겨울의 빗발처럼 단 한 번
아주 깊고 차갑게 나를 꿰뚫어보던
이후로 나는 들꽃을 찾지 않는다
아니, 꽃을 찾지 않는다

하얀 나의 창에 꽂혀
그렇게 나의 편애는 끝이 났다

남은 것은 이제
세상 온갖 괴로움을 꽃이라 부르는 일이다
생명의 한가운데 피어나는 번뇌의
싸늘한 살과 뼈를 꽃이라 부르는 일
저 외로운 욕망의 삽질들을 다, 꽃이라
부르는 일……

— 임혜신, 「하얀 난」 전문

이 시는 시집의 해설을 써주신 정효구 선생께서 잘 설명해주셨지요. 저는 이 시가 사랑하지 못했던 것을 향해 내미는 제 영혼의 낮은 손길이라고 생각합니다. 우리들은 나름대로 모두 진실이란 것, 순수라는 것을 찾아 헤매는 것 같습니다. 찾아 헤맨다는 것, 사랑한다는 것, 그것을 저는 편애라 불렀습니다. 진실하지 못한 것, 순수하지 못한 것에 저항하는 이런 편애는 그러나 그 자체로 한계가 있는 것이지요. 편애는 배타와 자만의 또 다른 이름이기도 하니까요. 사람이 어찌 편애를 그만둘 수 있을 것이며 편애 아닌 사랑이 이 세상에 있기나 하겠는지요. 하지만 우리는 때로 속성으로부터의 아름다운 탈출을 꿈꾸지요. 자기 아닌 것들에게, 자신이 사랑하지 못했던 것들에게 조금이라도 손을 내밀 수 있다면 보다 열린 편애를 할 수 있을 것 같습니다. 자연 앞에, 이 광활한 우주 앞에, 우리는 참으로 평등하지 않겠는지요. 가끔 저는 반 농담 삼아 이런 생각은 영혼의 사회주의라고 말하곤 하지요. 그런 면에서 저는 영혼의 사회주의자입니다. 동등하게 영혼과 사랑을 나누어 가진 세상을 꿈꾸는 자 말입니다. 편애를 넘어서고자 하는 편애는 실용적으로 쓸모 있고 미학적으로도 아름답습니다. 사실 들꽃과 분 속의 난, 배운 자와 못 배운 자, 가난한 자와 부자, 영혼이 정결한 자와 욕망에 들끓는 자, 주는 자와 뺏는 자, 저에게 천사였던 자와 악마였던 자, 그중에 누가 꽃이 아니고 누가 꽃이란 말입니까. 가장 낮은 자가 마지막 아름다움을 차지하는 것이 아닌가 하는 생각 또한 저는 버리지 못합니다.

맹문재 잘 들었습니다. 다음으로는 신지혜 선생님과 말씀을 나누어보겠습니다. 신 선생님과도 아직 뵙지는 못했지만, 시집을 통해서는 이미 알고 있는 사이이지요. 선생님의 시집 『밑줄』(천년의시작, 2007) 역시 감사하게 읽었습니다. 동양사상이 진하면서도 현재 거주하고 있는 미국 문화들을 제재로 삼는 면에 관심이 갔습니다. 이 시집에서 추구하려고 한 면을 듣고 싶네요.

신지혜 저는 어릴 때부터 기독교와 불교 등 여러 종교를 접하는 집안에서 자랐습니다. 근원적 진리나 신의 관점에서 보면 우리 모두 다 지구별 식구, 은하계 가족, 무변광대한 우주의 우주인들이 아닐 수가 없지요. 또한 동물, 식물, 어류, 조류, 미생물 할 것 없이 모두가 공생, 공체, 공심으로 동시간대 위에서 함께 어우러져서 돌아가는 존재들이지요. 즉 서로 빽빽하게 맞물려 돌아가는 사사무애(事事無碍)적 다툼일 뿐이지요. 이것엔 가시적인 것이나 비가시적인 것이나, 자연과 비자연, 동서양, 종교, 피부색, 생김생김, 천하고 귀한 것, 이것과 저것이다 무엇에 따로 걸림이 없습니다. 이렇게 한시도 쉬지 않고 회전하는 실상의 세계에선 어느 것 하나 신 앞에 평등하지 않은 것이 없으며 고귀하지 않은 존재가 없습니다. 제 시집 『밑줄』에는 현실, 종교, 자연, 우주, 모든 것에 어떤 구속이나 편파적인 차별의 경계도 없습니다. 모든 현상들을 어디에도 묶지 않고 그저 생명과 자연, 동서양의 사상적 공존, 그리고 우주적 원리를 자유로운 사유로 묘파하고자 한 시집이라고 볼 수 있겠습니다.

맹문재 신 선생님께도 이 시집에 수록한 작품 중에서 한 편을 소개해주시길 부탁드립니다. 아울러 간단한 해설도 부탁드려요.

신지혜 시집의 표제작인 「밑줄」을 소개해보고 싶네요. 전문은 다음과 같습니다.

바지랑대 높이
굵은 밑줄 한 줄 그렸습니다
얹힌 게 아무것도 없는 밑줄이 제 혼자 춤춥니다

이따금씩 휘휘 구름의 말씀뿐인데,
우르르 천둥 번개 호통뿐인데,
웬걸?
소중한 말씀들은 다 어딜 가고

밑줄만 달랑 남아
본시부터 비어 있는 말씀이 진짜라는 말씀,

조용하고 엄숙한 말씀은
흔적을 남기지 않는 것인지요

잘 삭힌 고요,

공(空)의 말씀이 형용할 수 없이 깊어,
밑줄 가늘게 한 번 더 파르르 빛납니다

— 신지혜, 「밑줄」 전문

진리 본연의 모습은 진공묘유한 공(空)의 세계죠. 그리고 사사로이 이 공에 천 개를 넣거나 한 개를 넣거나 그 모양 그대로 오직 여여할 뿐입니다. 그러면서도 또 일체 생명을 내고 들이는 창조력을 가진 진여의 세계입니다. 우리 앞에 제 아무리 이것과 저것이 어떻다고 주장하거나, 우리 앞에서 소란한 것들도 한낱 오고 가는 부유한 것일 뿐, 모든 생명체가 태어나고 죽는 것들도 이 우주적 체계 안에서는 언제 오고 갔다 할 수도 없이 찰나 찰나에 어우러져서 돌아가고 있기에 공하다고 할 수 있지요.

경전에서처럼 모든 것은 창조주 앞에 헛되고 헛된 것이며, 또한 헛되지 않은 제법의 실상이기도 하지요. 사실 현상세계를 가득 메운 텅 빈 원자들이 끼리끼리의 진동과 파장대로 뭉쳐, 이 얼굴로 혹은 저 얼굴로 우주 삼라만상을 빚어내고 드러낸 세계일 따름입니다. 천 송이 꽃이 핀들, 천 마디 천 가지 미사여구의 말씀인들, 역시 그것들의 근원적 진리인 본처의 말씀은 아니지요. 그러므로 이 시의 "공(空)의 말씀"은 본시부터 비었다 가득 차 있다 할 것도 없는 세계를, 즉 생명을 창조하고 멸하는 진리의 근원 세계를 의미하고 있어요.

맹문재 세 분의 작품 세계를 잘 들었습니다. 그러면 이야기의 방향을 다시 돌려볼까요. 세 분 선생님은 언제, 어떤 계기로 이민을 가셨는지요?

한혜영 저는 1989년 『아동문학연구』라는 잡지에 동시조가 당선되고, 그 이듬해인 1990년에 미국으로 왔어요. 결혼을 해서 오게 되었는데, 미국으로 와서는 직업을 가진 적 없이 주부로 들어앉아 글을 쓰면서 지금까지 지내고 있습니다. 다른 것에 시간을 빼앗기지 않고 글만 쓸 수 있었다는 점에선 긍정적으로 볼 수도 있지만, 어찌 보면 너무 고립된 생활을 하지 않았나 싶어요. 지금은 인터넷이 발달해서 사정이 많이 달라졌지만, 1990년대만 해도 많이 답답한 생활이었지요. 제게 문학이라는 것이 없었다면 아마도 이민 생활을 견디기 어렵지 않았을까 하는 생각을 종종 해봅니다.

신지혜 1998년 남편이 해운회사의 뉴욕지사 지사장으로 발령을 받게 되었습니다. 처음엔 3년간 있다가 귀국하려고 계획했었는데, 뉴욕지사가 독립회사로 되면서 남편이 회사를 인수해 경영하는 바람에 이곳에 머물게 되었습니다. 그러고 보니, 어언 10여 년이 넘는 세월이 초속으로 지나가 버렸군요.

맹문재 그렇군요. 그러면 현재의 생활은 어떤지 궁금하네요. 직업을 가지고 있는지, 아니면 어떤 활동을 하고 있는지요?

한혜영 저는 미국으로 온 뒤 지금까지 가정주부이자 전업 작가로 살아왔습니다. 시를 써서 수입을 얻기는 힘들지만, 장편동화는 어느 정도의 수입이 있으니까 전업 작가라고 해도 될 듯싶네요. 활동이라고 한다면 미주 LA에서 발행하는 『미주 한국일보』의 '이 아침의 시'라는 코너에 단평을 일주일에 두 번씩 싣고 있어요. 벌써 만 3년이 되었네요. 그밖에는 한 달에 한 번, 시를 배우고 싶어 하는 사람들의 모임에 나가서 지도를 해주는 것이 유일한 외출입니다.

임혜신 앞의 질문에 대한 답변도 함께 드리지요. 제가 미국에 온지 어느덧 26년이 되었습니다. 힘들었던 날들이 있었지만 두 개의 고향을 갖는다는 것이 나쁜 것만은 아닌 것 같습니다. 26년이라는 시간 중의 반은 제 스스로에게 부여한 제2의 유년이기도 했습니다. 손과 발이 재산의 전부였고 그만큼 자유로웠습니다. 관습에 얽매이지 않고 자유롭게 헤맬 광야가 있었고, 헤맬 수 있었던 젊은 날이 있었다는 것은 행운일 겁니다. 지금은 조그만 회계사무소의 대표로 일하고 있는데, 시간이 넉넉하지 못해 시간을 아껴 글을 쓰고 번역도 하고 그러며 살고 있습니다. 돌아보면 고향을 떠난 이후 지금까지 문학과 관계없는 일만 하며 살아온 것 같습니다. 문학과 무관한 일들이 오히려 상호 관계를 건강하게 맺는 데 도움이 될지 모른다는 생각을 해보는데 글쎄요, 머지않아 한 가지를 택해야 할 때가 올 것 같습니다.

신지혜　현재 남편이 경영하는 회사 일을 틈틈이 돕기도 합니다. 그 외엔 문화예술 활동을 하고 있어요. 뉴욕의 예술인 협회를 몇 년 전 창립했어요. 15개의 예술 분과에 뉴욕 거주의 다국적 예술인들로 현재 1,300여 명의 회원이 있습니다. 그 외에 『뉴욕 중앙일보』『보스턴 코리아신문』『뉴욕일보』등의 한인 신문에 좋은 시 칼럼을 연재하고 있습니다.

맹문재　말씀을 들으니 모두들 활발하게 활동하고 계시네요. 앞으로 더욱 큰 활약을 해주시길 기대하겠습니다. 다음으로 주미 시인들의 창작 활동은 어떠한지 궁금하네요. 시인의 수는 어느 정도이고 어떤 활동을 하고 있으며 주목할 만한 시인이 있으면 소개를 부탁드릴까요?

한혜영　미주에도 문학 단체가 몇 개 있습니다. 가장 오래되었고 중심이 된다고 할 수 있는 단체는 LA에 있는 '미주문인협회'이고요. 이밖에 '재미시협'이 있고, 뉴욕과 시카고, 워싱턴 등 몇 개의 대도시를 중심으로 문인협회가 형성되어 있습니다. 미주 전체의 시인들 숫자는 대략 180명 정도 되는 것으로 알고 있어요. 주목할 만한 시인 가운데 비교적 등단 연도가 오래된 분들로는 마종기, 김정기, 배미순, 곽상희 등의 선생님들이 계시고요. 1990년대 이후에 등단한 시인들로는 이 자리에서 함께 대담하고 있는 신지혜, 임혜신 시인을 비롯하여 조옥동, 한길수, 조성자, 장태숙, 서량, 안경라, 구자애 등을 들 수 있겠네요.

맹문재 그렇군요. 그렇다면 한국 시인들이 영어 시집도 출판하는 지요. 그 상황에 대해 들어볼 수 있을까요?

신지혜 우리나라 시인이 미주에서 영어 시집을 많이 출간하는 것으로 알고 있습니다. 현재 '대산문화재단'에서도 영시집 발간을 지원하고 있지요. 그러나 제가 미국 대형 서점에서 우리나라 시인의 영시집을 직접 보기가 쉽지 않습니다. 아시아 시인들의 시집 코너에도 눈에 띄지 않는 것은 무엇이 잘못된 것인지 짚고 가야 할 문제라고 생각합니다. 이것은 출판사 선정이 무엇보다도 중요한 문제라고도 여겨집니다. 반드시 대형 출판사를 선호하지 않을지라도 적어도 사람들의 발길이 가장 분주한 반즈앤노블(Barnes & Noble) 서점에서 독자들이 우리의 좋은 영시집들을 손쉽게 접할 수 있었으면 합니다. 실제 어떤 시인은 자축에 그치는 경우를 보기도 하는데, 그 점이 매우 안타깝습니다. 우리의 우수한 동양문화와 진경이 담긴, 좋은 시집들을 보다 널리 다국적 독자들이 함께 읽을 수 있도록 판로 개척과 유통 문제에 좀 더 신경을 써야 할 것입니다. 영시집 출판 과정에 대해 문의를 많이 받곤 하는데, 이곳에선 크게 나누어 '자비출판'과 '출판사의 심사'에 의해 인세를 받고 출판하는 두 과정이 있습니다. 최근의 서점에서는 1인의 단행본 시집보다 시 모음집 형태의 하드커버 시집들이 대체적으로 독자들에게 선호되는 추세인 듯합니다. 현재는 금융위기로 거의 모든 분야에서 난항을 거듭하고 있는 상황이지만 앞으로 경기가 회복된다면 출판가나 독자들도 다시금 활발해질 것으로 낙관하고 있습니다.

맹문재　잘 알았습니다. 저도 영시집을 준비하고 있는데 언제 자문과 도움을 부탁드려야겠네요. 미국에서 창작 활동을 하는 데는 여러 가지로 어려운 점이 있을 텐데 어떤 면인지 궁금하네요.

신지혜　타국에서 모국어로 글을 쓴다는 것은 외롭고 고독한 일임에 틀림없습니다. 무엇보다 치열하게 자신과의 투쟁을 해야 하니까요. 무엇이든, 어떤 분야이든 세상에서 시간과 노력의 투자 없이 되는 일은 하나도 없다는 것이 저의 소견입니다. 한국에서보다도 더 많은 독서, 더 많은 시간 투자를 해야만 하는 각고가 뒤따릅니다. 몇 배 이상의 노력이 요구되는 것이지요. 저는 매주 한국에서 발간된 신간 서적들을 인터넷으로 살펴서 한인 서점에 주문합니다. 책들이 5일 정도 걸려 도착하지요. 때때로 회의가 없는 것이 아니지만, 묵묵히 무소의 뿔처럼 혼자 위로하고 혼자 격려하며 수행자처럼 뚜벅뚜벅 걸어가고 있습니다.

맹문재　현재 미국 시단의 흐름 혹은 문화 현상 중에서 고국의 시인들이나 독자들에게 소개해줄 만한 것이 있는지요. 임 선생님께서 이 분야에 관심이 많으실 것 같은데요.

임혜신　요즘은 시의 하이브리드 시대가 아닌가 하는 생각을 합니다. 20세기에 팽만했던 체험시, 고발시들이 낭만과 초월적 비전, 실용성과 접합되면서 새로운 시의 시대를 열어가고 있다고 여겨집니다. 새로운 차가움, 혹은 새로운 뜨거움이 요즘 문학의 명제가 아닐까 생각합니다. 지난 세기는 두 차례의 세계대전과 월남전, 중동전, 대공황을 겪은 역사의 격동기였지요. 그만큼 극단의 체험이 많아 작품의 주제가 되었다고 볼 수 있지요. 그러나 사람들은 여전히 지난 세기의 문제가 남아 있지만 그 문제들을 계속해서 거론하고 싶어 하지 않습니다. 머물기보다 넘어가기를 원하고 있는 거지요. 포스트모더니즘은 그렇게 깊어지고 있다고 생각합니다. 말하자면 고발보다 성숙을 원하고 있는 것이지요. 이제 시인이나 작가들도 글을 쓸 수 있는 체력을 유지하기 위해 조깅하고 술 끊고 담배 끊고 요가도 합니다. 물론 다른 쪽에서는 여전히 아나키즘적 자유와 고발을 더욱 날카롭게 추구해나갈 것이겠지요.

맹문재 앞으로 어떤 활동 계획을 가지고 있는지요? 시집 출간이나 다른 분야의 계획이 궁금하네요.

신지혜 현재 두 번째 시집을 준비하고 있습니다. 올해 말이나 내년 중에는 출간되지 않을까 예상합니다. 영시집도 출간 준비를 하고 있는 중입니다. 무엇보다 홀로 와신상담하며 늘 치열하게 삽니다. 이 삼라만상이, 모든 유정(有情)과 무정(無情)이 제각기 나름대로 치열하지 않은 것이 어디 있겠습니까만 무엇보다 제 자신에게 채찍을 휘두르는 일이 가장 치열합니다. 제게 시는 광대무변한 우주의 체(體)이자, 곧 혼(魂)이기도 합니다. 시를 쓴다는 것은, 세계에 대한 묘관찰지(妙觀察智)로 사물과 현상을 명징하게 조응하고 성찰하게끔 하는 수련과 깨달음의 계기를 주지 않나 생각합니다. 물론 시가 시의 장르에만 국한된다면 그것이야말로 감옥이겠죠. 어떤 분야든 서로가 상즉 상입(相卽 相入)하고 중중무진(重重無盡)하는 공존의 세계가 아닐는지요. 초대해주셔서 감사드립니다. 『시와시』의 창간에 축하를 드리며, 이 시대의 시문학에 신선한 활력을 주고 큰 곳간이 되기를 기원합니다.

임혜신　첫 시집을 낸 지 근 10년이 되었어요. 요즘 그동안 써온 지지부진한 작품들을 정리하는 작업을 하면서 더불어 시문학 전반에 대한 그간의 제 생각들도 곰곰이 짚어보고 있습니다.

한혜영　저는 내년 봄학기를 겨냥해서 동시집 출간을 계획하고 있습니다. 문단에 첫발을 디딘 것이 1989년 동시조 부문이었으니까, 아동문학을 시작한 지 20년 만에 나오는 동시집이네요. 동시조와 동시를 겸한 첫 동시집이 되는 셈이어서 제게는 나름대로 의미가 있습니다. 이밖에 앞으로의 목표라면 지긋지긋한 플로리다를 하루 빨리 탈출하는 것이고요. (웃음) 본래 계획했던 대로 본국과 미국을 오가며 살수 있는 날이 속히 오기를 바랄 뿐입니다.

맹문재　미국에서 활발하게 활동하시는 세 분의 귀중한 말씀을 들으니 여러 가지로 깨달은 바가 많네요. 좋은 말씀들 감사드립니다. 내내 건강하시고 좋은 작품 많이 쓰세요. 고국에 오시게 되면 꼭 뵐 수 있기를 기대하겠습니다.

(시와시, 2009년 겨울호)

맹문재(孟文在)

　1963년 충북 단양에서 태어나 고려대 국문과 및 같은 대학원을 졸업했다. 대담집으로『행복한 시인 읽기』, 시론 및 비평집으로『한국 민중시 문학사』『패스카드 시대의 휴머니즘 시』『지식인 시의 대상애』『현대시의 성숙과 지향』『시학의 변주』『만인보의 시학』『여성시의 대문자』, 시집으로『먼 길을 움직인다』『물고기에게 배우다』『책이 무거운 이유』『사과를 내밀다』『기룬 어린 양들』이 있다. 현재 안양대 국문과 교수이다.

푸른사상 평론선 17

순명의 시인들

인쇄 2014년 2월 25일 | 발행 2014년 3월 5일

지은이 · 맹문재
펴낸이 · 한봉숙
펴낸곳 · 푸른사상사
주간 · 맹문재 | 편집 · 지순이, 교정 · 김재호 · 김소영 · 강하나
마케팅 · 이상만

등록   제2-2876호
주소   서울시 중구 충무로 29(초동) 아시아미디어타워 502호
대표전화 02) 2268-8706~7 | 팩시밀리 02) 2268-8708
이메일   prun21c@hanmail.net
홈페이지   www.prun21c.com

ⓒ 맹문재, 2014

ISBN 979-11-308-0182-7 93810
  값 20,000원

   이 도서의 국립중앙도서관 출판시도서목록(CIP)은 서지정보유통지원시스템 홈페이지
   (http://seoji.nl.go.kr)와 국가자료공동목록시스템(http://www.nl.go.kr/kolisnet)에서 이용하실
   수 있습니다. (CIP제어번호 : CIP2014005997)